湖南省发改委创新研发课题、湖南省社会科学院（湖南省人民政府发展研究中心）哲学社会科学创新工程资助项目

阐释与批评丛书（第一辑）

卓今 主编

乌托邦
与科幻文学阐释

王瑞瑞◎著

中国社会科学出版社

图书在版编目（CIP）数据

乌托邦与科幻文学阐释 / 王瑞瑞著. -- 北京 : 中国社会科学出版社, 2024. 8. -- (阐释与批评丛书).

ISBN 978 - 7 - 5227 - 3977 - 9

Ⅰ. I106. 4

中国国家版本馆 CIP 数据核字第 20240AN432 号

出 版 人 赵剑英
责任编辑 喻 苗
责任校对 胡新芳
责任印制 王 超

出 版 中国社会科学出版社
社 址 北京鼓楼西大街甲 158 号
邮 编 100720
网 址 http://www.csspw.cn
发 行 部 010 - 84083685
门 市 部 010 - 84029450
经 销 新华书店及其他书店

印 刷 北京君升印刷有限公司
装 订 廊坊市广阳区广增装订厂
版 次 2024 年 8 月第 1 版
印 次 2024 年 8 月第 1 次印刷

开 本 710 × 1000 1/16
印 张 12
字 数 162 千字
定 价 65.00 元

目　　录

第一章

乌托邦、科幻小说与马克思主义

乌托邦是人类文化的重要组成部分，最早可追溯至柏拉图《理想国》的理想规划。乌托邦形式表现多样，学者们从文学、社会学、经济学、政治学、心理学、人类学、神学等不同角度对其进行研究。虽然乌托邦研究的出发领域各异，但奥古斯丁的《上帝城》、托马斯·莫尔的《乌托邦》、弗兰西斯·培根的《新大西岛》、托马索·康帕内拉的《太阳城》和埃蒂耶纳·卡贝的《伊加利亚旅行记》等一批文本成为学者们公认的乌托邦文学作品。学者们在对乌托邦进行概念辨析和内涵阐释的时候，总是先从这些文本入手。除了乌托邦小说，乌托邦还体现在一些政治哲学著作以及以社会和政治运动为研究对象的书籍中。18 世纪 60 年代到 19 世纪 40 年代，世界第一次工业革命完成，这次技术发展史上的巨大革命确立了资产阶级对世界的统治，其影响波及人类社会生活的各个领域。1818 年，玛丽·雪莱创作了《弗兰肯斯坦》，这是文学史上第一篇科幻小说，标志着科幻文学的诞生。因技术所引发的对未来世界的畅想是科幻文学的基本主题，其中蕴含着丰富的乌托邦精神。19 世纪 40 年代，马克思主义在西欧诞生。作为旨在关心全人类解放和未来发展的理论学说，马克思主义的形成与乌托邦不无关联。乌托邦、马克思主义、科幻小说，这三个具有未来向度的概念在 20 世纪以后开始以“三人行”的格局出现在学者的理论视野中。布洛赫在哲学和阐释学意义上对乌托邦进行再解读后，乌托邦开始成为西方马克思主义学者集中关注的对象。20世纪70年代，由达科·苏恩文发起的科幻批评成为西方马克思主义文学批评的重要分支，同时也标志着西方科幻批评的马克思主义转向。据黎婵、石坚的研究发现，达科·苏恩文、詹姆逊、汤姆·莫伊兰、卡尔·弗里德曼、拉法尔·巴科利妮、皮特·菲丁、马克·昂热诺等西方马克思主义者以美国、加拿大为活动范围，以《科幻研究》和《乌托邦研究》两大杂志为主阵地进行科幻文学研究。[①] 尽管他们的研究方法和观点各有侧重，但都把科幻文学作为重振乌托邦的最佳阵地。乌托邦是他们进行科幻批评的总体视域，因此实质上形成了一个西方马克思主义科幻批评流派。本书以乌托邦视域下的西方马克思主义科幻批评为研究对象，将苏恩文、詹姆逊、莫伊兰、弗里德曼等学者的科幻批评理论与实践分别进行个案研究。在展开研究之前，有必要对乌托邦、科幻小说与马克思主义之关系进行简单的梳理。

◇◇ 第一节　乌托邦与马克思主义

一　乌托邦与马克思主义

马克思主义者向来对乌托邦没有好感，其根源要追溯至马克思与恩格斯对乌托邦社会主义的批判。实际上，众多马克思主义者并未正确看待马克思、恩格斯的观点，正如莱维塔斯（也译作列维塔斯）所分析的，马克思的后继者犯了一个错误：把对未来的推测和过渡到社会主义的可能性与方法混为一谈。[②] 这种对乌托邦社会主义的误解造成了乌托邦的污名化，给了反马克思主义者以可乘之机。乌托邦成为“标签杀敌”的政治武器，导致马克思主义在意识

① 黎婵、石坚：《西方马克思主义科幻批评流派的乌托邦视野》，《四川大学学报》（哲学社会科学版）2013年第5期。

② ［英］鲁思·列维塔斯：《乌托邦之概念》，李广益、范铁伦译，中国政法大学出版社2018年版，第53页。

形态的斗争中处于下风。

马克思主义与乌托邦之关系可以从以下几个方面来理解。

乌托邦是马克思与恩格斯理论形成的重要概念。最早使用“乌托邦”一词的是托马斯·莫尔，他在《乌托邦》中描述了一个理想的社会，一方面表达了对现实社会的批判，另一方面对社会未来发展趋势进行了合理构想。在这部作品之后，乌托邦就意味着美好而无法实现的理想。后来许多乌托邦社会主义者都以这部作品为模仿和借鉴的榜样。在马克思和恩格斯的理论著作中，乌托邦无疑具有重要作用。马克思在论述资本的原始积累时多次引用托马斯·莫尔的观点。莫尔对私有制如何导致人民丧失自己赖以生存的土地，成为无家可归的流浪者进行了详细的分析，对人剥削人的私有制进行了强烈批判。马克思在《资本论》中对资本原始积累进行分析，他认为资本原始积累的方法就是对直接生产者的剥夺，其实质是资本主义私有制对个人私有制的排挤与替代。这一过程是野蛮、暴力、下流的。马克思和恩格斯构想的科学社会主义正是建立在对资本主义私有制的批判基础之上。马克思、恩格斯很少提及“乌托邦”这一概念，他们更多用的是“乌托邦社会主义”和“乌托邦共产主义”。这里的乌托邦社会主义的代表主要指的是圣西门、傅立叶、欧文等人。马克思、恩格斯将他们的理论视为科学社会主义产生的基础。乌托邦社会主义者提出的一些理论起到了批判现实社会、启发工人意识的作用。对于他们提出的消灭城乡对立、消灭私有财产制度、消灭分工、消灭雇佣劳动制度等关于未来社会的一些积极论述，马克思在《政治经济学批判》《哥达纲领批判》《资本论》中，恩格斯在《反杜林论》中，以及马克思、恩格斯在《德意志意识形态》中都表达了认同。可以看出马克思、恩格斯的目标确实在某些方面与乌托邦社会主义者的未来设想一致。总之，乌托邦社会主义者对资本主义社会的批判和对基于历史现实的未来推测是马克思、恩格斯理论形成的重要基础。

乌托邦社会主义与马克思主义具有共同之处，更有本质差别。马克思、恩格斯并没有如乌托邦社会主义者一样，设定了具体的理想社会方案，绘制共产主义图景。不过，共产主义社会理想在马克思、恩格斯零零碎碎的论述中仍然形成其轮廓，不少有心人将这些论述和建议加以汇集提炼，借此试图在马克思主义与乌托邦之间画等号。不可否认，马克思主义包含着乌托邦思想。但正如莱维塔斯所论，马克思主义与乌托邦主义有着共同的目标，却采取了完全相异的实现方式。因此，转变过程才是两者之间真正的差异所在。对于如何实现社会主义并走向共产主义，乌托邦主义者希望能够通过和平过渡的方式达成，而马克思和恩格斯则主张通过暴力革命来实现。

我们应当注意到恩格斯理论立场的转变。其实，在与马克思合作之前，恩格斯对乌托邦社会主义是颇有好感的。在《伦敦来信》一文中，他大力赞扬了英国社会主义，认为英国社会主义者比法国社会主义者更有原则和更为实际。他对乌托邦社会主义运动的代表欧文也颇为欣赏。他赞扬社会主义者在教育劳动阶级方面做了许多贡献。恩格斯不仅欣赏乌托邦社会主义者提出的目标，而且对他们实现目标所采取的策略表示认可。"如果这些结论是正确的，如果社会革命和共产主义的实现是我们的现存关系的必然结果，那么我们首先就得采取措施，使我们能够在实现社会关系的变革的时候避免使用暴力和流血。要达到这个目的只有一种办法，就是和平实现共产主义，或者至少是和平准备共产主义……我们就应当认真地和公正地处理社会问题，就应当尽一切努力使现代的奴隶得到与人相称的地位。"[①]《在爱北斐特的演说》中，恩格斯主张共产主义并非暴力革命这一条道路，只要条件合适，及时采取措施，和平过渡实现共产主义不无可能。这一思想一直延续至《英国工人阶级状况》

① 《马克思恩格斯全集》第2卷，人民出版社1956年版，第625—626页。

一书出版才发生了转折。在《英国工人阶级状况》中，恩格斯通过详细阐述当时资产阶级对待无产阶级的态度，以及欧文主义和宪章主义的对比，总结出革命的必要性。“革命是不可避免的，要从既成的形势中找到和平的出路已经太晚了；但是革命可以进行得比我在这里所描述的温和些。这与其说将取决于资产阶级的发展，倒不如说将取决于无产阶级的发展。无产阶级所接受的社会主义思想和共产主义思想愈多，革命中的流血、报复和残酷性将愈少。……假如能够在斗争展开以前使全体无产阶级共产主义化，那末斗争就会很和平地进行。但是现在这已经不可能了，太晚了！”①

马克思、恩格斯对乌托邦社会主义的批判用莱维塔斯的总结比较恰当，“因其对资本主义最早的批评而被多加称赞，因其在过于稚嫩、不识泰山的时候提出的无效解决方案而被居高俯视，因其在自身的历史意义已被取代之际力行反动而被严词申斥”②。在《哲学的贫困》《共产主义原理》《共产党宣言》等文章中，马克思和恩格斯给予了乌托邦社会主义比较客观的评价。他们批判的并非欧文、圣西门和傅立叶等乌托邦社会主义体系的创始人，因为后者的理论论述是适合当时的历史现实的。马克思、恩格斯对乌托邦社会主义的后继者即反对宪章运动和改革运动的欧文主义者、傅立叶主义者及圣西门主义者表示强烈不满，“这些信徒无视无产阶级在历史上继续向前发展的事实，还是死守着他们的老师们的一些陈旧观点。所以，他们一贯地一再企图削弱阶级斗争，调和对立。他们还在梦想用试验办法来实现自己的社会空想，梦想创办单个的‘法伦斯泰尔’，梦想建立所谓‘国内移民区’，梦想创立小‘伊加利亚’即创立袖珍版的新耶路撒冷，而为了建造这一切空中楼阁，他们就不得不去央求资产阶级放软心肠，解囊施舍。他们渐渐地堕落而与

① ［德］恩格斯：《英国工人阶级状况》，人民出版社 1956 年版，第 351—352 页。

② ［英］鲁思·列维塔斯：《乌托邦之概念》，李广益、范铁伦译，中国政法大学出版社 2018 年版，第 75 页。

上面讲过的那些反动的或保守的社会主义者成为一丘之貉了，不同处只在于他们更为一贯迂腐，更加狂信自己那一套社会科学能奏奇功异效罢了”①。革命并非某个政党和某个阶级刻意密谋的结果，当无产阶级事业受到资产阶级的强力压制时，历史必然会将压迫推向革命。乌托邦社会主义的后继者却仍然无视历史发展的事实，期待依靠理想和正义来改变社会，当这种诉求遭遇失败时，又一味地通过妥协调和的方式来换取理想实现的空间。这只会损害无产阶级的力量，最终导致社会主义理想目标的失败。对乌托邦社会主义的批判一直延续至恩格斯的《社会主义从空想到科学的发展》达到高潮。

许多马克思主义者并没有清楚地认识到乌托邦之于马克思、恩格斯理论形成的意义。他们忽视马克思、恩格斯对乌托邦社会主义推测未来积极意义的肯定，也没有认真分析乌托邦主义与马克思主义之间的真正差别。他们对乌托邦社会主义的片面理解致使乌托邦的原义被颠覆，成为与科学相对立的不成熟的和不切实际的空想，乌托邦成了“乌托邦的”，一个贬低和嘲讽他人思想的形容词。乌托邦社会主义属于乌托邦，但乌托邦不等于乌托邦社会主义。不能因为马克思、恩格斯对乌托邦社会主义的批判就否定乌托邦社会主义的意义，进而否定乌托邦的意义。更不能再将被污名化的“乌托邦”标签粘贴到其他形式的社会主义上，最终借此否定所有对未来美好社会的设想。

二　布洛赫与乌托邦的复兴

对乌托邦的片面理解和以乌托邦为武器进行的意识形态斗争造成了乌托邦的污名化并掏空了乌托邦的价值与内涵。乌托邦与马克思主义之间矛盾对立的关系在西方马克思主义产生后逐渐得以改

---

① 《马克思恩格斯全集》第4卷，人民出版社1958年版，第501—502页。

变。西方马克思主义的出现意味着乌托邦思想的当代转向。当代西方社会进入“反乌托邦的时代”后，乌托邦精神萎靡，想象的无能宣告了资产阶级意识形态的胜利。如何激活乌托邦精神、敞开马克思主义未来向度成为西方马克思主义的重要使命。西方马克思主义者力图纠正传统马克思主义在乌托邦问题上的偏见和歧误，面对乌托邦所遭遇的困境，他们以积极的态度从学理上重新阐释乌托邦，对传统乌托邦进行反思与批判，揭示这一概念的多元性，建构区别于传统乌托邦思想的当代乌托邦理论，为乌托邦进行辩护和正名。其中，尤为值得一提的是布洛赫的乌托邦理论。

作为最早研究乌托邦问题的西方马克思主义者，布洛赫力图整合马克思主义和乌托邦思想，系统论述乌托邦存在的重要价值。作为希望哲学的核心，“乌托邦”不是空穴来风。乌托邦精神和希望标示了万事万物趋向未来的本质，乌托邦冲动无处不在。布洛赫考察了白日梦、神话、童话、电影、戏剧、社会政治、技术、建筑、地理、宗教、音乐、文学等领域中的乌托邦冲动，他提出乌托邦既是人们对“不满足”的一种补偿，容易受意识形态的操纵，又是一种“匮乏”机制促发的向前的期盼意识。前者是人们赋予其贬义的重要原因。布洛赫推崇的是后者，他希望从驳杂的乌托邦成分中揭示乌托邦期盼的本质，从而恢复乌托邦精神的活力。

首要的一个贡献是，布洛赫在重新阐释马克思哲学本体论的基础上建构希望本体论，凸显乌托邦的价值。在哲学的演变中，存在着两种基本的本体论范式：一是以过去为定向的、还原式的、决定论的本体论范式；二是以未来为定向的、开放式的、生成论的本体论范式。[①] 前者主要指传统哲学统摄下的实体本体论，后者是一种立于人的生存之上的本体论范式。在《希望的原理》中，布洛赫对这两种本体论范式进行了对比。前者将人排除于存在的知识之外，

① 《人之存在与哲学本体论范式——兼论马克思哲学的本体论意蕴》，《江海学刊》2002 年第 8 期。

认为有一个与人无涉的抽象的终极本体，比如理念、上帝或终极精神等已经存在的永恒想象。如果想获得关于世界的知识，必须通过向过去追溯、不断回忆的方式重新识别出业已存在的理念。实体本体论被布洛赫视为指向过去或现在的哲学，在柏拉图、亚里士多德、黑格尔等的哲学中均有体现。与前诸众人不同，马克思建构了以人的生存为导向的现代本体论，开启了指向未来的思想维度，可谓是哲学上的极大变革。“马克思哲学是实践的、物质的、实验的、发展的哲学……马克思追求人类社会中某种具体而现实的东西……马克思借助于劳动探求社会经济关系中未完成的事物和生成过程中的现实问题。”[①] 马克思哲学具有革命的、实践的特质和鲜明的未来向度，这一要素并没有在过去的马克思主义视野中得以呈现和阐明，在《关于费尔巴哈的十一个命题》一文中，布洛赫对此予以揭示。

布洛赫在发掘马克思哲学的未来向度的基础上，提出了“尚未存在”本体论（希望本体论）。“尚未存在”体现了鲜明的乌托邦精神。布洛赫对弗洛伊德、阿德勒、荣格的精神分析学说进行批判，认为他们的共同问题在于：从无意识到意识的过程是对过去已经存在过的东西的回忆，却不关涉未来。与此相对，布洛赫提出了“尚未意识”和“尚未存在”。“尚未意识”是立于人的意识之上的一种无意识，它是向未来敞开的意识。“尚未存在”不是指单纯的“无”，它是一种向前的趋势，描述了一种还未发生、正在形成具有客观可能性的事情。布洛赫向人们呈现了“尚未存在”本体论面向未来的开放性，这一希望哲学指明了世界的发展趋势和人类不断完善的状态。

另一重要贡献是，布洛赫力图在马克思主义范畴内为乌托邦正名，这就意味着乌托邦必须成为马克思主义必不可少的一部分。

---

① ［德］布洛赫：《希望的原理》第1卷，梦海译，上海译文出版社2012年版，第10页。

“马克思主义并非不是乌托邦，而是一种具体的乌托邦的新事物。”① 布洛赫把乌托邦视为在马克思主义内部被忽视的概念。他区分并对比抽象乌托邦和具体乌托邦，提出马克思哲学是具体的乌托邦。“乌托邦一词不再被理解为一种狭隘的、甚至仅仅规定坏东西的概念，不再被理解为类似轻率的绘画作业、抽象的游戏形式等，而是被理解为向前的梦、预先推定等新的正当意义上的概念。”② 在《希望的原理》的一开始，布洛赫就为乌托邦进行辩护，他否认人们附加在乌托邦之上的各种贬义。不过，他是为真正的乌托邦而辩。对于那些抽象乌托邦，他依然排斥，并认为正是这些抽象乌托邦拖累了真正的乌托邦发挥作用。那些机械的蓝图式的空想就是抽象乌托邦，布洛赫提醒我们要坚决地同这种乌托邦告别。这也是布洛赫反对文学乌托邦的一个重要原因。人们对乌托邦的印象往往停留于乌托邦小说所描绘的理想国家。布洛赫认为这些小说并没有使乌托邦向好的方向发展，反而因为突出的抽象性使乌托邦遭遇贬斥。人们停留于一种抽象的、不具备可能性的乌托邦印象里，把社会主义这一具体的乌托邦排除在外或是将其与抽象乌托邦相等同。乌托邦因为那些乌托邦小说而受到限制。布洛赫利用乌托邦功能来说明两者的区别。“在单纯的如意算盘中，乌托邦的功能根本不在场，或者仅仅一闪而过。自古以来，纯粹的如意算盘严重败坏了乌托邦的名誉，以致不仅在政治事件上，而且在可期待的所有其他传达中都使乌托邦威信扫地。”③ 抽象的乌托邦是一种单纯的幻想，它的背后没有坚实的实体，不具备现实可能性，发挥着不成熟的乌托邦功能。由于抽象乌托邦功能的不成熟性，导致人们对乌托邦产生怀疑，甚至排斥一切向前推进的努力，采用反乌托邦的论调来拒绝所有可期望的东西。与此相对，具体的乌托邦是梦与生活之间的共

① ［德］布洛赫：《向乌托邦告别吗?》，梦海译，《现代哲学》2008 年第 1 期。

② ［德］布洛赫：《希望的原理》第 1 卷，梦海译，上海译文出版社 2012 年版，第 13 页。

③ ［德］布洛赫：《希望的原理》第 1 卷，梦海译，上海译文出版社 2012 年版，第 160 页。

同点，经过了现实的校正，具有现实可能性，能够领会现实的趋势，因而发挥着成熟的乌托邦功能。在布洛赫看来，马克思、恩格斯所倡导的科学社会主义是具体的乌托邦，乌托邦社会主义是单纯的抽象乌托邦，科学社会主义要坚决地与其分道扬镳。具体乌托邦满足如下条件：具有内在于乌托邦的功能的坚强主体，这个主体就是无产阶级。无产阶级意识与所有抽象的以及漫无边际的意识相对，无产阶级从客观现实出发，秉持着与现实毫不妥协的意志，勇往直前，把自己把握为资产阶级的最大对立者。“没有主观因素也能过得去这是不可想象的，同样，隐瞒这一要素的深蕴向度也是不可能的，因为，这一向度对邪恶的既定现实恰恰采取对抗措施。换言之，这一向度全力动员出现在邪恶既定现实中的矛盾，将其完全颠覆和摧毁。但是，主观要素的深蕴向度之所以能够对既定现实采取某种对抗措施，是因为它不仅否认这种现实，而且包含着一种可以预先推定成功的强烈愿望，而这种愿望代理乌托邦功能。”① 布洛赫在这里强调的是主观要素在社会变革活动的重要作用。当然，他并未忽视客观要素，具体乌托邦还需满足现实可能性这一条件。布洛赫特别提醒人们不能根据实证主义的现实概念和市民唯心主义的现实概念就认定和驳斥一个乌托邦是抽象乌托邦。具体乌托邦与现实可能紧密相连，而不是既成事实。现实是一个过程，具有动态性，一切现实的东西都在自身的过程前线上，从而逐渐变为可能的东西。预先推定的要素是现实的重要组成部分。“现实地可能的一切东西乃是在客观本身的领域里尚未完全聚集的那些条件，这些条件可以是渐渐成熟的东西，尤其是可以作为新的条件（尽管与现存的事实相中介过）出现，以便产生新的现实。”② 具体的乌托邦是主观因素与客观趋势的结合，马克思主义作为“具体的乌托邦”，倡导革命的理论与实践、主观与客观的结合。布洛赫认为，具体的

① ［德］布洛赫：《希望的原理》第1卷，梦海译，上海译文出版社2012年版，第165页。

② ［德］布洛赫：《希望的原理》第1卷，梦海译，上海译文出版社2012年版，第230页。

乌托邦实际上就是无产阶级的革命运动。靠无现实依凭的主观断想不能实现社会主义，靠等待客观因素自动进步和平过渡到社会主义也会遇挫。马克思主义是寒流和暖流的相互作用，只有表达客观趋势的寒流和主观意识的暖流共同作用，才能取得社会主义革命的成功，才能实现人的自由和解放。

布洛赫的理论探索创新了对乌托邦的思维方式，重构了马克思主义哲学，使马克思主义哲学成为连同过去、现实与未来的哲学。他的这些努力影响了同时代乃至后来的一些西方马克思主义理论家，他们不约而同地以各种方式为乌托邦正名并为弥合乌托邦与马克思主义之间的裂痕而努力。马尔库塞提出要向乌托邦告别。他要终结的是对乌托邦的污名化和过去的乌托邦概念。在他看来，乌托邦是一个历史概念，向过去的乌托邦告别，并非为了取消乌托邦范畴，而是为了开启和重建另一个乌托邦，也是为了呼唤人们重拾对乌托邦的信心。马尔库塞要重建的乌托邦概括地说就是面向未来的新的历史可能性。从爱欲解放乌托邦的提出到乌托邦社会主义革命的大声疾呼再到审美乌托邦的极力倡导，马尔库塞对乌托邦的思考，都是在为人类解放和个人自由这一巨大的人类使命而努力。如同布洛赫一样，哈维对静态的乌托邦持批判态度，这种乌托邦形式使得人们长期对乌托邦带有偏见。与布洛赫不同，他从时空角度关注乌托邦。传统乌托邦时空的封闭性必然导致封闭机械的社会蓝图的出现。哈维通过对乌托邦演变轨迹和现代城市空间的研究提出了辩证的时空乌托邦，力图使乌托邦从传统的时空认识中挣脱出来，使人们认识到乌托邦时间的超越性和特定时空中空间的异质性，使得一种乌托邦地理学和马克思主义实现有效结合。除此以外，还有弗洛姆、哈贝马斯、雅各比等人皆对乌托邦进行了富有创见的研究，共同推动了马克思主义与乌托邦的和解。

◇◇ 第二节　乌托邦视域与西方马克思主义科幻批评

一　西方马克思主义科幻批评的勃兴

西方马克思主义科幻文学批评的兴起标志着马克思主义与乌托邦之关系的深化。由西方马克思主义学者达科·苏恩文发起的科幻文学批评是西方马克思主义文化批判的重要组成部分。爱德华·詹姆斯、帕特里克·帕林德等主编的《来自另一个世界的借鉴：疏离、认知以及科幻文学和乌托邦的政治学》（2000）收录了苏恩文、詹姆逊、莫伊兰、弗里德曼、菲丁、昂热诺等人的科幻研究论文。该文集清晰地呈现了当代西方马克思主义者科幻批评的乌托邦视野。博尔德、柴纳·米耶维主编的《红色星球：马克思主义和科幻小说》（2009）收录了11篇西方马克思主义者科幻研究论文。博尔德和米耶维认为，科幻文学和马克思主义理论在很长时间内被并置于同一轨道。苏恩文、詹姆逊、弗里德曼等学者的相关研究皆是在马克思主义这一理论预设下进行的。因此，两位编者明确地将这些理论家归入一个流派。

西方马克思主义对科幻文学的关注不是偶然的，它实际上是马克思主义与科幻文学一次必然碰撞的结果。第一，20世纪70年代西方科幻文学批评正处于转变的关键期亟须突破。在20世纪70年代之前，西方科幻文学批评还是以根斯巴克—坎贝尔所开创的批评的通俗传统为主，把科幻文学视为具有提供娱乐、科学教育和带来发明“启发”作用的文学流派。20世纪60年代初“新浪潮”运动在英美蓬勃发展起来，以迈克尔·莫考克和哈伦·埃利森作为这次运动的主要代表试图颠覆科幻批评的通俗传统并进行改革科幻的圣战，但是影响有限。在学术界，一种学院科幻批评开始兴起，“追随新批评和经典文学的精英主义者将某些科幻作品拔升为‘严肃文学’，却常使用现实主义和现代主义的批评标准，仍将科幻整体视为缺乏自反性的边缘文学”[①]。西方科幻批评陷入一个比较尴尬的境地。第二，科幻文学所具有的颠覆性、批判性特质符合西方马克思主义文化批判的需要。革命运动失败之后，西方马克思主义者的研究方向发生了转移，他们开始关注资本主义意识形态对文化领域的强力控制，批判大众文化传播所造成的民众批判能力的丧失。他们认为只有激进的文化才能够起到唤醒民众关注现实、重构社会意识的作用，因此将科幻文学作为研究的新领域。“从更深层次上说，科幻文学中的那种创造性和想象力，使它具有一种反抗现实的精神，这和马克思主义研究者批判现实的思想主旨是内在契合的。马克思主义对于未来美好社会的不断追求，从某种程度上说也和科幻小说构想未来的努力之间形成了一种关联。”[②] 因此，西方马克思主义者对科幻小说的热切关注形成了西方科幻文学批评的马克思主义转向，这一群体从不同的理论视野和路径出发关注科幻文学，旨在从科幻文学对未来的多种可能性建构中发现其对现实人类社会关系的反思。

尽管对乌托邦的重视程度不同，西方马克思主义者不约而同地将“乌托邦”作为阐释科幻文学的关键词。对于苏恩文、詹姆逊和莫伊兰来说，乌托邦甚至是他们研究科幻文学的终极视域。这与布洛赫的乌托邦理论密不可分。在布洛赫的理论影响下，苏恩文将乌托邦限定在文类范畴，认为无论乌托邦还是反乌托邦作品，乌托邦都是一种永恒的视野。他以科幻与乌托邦的结合使科幻文学与幻想文学等通俗文类得以区别开来，开启了科幻文学批评的马克思主义转向。苏恩文的“新异”（novum）概念受布洛赫启发而提出。新

① 黎婵、石坚：《西方马克思主义科幻批评流派的乌托邦视野》，《四川大学学报》（哲学社会科学版）2013 年第 5 期。

② 贾立元、任冬梅、荣智慧：《马克思主义研究者为何热衷关注科幻》，《文艺报》2012 年 6 月 18 日。

异性是科幻文学与乌托邦的共同思维模式。詹姆逊在《政治无意识》中提出的马克思主义阐释学本来就受了布洛赫乌托邦辩证法的影响。在后来的科幻文学批评中，詹姆逊结合布洛赫的“具体的乌托邦”的概念和苏恩文的“认知疏离”原则建构了自己关于科幻文学批评的乌托邦阐释学。莫伊兰则始终坚持把乌托邦冲动视为未来发展的动力，他在20世纪70年代科幻文学中发现的“批判的乌托邦”和20世纪80年代发现的“批判的敌托邦”澄清了乌托邦写作传统单一化了乌托邦冲动的嫌疑。相对来说，巴科利妮、菲丁和昂热诺的科幻理论研究成果没有那么丰富，巴科利妮在乌托邦科幻文学和敌托邦科幻文学中发现持续不断的希望；菲丁通过对乌托邦研究历史的梳理确认乌托邦与科幻文学的必然联系，解读英美科幻文学中的乌托邦渴望；昂热诺把乌托邦作为梳理西方科幻文学发展史的视域。与苏恩文和詹姆逊、莫伊兰等人把乌托邦作为研究科幻文学的终极视域不同，卡尔·弗里德曼注重从广阔的“批判理论”的路径出发来谈论科幻文学。他也发现了科幻文学中所体现出的乌托邦冲动，但他仅把这视为科幻文学的一个方面。他把批判理论和科幻文学视为两种具有亲缘关系的话语模式，批判理论即是一种辩证思维，而科幻文学则以历史的可变性、物质的可还原性和乌托邦的可能性体现了丰富的辩证思维。

不论是乌托邦视域中科幻文学诗学的建立、乌托邦阐释学框架内的科幻批评、科幻文学中“批判的乌托邦”的发现还是科幻文学与批判理论的并置，西方马克思主义科幻文学批评体现出共同性：把科幻文学视为一种具有历史使命的文学，考察科幻文本与意识形态之关联，强调文化哲学与社会文化批判的作用，揭示科幻文学的政治文化功能和社会批判功能。方法论层面，将马克思主义关于社会历史和意识形态的分析与形式主义对于语言、符号和形式的分析综合在一起，体现了极强的理论包容性和生产力。

二　理论回响与意义限度

苏恩文之后的一些研究者自觉地将科幻文学与乌托邦关联起来，尤其是21世纪以后出版的各种科幻文学史或多或少都会将科幻文学与乌托邦之关系问题纳入进来。大致存在这样几种研究情况：第一，以苏俄科幻文学为主要论域，讨论社会政治意义上的乌托邦对科幻文学之影响。《剑桥科幻文学史》（2003）专辟一章对乌托邦社会主义与科幻文学之关系进行分析。小伊斯特万·西克和瑟瑞·荣莱将乌托邦社会主义视为影响19世纪末科幻文学发展的重要思想观念。这些影响主要波及英语国家和俄国。两人首先简述了威尔斯、贝拉米和杰克·伦敦作为社会主义者，其科幻文学创作都不可避免受乌托邦社会主义思想之影响，然后把论述重点放在苏俄科幻文学上。他们梳理了从20世纪初到七八十年代俄国和苏联的科幻文学创作，确认了乌托邦社会主义是科幻文学创作的思想源泉这一观点。第二，将乌托邦小说视为科幻文学的子类。罗伯茨在科幻史梳理时勾勒了科幻文学的四种形式：空间旅行故事、时间旅行故事、想象性技术故事和乌托邦小说[①]。由于受苏恩文对俄国科幻文学的乌托邦传统论述的影响，很多研究者在讨论科幻文学与乌托邦之关联时往往会落脚于苏俄科幻文学。《星空的旋律——世界科幻简史》（2020）中，作者在讲述苏联科幻文学史时自动将乌托邦小说和科幻文学相等同，但在梳理日本、美国、英国、澳大利亚等国家的科幻文学史时，均没有提及乌托邦与科幻文学之关联。阿西莫夫在对苏联科幻的关注中确认了乌托邦小说是科幻文学的一种，不过他声称在当时的历史语境下，苏联境内很难出现真正的乌托邦和反乌托邦作品。乌托邦的框架设置为“如果……会怎么样”“如果……那该多好”，反乌托邦作品的框架设置为“如果继续这

① ［英］亚当·罗伯茨：《科幻小说史》，马小悟译，北京大学出版社2010年版，第viii页。

样……就……”。前者表达出对现实社会的不满，后者又会有以警示的口吻影射现实之嫌疑。因此，他认为苏联科幻文学中出现的是一种反乌托邦和乌托邦混合的形式。第三，将乌托邦小说视为科幻文学产生的源头。冈恩列举了科幻文学产生前的几种形式：史诗、古希腊神话、乌托邦（《理想国》和《乌托邦》）、讽刺（古希腊的悲剧与戏剧）。冈恩特别指出，科幻文学并不能与这些形式等同，而是从某种意义上说，上述提到的这些形式是整个西方文学的源泉。在这些作品中，存在着后来科幻文学所具有的某些相同的特征。《拉美科幻文学史》中，《墨西哥一九七○》《巴西二○○○》《尼克—耐克》等乌托邦作品被归为拉美科幻文学最早的经典。作者援引了苏恩文关于科幻文学的界定和乌托邦的论述，从而赋予了拉美科幻文学以乌托邦基础。第四，乌托邦作为某些科幻文学中的元素而存在。《日本科幻小说史话：从幕府末期到战后》中，其中有一节为“政治小说——围绕乌托邦的小说形式”，该节提出政治小说是一种乌托邦小说形式，但有很多作品又体现出了科幻特性。从这些描述中可以看出，在作者看来，理想社会的实现、理想社会制度的设置不是科幻文学的必选项，未来和科技才是作者将作品确定为科幻文学的主要原因。乌托邦因为往往与未来相关，所以成为一些科幻文学的重要元素。

从以上情况来看，西方马克思主义对科幻文学与乌托邦关系的研究已经深入人心，后来的研究者往往在默认科幻文学与乌托邦亲缘关系的前提下谈论科幻文学。实际上，当下研究者对乌托邦与科幻文学之关系的理解有一个由模糊到明朗的过程。我们可以结合吴岩及其科幻研究团队所著的《科幻文学理论和学科体系建设》一书对科幻文学定义的梳理来观察这一过程。该书提出内容变更、叙事变更和文化转移会影响科幻文学定义的改变。书中列举了世界范围内不同时期对科幻文学的界定，从这些定义可以看出，对乌托邦与科幻之关系的强调，是后来才有的。尽管对科幻文学的定义五花八门，但大多数定义都是在围绕着科学技术进步与人类世界之关系而界定。并且，这里的科学技术主要指向自然科学领域的科技发明。20 世纪 80 年代之后的定义中，开始呈现由科技发明向科学原理过渡、由自然科学向自然科学和人文科学相结合的转变。历史、宗教、社会学、心理学、哲学等学科都纳入科学这个领域，科学的扩延导致了大科学的存在，也使得科幻文学所涉及的领域日益宽泛。恶托邦小说和乌托邦小说因为社会科学价值而不可避免地被纳入科幻文学。

尽管该书似乎已经提出了乌托邦小说应被纳入科幻文学，但从后面章节对各国科幻发展的阐述中并未明确体现这一点。在谈及德文科幻时，乌托邦和机器人、月球旅行等作为科幻文学的某个元素而存在。在谈及俄文科幻时，论者虽然列举了一大堆乌托邦小说，但却并不将这些小说作为俄罗斯科幻文学的开端。论者把齐奥尔科夫斯基作为俄罗斯科幻文学的开创者，把他的《在月球上》作为第一部科幻文学。同时，论者又把扎米亚京的反乌托邦三部曲视为俄文经典的科幻文学。其实，这种对乌托邦和科幻文学关系理解的模糊性和不确定性在其他科幻研究者那里也时有出现。这源于研究者大致达成一个共识：科幻文学是工业革命的产物，从 18 世纪 60 年代到 19 世纪中期是第一次工业革命，在这之前的乌托邦文学、冒险旅行等只能是前科幻文学时代的作品。同为吴岩主编的科幻研究书籍，《科幻文学理论和学科体系建设》（2008）所列的第一篇中国科幻作品是荒江钓叟的《月球殖民地小说》（1904），到《20 世纪中国科幻文学史》（2022）中，中国科幻的开端之作已更换为梁启超的《新中国未来记》（1902）。《新中国未来记》早就为人熟知，这显然不存在文献新发现的问题。在首部全面呈现中国科幻从起源到成熟的学术新作中，《新中国未来记》这篇政治乌托邦小说被纳入科幻文学，说明“乌托邦小说作为科幻小说的子类”这一观点已经逐渐成为科幻研究者的共识。

西方马克思主义者借科幻文学这一中介复兴了乌托邦的冲动，重塑当代乌托邦的精神框架，为西方马克思主义拓展了理论空间。同时，他们以对科幻文学的重新界定塑造了科幻文学独立的文类品格，打破了以娱乐教育启示为目的的通俗批评传统，是西方科幻批评史上的巨大转折。其形式主义与马克思主义相结合的辩证批评方法对当前的文学批评有着重要的借鉴意义。当然，局限也比较明显。首先，它过于强调理论建构，甚至为了理论的完美而忽视现实情况。他们严格按照自己所提出的范畴和定义域来对科幻文学进行筛选，从而将大量作品排除在外，这实质上是对科幻文学的纯化和经典化。这一过程忽视了作家在作品、世界、读者之间的中介意义。若跻身主流文学，科幻文学将面临诸多话语规约与意识形态的重重规训，它的独特魅力和批判价值将难以为继。其次，理论观点与批评方法不够多元。除弗里德曼外，其他人由于仅仅集中在科幻的乌托邦建构方面，对科幻文学的分析还显得比较单一。因此，我们必须要持一种辩证批判的态度，既汲取其优点，同时又不囿于其理论观点和批评方法。

第二章

达科·苏恩文与科幻文学的诗学

达科·苏恩文是西方马克思主义文学批评家、著名的科幻文学研究专家，对西方当代科幻文学研究做出了巨大贡献。他在1959年开始任教于克罗地亚萨格勒布大学。1963年，苏恩文的文章《科幻小说与乌托邦主义》发表在萨格勒布月刊《我们的主题》上。这篇文章形成了其专著《科幻小说变形记：科幻小说的诗学和文学类型史》中的理论探讨部分。1968年，他任蒙特利尔市麦基尔大学的英语和比较文学教授，从此开始用英语发表科幻研究的文章。他的科幻研究著述颇丰，主要有《科幻小说变形记：科幻小说的诗学和文学类型史》《科幻小说面面观》《由空而定义：乌托邦、科幻小说以及政治认识论》，他还编著了一些科幻小说史，主要有《社会主义国家的科幻小说》《苏联科幻小说1956—1970》《英国维多利亚时期的科幻小说》等。其中，《科幻小说变形记：科幻小说的诗学和文学类型史》与《科幻小说面面观》在2011年被翻译成中文引入中国。这两本书集中体现了苏恩文的科幻理论观点。达科·苏恩文的科幻理论被引进后，成为我国学者进行科幻研究的常用指导理论。不过，国内学者往往在科幻批评实践时对苏恩文的认知疏离理论直接引用，对其科幻理论缺乏深入而全面的研究。作为西方马克思主义科幻批评的发起者，苏恩文科幻文学诗学的建立标志着西方科幻文学研究的马克思主义转向。本部分将对苏恩文的科幻理论进行细致全面的梳理，揭示其“科幻文学的诗学”的生成路径：一是重新界定科幻文学，视科幻文学为认知陌生化的文学类型；二是从这一概念内涵中提取出“认知”与“新奇性”，与乌托邦相关联进行阐发，确认了科幻文学的乌托邦基因；三是建立了自己的一套科幻文学类型史，在这一历史梳理中，把乌托邦小说作为追溯科幻文学起源的重要思路，从而把乌托邦文类与科幻文学并置。由此，整个科幻文学的诗学建立起来。综合观之，乌托邦为苏恩文科幻理论建构的终极视域。

◇◇ 第一节　陌生化：本体论与方法论的统一

一　什克洛夫斯基与陌生化理论

“陌生化”与“认知”是苏恩文科幻诗学理论的核心关键词，其中，“陌生化”概念的使用应当追溯至什克洛夫斯基与布莱希特。苏恩文曾经强调布莱希特的“陌生化”理论在戏剧领域使用的意义，自己在其基础上将陌生化扩延至科幻文学的领域，对什克洛夫斯基却一语带过。实际上，什克洛夫斯基的陌生化理论对苏恩文“科幻文学的诗学”建立具有重要作用。在苏恩文这里，“陌生化”应当从本体论和方法论两方面来理解，其中，什克洛夫斯基在本体论意义上对“陌生化”的论述与苏恩文启用这一概念的主要目标是相似的，即确立一种独立的科幻文学文类，在此基础上建立“科幻文学的诗学”。因此，对什克洛夫斯基“陌生化”的分析就尤为必要。

19 世纪末 20 世纪初，在西方社会哲学思潮的影响下，文学界寻求冲破传统文学桎梏，开拓文学的新方向。以什克洛夫斯基为代表的俄国形式主义学派挑战既有的文学模式和传统规范，从形式和语言层面寻求变革的契机。“陌生化”的提出，体现什克洛夫斯基作为俄国形式主义的一员，致力于建立一门独立文学学科的努力。前诸研究者詹姆逊等人往往把“陌生化”与“文学性”关联起来，认为什克洛夫斯基的陌生化是继雅各布森的“文学性”提出的，是实现“文学性”的一种方式。而实质上，什克洛夫斯基“陌生化”的提出先于雅各布森的“文学性”。学术界之所以普遍存在着此种观点，源于埃利希对两者的倒置。不过，“文学性”在俄国形式主义文论中的确是一关键性概念。俄国形式主义与索绪尔开始时一样，否定从哲学、历史等非文学角度分析文学，致力于建立一门独立的文学学科。“文学性”概念的生成与俄国形式主义者致力于要将文学建成一门独立的科学密切相关。俄国形式主义学派代表人物艾亨鲍姆有关“文学性”观点的生成受过雅各布森观点的影响。艾亨鲍姆引用了雅各布森的“文学内在原则”的观点，把文学科学的主题明确地规定为“区别于其他任何材料的文学作品的特殊性（而那些次等的，这些材料的附带特性，可以以一种次要的方式合理和正确地使用在其他科学学科中）”[①]。艾亨鲍姆在《“形式方法”的理论》中，提出了要根据文学材料的内在性质建立一门独立的文学科学，“所谓的‘形式方法’是产生于为了独立和具体的文学科学而进行的斗争，它并非某种特殊的方法论的副产品”[②]。现实的情形是，学院式的研究秉持着象征主义的研究方法，运用的是美学、心理学和历史学的古老原则，而对文学研究的主题则感觉模糊，因此形式学派要从象征主义中把诗学夺回来，“抛弃哲学的假定，拒绝心理学和美学的解释……远离哲学美学和意识形态理论”[③]，使诗学重返科学的研究事实的道路。对于“文学性”和“陌生化”的关系，我们可以以“文学科学”一词为中介来加以理解。无论两者之间是否存在理论与实践的关系，它都体现出俄国形式主义要建立一

① Hazard Adams & Leroy Searle, eds., *Critical Theory Since Plato*, Peking: Peking University Press, 2006, p. 870.

② Hazard Adams & Leroy Searle, eds., *Critical Theory Since Plato*, Peking: Peking University Press, 2006, p. 868.

③ Hazard Adams & Leroy Searle, eds., *Critical Theory Since Plato*, Peking: Peking University Press, 2006, p. 870.

门独立的文学科学的倾向。

什克洛夫斯基的“陌生化”提出也起源于对象征主义的批判。波捷波尼亚将词语分为三个部分：声音、形象、内容，其中声音是词语的外部形式，形象是词语的内部形式。波捷波尼亚把形象放在最重要的位置，因为它承载着内容。“词的外部形式”相当于作品的语言表达手段，文学是靠词语体现出来的。词的内部形式相当于作品的形象（或者形象系列），即性格、情节、时间等。其意义相当于作品的主题，即“形象在读者心灵上所唤起的思想综合”①。波捷波尼亚将词语的形式观运用到文学艺术上，从而得出艺术是形象的思维，把诗视作某种思想和认识方式，由此提出了“节省创造力”的艺术法则，认为形象的人物是通过已知之物来解释未知之物，并且形象的目的是使我们更容易理解形象的意义。什克洛夫斯基否定了诗歌是形象思维并对节省创造力的艺术法则进行批判。什克洛夫斯基把音响和形象并提，但两者并不是传达内容的工具，而是共同作用于读者，引发独特的审美感受。什氏从语言学角度提出诗的语言和日常语言中都有形象性，但这是两类不同的形象表达。用简练节约的语言来描述事物那是日常语言所需要的，诗歌语言恰恰要摆脱这种语言的不断重复积累所造成的自动化倾向，因此，应当把关注点放在诗的语言上面来，即语言本身如何操作使诗具有独特性。他还从接受的角度试图反思诗为何物。譬如，常有这样的情形，作为诗的事物被感受为一般事物，而一般事物有时却被感受为诗。因此，事物之所以具有艺术性是被我们感受到的，真正的艺术作品是根据我们的特定的感受方式而用特殊的手法制作的。“正是为了恢复对生活的体验，感觉事物的存在，为了使石头成其为石头，才存在所谓的艺术。艺术的目的是为了把事物提供为一种可观

① 刘宁：《俄国文学批评史》，上海译文出版社1999年版，第611页。

可见之物，而不是可认可知之物。"[1] 形象的目的不在于形象思维和认知而在于制造对事物的独特感受，产生一种挑战习惯的视觉刺激。于是，各种技法、手法按照实现此目的程度可以划分不同的等级。

"陌生化"与"自动化"相对立，陌生化方法意味着要对文学材料进行陌生化处理，与熟视无睹的日常生活经验相疏离，与习以为常的艺术经验相疏离，使艺术世界与现实世界相疏离。必须指出的是，"陌生化"一词为什克洛夫斯基笔误所致，他本要表达为"奇特化"，但却因为少写了一个"h"变为一个大家误以为的新造词，于是产生了英语世界中"陌生化"这一译法。什克洛夫斯基后来在回顾时指出了自己的这一失误。但由于人们的接受习惯，什克洛夫斯基以后还是沿用了"陌生化"这一词汇。从什克洛夫斯基的具体分析来看，其实"陌生化"包含了两层含义，一是奇异的，奇怪的；二是与现实拉开距离。"陌生化"就是要求作家以奇异化的方式实现对现实世界的间离，以间离化的形式表现独特的艺术感受。

如果说什克洛夫斯基从语言学角度出发以"陌生化"为武器构建了形式之上的诗语理论，他同样将"陌生化"方法运用到小说中去，构建了其叙事理论。他认为，文学作品是程序与材料的统一，程序将材料组合成能够唤起人审美感受的对象。程序与材料的关系在小说中体现为故事与情节的关系。什克洛夫斯基认为要实现小说的陌生化，就要实现情节的陌生化，包括叙事角度与情节结构的陌生化。与诗歌的陌生化一样，"把形式艰辛化，从而增加感受的难度和时间的手法"[2]。

---

① ［苏］维·什克洛夫斯基：《散文理论》，刘宗次译，百花洲文艺出版社 2010 年版，第 11 页。

② ［苏］维·什克洛夫斯基：《散文理论》，刘宗次译，百花洲文艺出版社 2010 年版，第 12 页。

二　陌生化：本体论与方法论的统一

什克洛夫斯基的“陌生化”理论对于苏恩文的意义在于：一是以主体接受为中心，打破主体接受的思维定式，瓦解主体感知系统的自动化，调动读者的审美感知，引发接受主体的惊奇感与惊异感，使主体获得丰富的审美感受与全新的认知。二是将文学与其他门类区别开来，确立文学的独立自主性，并在此基础上致力于建立一门科学的、具有独立自主性的诗学理论。早期的什克洛夫斯基从本体论角度来论述陌生化，那么，文学就是形式，陌生化是文学这一形式的体现，是文学得以与其他门类区别的本质特性。在苏恩文看来，陌生化态度已经发展成为科幻小说文类的形式框架。他从本体论角度论述陌生化，“科幻小说就是这样一种文学类型，它的必要的和充分的条件就是陌生化与认知的出场以及二者之间的相互作用”①，由此可见，陌生化是科幻小说存在的核心特质，是科幻小说区别于其他文类的本质属性。当然，“陌生化”这一属性是与“认知”结合起来讨论的，两者共同构成了科幻文学的文类属性。这里，认知指向必然与内容相涉。

不过，在早期的什克洛夫斯基这里，内容是不重要的，“童话，小说，长篇小说——是各种动机的综合；歌曲——是各种风格运动的综合。所以，情节与情节性是与韵脚一样的形式。在分析作品时，从情节性的观点而言，‘内容’这个概念是不需要的”②。他曾经明确提出，“形象的目的不是使其意义易于为我们理解，而是制造一种对事物的特殊感受，即产生‘视觉’，而非‘认知’”③。什

① ［加］达科·苏恩文：《科幻小说变形记：科幻小说的诗学和文学类型史》，丁素萍、李靖民、李静滢译，安徽文艺出版社2011年版，第8页。

② ［苏］维·什克洛夫斯基：《散文理论》，刘宗次译，百花洲文艺出版社2010年版，第35页。

③ ［苏］维·什克洛夫斯基：《散文理论》，刘宗次译，百花洲文艺出版社2010年版，第17页。

克洛夫斯基还举了一个色情艺术的例子，意在强调色情的事物被以映射的方式描绘出来的目的是提供视感，更新和强化人们的审美感受。什克洛夫斯基前期对“陌生化”的强调，只承认形式，否定内容，悬置内容。这种“存而不论”的态度固然是受胡塞尔的影响，即本着严谨的科学态度专注于文学文本的研究，将历史、政治、宗教、道德等因素排除在外，坚持文学研究的客观性与独立性。不过，将文学视为纯形式的做法无可避免地面临许多难以解释的悖论。

第一，陌生化手法的运用不能将内容剥离。其实在现代艺术和现代美学中，陌生化以不同的形式存在着，但是前者对陌生化的用法与什克洛夫斯基并不相同。詹姆逊归纳了陌生化手法运用的两种类型：一种是形而上的看法，与自然相联系，以奇异化的手法更新我们对人类生活以及与人的肉体有关的一些问题，比如斯威夫特所描写的矮小的人眼中巨人身体的丑陋；另一种则是社会批评式的，即“陌生化”技法被用于政治和社会的目的。比如，以“陌生化”的手法描述底层生活，以新的感知效果把人类生活的不合理的社会结构活生生地暴露出来。詹姆逊以萨特为例证明，这两类并非互不相容的，有时会相互结合，而且这两种形式最终的指向往往是一定的内容（如萨特的《恶心》）。但什克洛夫斯基却把内容当作口实，认为内容是为文学作品的产生而存在的，以便能以任何可能的方式更新感知。通过对现代艺术和美学中各种形式“陌生化”的总结，什克洛夫斯基的“陌生化”这一所谓纯形式概念具有很强的空想性。他强调以形式排挤内容的做法是一厢情愿的形式主义观念在作怪。因此，尽管什克洛夫斯基在对这一纯形式概念做分析时显现出一种小心避开内容的谨慎，但依旧一不留神就滑入了内容的领域。他在分析时举了大量托尔斯泰的例子，但无法回避形式的目的性问题。也就是说，必须面对托尔斯泰为什么要陌生化、奇异化这一问题。托尔斯泰以马的口吻来看人的行为和谈话，为的是凸显私有制之恶，因此带有很强的批判、讽刺味道，形式并非为了形式本身。俄国形式主义者特别强调内部，拒绝外部意识形态的介入，但这里明显可以发现其背后有意识形态的东西。之所以选取陌生化的视角是由其意识形态决定的，起码对于托尔斯泰来讲是这样的。无论词句怎么延长或受到了阻遏，无论情节如何花样翻新，都会在力图要理解的欲望支配下导向对思想和内容的探寻。

第二，使形式、陌生化、暴露技法成为一切文学的基本结构这一做法存在致命的悖论："陌生化"与"先在性"的矛盾，陌生化手法的实施必须建立在"先在性"的基础上，同时又必须对"先在性"进行消解。"陌生化"依赖于对现有的思维习惯或感知习惯的否定，这样，它就受依赖对象的约束，以至于成为其附庸。也就是说，它不是一个完整的概念，而是一个可以改变、自我消除的概念，它必须依赖原有的内容、概念，才能使陌生化得以完成。对象的前存在是"陌生化"得以实现的前提，从这一点看，形式无法从根本上脱离内容，相反，内容是形式的基础。另外，陌生化所要达到的是"震惊"的效果，如果针对一个对现代主义比较陌生的观众来说，它确实是需要的。但对于那些熟悉现代主义程式的人来说，陌生化、奇异化、暴露技法之类只能让人产生审美疲劳。也就是说，当陌生化的技法成为大家熟视无睹的一种东西时，它就必然濒临死亡。当陌生化走向僵化，语言过度扭曲时，我们也必将再度靠近日常语言，艺术与现实的距离也将渐趋拉近。其时，形式主义者所总结的艺术的普遍规则也将不复存在。所以，詹姆逊有足够理由认定，形式主义自始至终排斥内容，把内容视为形式的需要的做法才是"形式主义方法投射出的一个视觉幻象"①。

其实，什克洛夫斯基应该也是发现自己的这一问题，因此这一悬而未决的"内容"在他的后期理论中得到了重视。什克洛夫斯基

① ［美］费雷德里克·詹姆逊：《语言的牢笼　马克思主义与形式（上）》，钱佼汝、李自修译，百花洲文艺出版社2010年版，第82页。

后期仍然坚持陌生化理论，但是对“艺术是纯粹形式”的观点进行了修正。1982 年，什克洛夫斯基撰写了与早期同名的《散文理论》，对“陌生化”概念进行了反思：“我说过，艺术是超情绪的，艺术里没有爱，艺术是纯粹的形式。这是个错误。”[①]“我限制了运用艺术的范围，重蹈了老唯美派的覆辙。”[②]什克洛夫斯基已经认识到文学艺术不是唯美派所说的纯形式，“文学不反映生活。或者，如人们所说，反映，但不是镜子似的。文学反映与生活的斗争。人们进入文学像进杂技场一样，是为了看看谁打赢谁”[③]。形式的存在必须以内容为前提，陌生化也必须以反映现实生活为前提。不过，文学中的内容往往是隐蔽的，思想也并非裸露在人们面前，“艺术不仅擦净向我们展示世界的玻璃。艺术教我们看和理解世界，而世界如此经常地被欺骗和血迹斑斑”[④]。陈旧的语言会同人们麻木的感知操控着作者认知现实世界的方式，导致艺术中充斥着自动化的语词与情节，现实的真相被掩盖，思想被钝化。因此，形式被前置，“思想通过词语壁垒的筛滤产生，这种壁垒似乎延缓思想的形式。海狸就是这样提取湖水”[⑤]。“艺术通过世界的种种偶然性，通过发疯，通过对发疯的描写来衡量世界的种种可能性，换句话说，这就是奇异化，即把世界置诸另一个基础上。”[⑥]“奇异化——就是用另外的眼睛来看世界。这是新的、自我肯定的文学的运动。对世界的

① ［苏］维·什克洛夫斯基：《散文理论》，刘宗次译，百花洲文艺出版社 2010 年版，第 82 页。

② ［苏］维·什克洛夫斯基：《散文理论》，刘宗次译，百花洲文艺出版社 2010 年版，第 84 页。

③ ［苏］维·什克洛夫斯基：《散文理论》，刘宗次译，百花洲文艺出版社 2010 年版，第 406 页。

④ ［苏］维·什克洛夫斯基：《散文理论》，刘宗次译，百花洲文艺出版社 2010 年版，第 380 页。

⑤ ［苏］维·什克洛夫斯基：《散文理论》，刘宗次译，百花洲文艺出版社 2010 年版，第 105 页。

⑥ ［苏］维·什克洛夫斯基：《散文理论》，刘宗次译，百花洲文艺出版社 2010 年版，第 320 页。

新视角的运动。奇异化——是时代使然。奇异化——不仅仅是新视角。它是对新的、从而也是充满阳光的世界的幻想。”① 什克洛夫斯基在召回内容的同时，又重新肯定了形式的作用，强调以独特的形式实现对现实批判的作用。“陌生化”意味着从全新的视角来看待世界，对陈旧规范语言的瓦解意味着对虚假现实的揭露，语言和叙事的陌生化体现了什克洛夫斯基对现实的批判精神。

三　陌生化认知：科幻文学的重新界定

什克洛夫斯基把陌生化视作文学艺术的根本。同样，对于苏恩文来说，陌生化是一个使科幻文学获得文类价值的重要概念。对于主流小说来说，陌生化只是一种手法，它可以体现在语言、情节、时序等一切可以修饰小说的细节方面，并不是所有小说都得用，作家自可选取别的风格与手法。无论哪种手法，形式始终对内容的呈现起着至关重要的作用。对于科幻小说来说，陌生化却是核心特质。“陌生化使科幻小说有别于从 18 世纪到 20 世纪以来的‘现实主义’文学的主流，而认知又使科幻小说不仅有别于神话，而且有别于民间故事和奇幻故事。”②“认知”使科幻小说从通俗一脉中脱离出来，“陌生化”手法使科幻小说区别于主流现实主义文学，陌生化认知使得科幻文学具有了相比主流现实主义文学在批判现实方面的优势。从价值建构的维度来看，科幻文学是文学整体中的异质性体现，“在科幻小说文类中，人们进入想象的境地，或者进入特定境地之白日梦的途径，被假定为一种真实的行动”③。这种对虚构事实的事实性写作产生了陌生化效果。陌生化是科幻小说文类的形

---

① ［苏］维·什克洛夫斯基：《散文理论》，刘宗次译，百花洲文艺出版社 2010 年版，第 331 页。

② ［加］达科·苏恩文：《科幻小说变形记：科幻小说的诗学和文学类型史》，丁素萍、李靖民、李静滢译，安徽文艺出版社 2011 年版，第 8 页。

③ ［加］达科·苏恩文：《科幻小说变形记：科幻小说的诗学和文学类型史》，丁素萍、李靖民、李静滢译，安徽文艺出版社 2011 年版，第 6 页。

式框架，陌生化既是文学艺术上的，也是科学认知方面的。陌生化以现实世界与拟换性世界的对立创造了科幻小说与读者的距离，对读者的感觉异化进行挑战，而这一拟换性世界又不是与现实世界全然无涉的，它以一种镜像或类比式的存在使主体更好地批判世界。早期什氏从本体论角度来论述陌生化，认为艺术就是形式，陌生化是艺术的全部，是形式的体现。后期从方法论角度论述陌生化，认为艺术把陌生化作为一种手法，其目的是表达现实暴露现实。受益于什克洛夫斯基前后期的理论，苏恩文以“陌生化认知”得以对科幻文学重新定位。

西方科幻批评一直将科幻文学视作通俗文学。这一通俗科幻批评传统的形成要从科幻小说的“黄金年代”说起，20 世纪 20 年代至 50 年代是美国科幻小说的“黄金年代”。这一时期的科幻小说大部分以杂志为发表媒介。约翰·坎贝尔以自己在《惊奇故事》杂志上发表的作品为科幻小说文学样式定调，形成了这一时期美国科幻小说的趋同与统一。杂志的封闭性和篇幅设置的有限性使科幻小说形成了一种类型化的风格，并产生了一个固定模式：作品必须是悬念故事；故事必须与科学发展和科学家工作生活有关；一定要有几个恢宏的大场面；无论结尾是乐观还是悲观，最好有一定的哲理。[①]根斯巴克、坎贝尔造就了“现代”科幻的概念和基本结构，形成了所谓的奇幻与科幻并置的类型小说。科幻小说从此一直被列于通俗文学范畴之内，科幻批评因此也形成了通俗文学批评的传统。20 世纪 50 年代末到 60 年代初，战后国际形势发生巨大变化，读者感觉科幻小说离生活太远，传统科幻小说走入困境。科幻小说总是在通俗文学圈子里打转儿，让科幻作家感受到了危机，变革迫在眉睫。新浪潮时代作家对“黄金时代”形成的科幻小说的固化进行反抗，力图使科幻向主流文学靠拢。这种科幻小说的范式转换具体体

① 星河：《西方科幻小说发展的四个时期》，《经济与信息》1998 年第 2 期。

现在：科幻内涵与外延的扩大，科幻小说的题材由纯技术科学为主向描写社会科学转向，力图表现更为深刻的主题和体现文学的艺术表现力；以情节为中心转向以人物塑造为中心，力图彰显科幻文学作为文学的本质；借鉴主流文学中的一些方法，实现隐喻象征现实生活的主要目的。新浪潮作家将科幻创作拽离通俗文学领域的努力应当说在一定程度上对科幻文学批评产生了影响，不过并未产生真正的触动。随后相继兴起的一些对科幻文学进行拔升的批评均未形成专门的理论研究体系，这种状态一直延续到20世纪70年代。苏恩文在陌生化认知理论基础上建立的科幻诗学，是对美国通俗科幻批评传统的反驳，是科幻理论发展史上的一次巨大转折，标志着科幻文学研究的马克思主义转向。

苏恩文在启用陌生化概念时更多地提到了布莱希特的影响。的确，后期的什克洛夫斯基对现实的批判精神在布莱希特及后起的批判理论家身上得到了更好的体现。布莱希特的“陌生化效果”理论的独创性在于“它以一种新的方法沟通了社会的与形而上的两方面的对立，并使人们对这种对立获得一种完全不同的看法”①。布莱希特的离间技法所趋向的路线亦是打破习惯化、自动化，以陌生和奇异来更新感知，不过，他批判和针对的是静态的、永恒不变的事物。习惯为我们制造了生活中的一切都是“自然的”幻象。布莱希特以离间方法造成的陌生化的效果实际上是为了重回理性批判，意在强调那些自然的事物或制度实际上是历史的、变化的。因此，布莱希特的“陌生化”理论实际上完全是政治的。布莱希特曾经在戏剧中使用陌生化手法，以此打破资产阶级意识形态统御下对个体意识的遮蔽，从而唤醒强有力的社会力量的觉醒。苏恩文看到了这一理论的批判力量，他提炼出认知和陌生化两个概念，把科幻小说理解为两者之间的一种辩证关系。在苏恩文看来，文学首先可以分为

---

① ［美］费雷德里克·詹姆逊：《语言的牢笼　马克思主义与形式（上）》，钱佼汝、李自修译，百花洲文艺出版社2010年版，第53页。

两个大类，一种是与现实关系密切的自然主义文学，另一种是以虚构想象为能事的陌生化的文学。自然主义小说和科幻小说各自居于这两大阵营，互不牵涉。由此，苏恩文把科幻小说置于现实主义小说的对立面。从现实主义这一概念来看，尽管它定义繁难，在漫长的历史长河中，其背后总摆脱不了争议纷纷，但强调小说通过模仿来再现现实应当是现实主义小说最为精当的描述。与此相对，科幻小说偏向追新逐异，疏离日常世界，营构陌生化的虚拟世界。我们认为，尽管苏恩文将两者对立，但也正是从苏恩文开始，人们才注意到科幻小说与现实主义的关系。苏恩文第一次把科幻小说与现实主义的关系拉近，指认了科幻小说与现实主义小说的同类项即认知性，这是一个极大的发现。由于共享了幻想这一类别特性，“科幻小说”往往和奇幻小说、民间童话、玄幻小说等文类一同被归入推想小说。“陌生化认知”的理论操作区隔了科幻小说和其他亲缘类型，将科幻文学置放于重要位置，居于其他幻想小说之上，尤其是居于奇幻小说之上。苏恩文要表达的是，科幻文学不同于其他的幻想文学，尤其是不同于奇幻文学，异于自然主义对现实生活的镜子似的处理，科幻文学打破镜子幻象所造成的对现实生活和真理的遮蔽，让主体远离现代日常意识的工具理性，在认知的基础上，以陌生化的方式实现主体的审美救赎和对现实的批判。

在批判的同时，苏恩文还将陌生化认知同乌托邦联系起来。“无论是岛屿还是山谷，也无论是在空间还是时间方面，新的故事框架都与新的居民有关联。那些异类外族——乌托邦居民、怪物怪类，或者索性就是与众不同的陌生人——他们是人类的一面镜子，正如一个怪异的国度是人类世界的一面镜子一样。但是这个镜子并不仅仅是一个反射镜，它还是个变形镜，如同处女的子宫，是能产生神秘变化的发电机：这面镜子乃是一个熔炉。”[①] 苏恩文认为科幻

---

① ［加］达科·苏恩文：《科幻小说变形记：科幻小说的诗学和文学类型史》，丁素萍、李靖民、李静滢译，安徽文艺出版社2011年版，第6页。

文学通过陌生化操作，将人类置入未知世界中，这个未知世界以时空环境的疏离架构起来，它是对人类世界的变形，是现实中问题的变形，是与人类世界拉开距离的镜子，为的是让人类通过他者场域来反观自身。“在科幻小说世界，读者得以发现‘石头之所以为石头’，是通过观察‘这块石头’在一个加快的时间尺度上的运动和变化，或者通过观察它与一块‘反石头’的遭遇——后者具有如此‘不石头’的性质以致读者不得不对石头之所以为石头的真正品质展开重新考察——来实现的。”[①] 这里的“反石头”就是与不完美世界相对的异域，人们在这里可以寻找到理想的环境、国度、政体、种族关系等一切乌托邦愿景。

综上，什克洛夫斯基和布莱希特为苏恩文科幻文学的陌生化理论奠定了基础。对于苏恩文来说，陌生化具有本体论和方法论意义，它既是科幻文学相对于其他文类的区别性特征，又是科幻文学批判现实，使主体导向乌托邦愿望的独特艺术手法。

◇◇ 第二节　认知性、新奇性与乌托邦

认知性是与新奇性紧密相关的一个概念。在苏恩文将科幻文学定位为认知陌生化的文学类型之后，他又对认知进行了进一步的发展，将认知提升为认知性，并在此基础上提出了认知创新之新奇性。无论是认知性还是新奇性，都是乌托邦冲动的具体表现。苏恩文的新奇性是受布洛赫的“新东西”（novum）直接启发而提出的。在“新东西”这一概念提出的前后，现实的可能性、前线以及终极物相继出现，与新东西一道成为布洛赫乌托邦幻想中的重要范畴。综观苏恩文科幻文学的新奇性理论，与布洛赫的这些范畴有密切关系。与布洛赫把整个世界理解为敞开着的、动

① ［美］罗伯特·斯科尔斯：《科幻文学的批评与建构》，王逢振等译，安徽文艺出版社2011年版，第33页。

态的存在相关，苏恩文意义上的科幻文学是一种敞开的文学，是一个乌托邦之梦。

一　认知性与乌托邦

苏恩文在提出新奇性时，首先确认了科幻小说叙述的区别性特征："科幻小说是由认知逻辑所确证的一种虚构的'新奇性'（新颖性、创新性）的叙事宰制或者霸权来加以区分的。"[①] 这里，苏恩文再次对认知进行了强调，把认知提升为认知逻辑即认知性，对认知做了更为辩证的理解。在提出新奇性的同时，苏恩文再次把科幻小说与自然主义小说相区别，指出新奇性是科幻小说的必要条件，而"富有科学条理的认知方式而生成的新奇性效果"是科幻小说的充分条件。由此，新奇性的限定词是认知逻辑，它指向现实。这种认知逻辑不是从科学事实意义上说的，因为那种在实验室或在自然界进行观察的经验性实验指向的是已经存在的现实、已经被接受的科学逻辑。其实在提出新奇性之前，苏恩文就已经对认知指向的现实做出说明，它"不仅仅意味着现实的反映，而且也是关于现实的反映"[②]。科幻小说反映现实，但不反映静态的现实，"它意味着一种创造性的方法，趋向于动态的转化而不是对作者环境的静态映射"[③]。这与布洛赫对现实的理解相一致，"现实的东西是过程，这种过程就是当下、未完成的过去，尤其是可能的未来之间的广泛系统的中介"[④]。布洛赫批判两种对现实的错误理解：一种是指19世纪实证主义对现实做机械而静态的理解，只注重当下既定事实，

① ［加］达科·苏恩文：《科幻小说变形记：科幻小说的诗学和文学类型史》，丁素萍、李靖民、李静滢译，安徽文艺出版社2011年版，第70页。

② ［加］达科·苏恩文：《科幻小说变形记：科幻小说的诗学和文学类型史》，丁素萍、李靖民、李静滢译，安徽文艺出版社2011年版，第11页。

③ ［加］达科·苏恩文：《科幻小说变形记：科幻小说的诗学和文学类型史》，丁素萍、李靖民、李静滢译，安徽文艺出版社2011年版，第11页。

④ ［德］布洛赫：《希望的原理》第1卷，梦海译，上海译文出版社2012年版，第230页。

却极力抹杀世界变化及其过程；另一种则是指完全脱离现实世界追求彼岸世界的不受约束的理想世界。这两种理解都把世界视为一个封闭的环，前者将现实束于封闭的世界中，以至于现实面临着被压缩的危险。后者是前者的单纯对立，不受约束的理想世界是静态的僵死物。布洛赫在对这两种静态现实进行批判的基础上提出自己对现实的理解：正因为世界的敞开性，所以现实不是一个固定的概念，而是一个动态过程，这个过程是乌托邦意志与类似客观趋势的主客统一体。

在苏恩文看来，建立在认知逻辑之上的新奇性是超越了作者经验现实中已知的或梦想的一切可能性。也就是说，任何科幻小说的命题都必须符合一种“理想的可能性”。这个“理想的可能性”是布洛赫意义上现实的可能性（Real-Möglichen）。布洛赫将现实的可能性与客观的可能性进行区分，“客观可能的一切东西只是由于认识到自身的现存条件，即科学上可期待的或至少不可排除的条件而出现。与此相比，现实的可能的一切东西乃是在客观本身的领域里尚未完全聚集的那些条件”①。正因如此，科幻小说不在于解说科学知识和科学事实，同时，它的那种与现存科学认知不连续又不相似的新奇性必须符合一种“理想的可能性”，它不能超出“科学”这一总体视野。“虽然科幻小说的可信度并不取决于任何故事中的特定的科学依据，但是一个故事的整体虚构情景的意义完全取决于这一事实：‘它所置换的，因而得到阐释的现实’只能在科学的或认知的视野内才是可阐释的。”② 要之，科幻小说在“科学”这一总体视野下（或是以现存科学为依据的基础上）的充分展开。比如科幻小说中一些反科学观点的表达，在思想观念方面是始于对“硬”科幻小说进行颠覆而开始创作的。

---

① ［德］布洛赫：《希望的原理》第1卷，梦海译，上海译文出版社2012年版，第230页。

② ［加］达科·苏恩文：《科幻小说变形记：科幻小说的诗学和文学类型史》，丁素萍、李靖民、李静滢译，安徽文艺出版社2011年版，第74页。

苏恩文还从叙事层面对科幻小说的现实进行深入阐释。在自然主义文学和科幻文学中都存在着两种现实的对照。自然主义小说中作者的现实世界和文本中的新现实之间的关系是拟象性的和同形同构的。在科幻小说中，现实世界和新现实之间是同质异构的。这个新现实其实是科幻作家构想出的与作者的经验现实处于相同本体层次的拟换性现实。新现实拥有一个不同的人类关系和由叙述所具体呈现的社会文学规范相对应的独特的历史时间。从本体论上来说，整个新人类关系不同于作者所处世界的人类关系，在这个新的人类关系中，具体的文化规范、人物行为都发生了变化。不过，新旧人类关系之间不是完全无涉的，属于一种可替代的、相同本体层次的同质异构关系。“这个新的现实公开或隐含不露地预设了作者的经验现实的存在。”[①] 苏恩文把科幻小说视为作者和隐含读者在“零度世界”和“新现实”之间的摆动。这里的“新现实”即叙述的现实，也是经过新奇性而达到的具有“现实的可能性”的现实。作为接受主体的读者从两种现实的摆动过程中理解了情节与事件，从而以新奇性所获得的新视角来回视“零度世界”的现实规范。

苏恩文不仅确认了科幻小说中认知的重要性，还通过科幻小说两种探索模式重申了认知与乌托邦的关系：科幻小说的认知置于乌托邦视野之上，而并非未来学，因为未来学指向的是资本主义的当下延续。在苏恩文科幻诗学建构的 20 世纪七八十年代，未来学是马克思主义者尤其是苏联学者批判的对象。阿拉勃－奥格雷在《未来学和乌托邦》[②] 一文中曾经提出无论乌托邦还是未来学都是资产阶级为资本主义社会现实进行辩护的武器。乌托邦被资产阶级思想家用来攻击科学共产主义，这些思想家认为任何想使理想社会制度变为现实的企图都会导致人们陷入更坏的境地。资产阶级未来学是

---

① ［加］达科·苏恩文：《科幻小说变形记：科幻小说的诗学和文学类型史》，丁素萍、李靖民、李静滢译，安徽文艺出版社 2011 年版，第 78 页。

② ［苏］阿拉勃－奥格雷：《未来学和乌托邦》，《苏联社会科学》1979 年第 1 期。

为资本主义及其未来辩护的理论，他们向人们提供诱人的前景，以便掩盖资本主义的矛盾，使人们相信资本主义能够永存。在预见未来中也包括预见到资本主义制度的危机，资产阶级意图以缓和的方式解决这一危机。苏联学者奥若戈夫在《资产阶级未来学的发展趋势》[①] 一文中也对未来学的意识形态职能进行批判，未来学从20世纪60年代到80年代充当着资产阶级意识形态的众多理论的概念基础。苏联学者沃尔科戈诺娃则提出许多西方社会学家把创造一个有关未来的特有概念作为资产阶级社会学的重要任务。由此可见，人类未来的问题是当时世界社会主义与资本主义之间意识形态斗争的中心。

在这一背景下，苏恩文反对在科幻文学与未来学之间画上等号，“科幻小说可能具有的任何未来学功能严格来讲都是次要的，而且强调它的这一特点是危险的，因为它倾向于迫使科幻小说担负起当代主要意识观念的推广者（科技专家体制、粒子学、乌托邦、反面乌托邦、嬉皮士，或诸如此类）”[②]。在这里，苏恩文指向了当代主要意识观念的两类推广者：“乐观主义”的未来学和“悲观主义”的未来学。前者秉承“技术至上”的观点，把技术视为改良资本主义社会制度，拯救资本主义的妙方。“技术决定论”实质上将技术与社会关系相割裂。后者则持反科学主义的观点，面对资本主义社会的危机，对未来的悲观看法导向神学的复归，把宗教视为让人类迷途知返的制胜法宝。无论是“乐观派”还是“悲观派”都把未来视作封闭的东西，对未来的预测指向的是资本主义的单曲循环，因此都是布洛赫批判的“进步乐观主义”（Fortschritts-Optimismus）。“进步乐观主义乃是静观的寂静主义的重复，因为这种态

① ［苏］奥若戈夫：《资产阶级未来学的发展趋势》，《现代外国哲学社会科学文摘》1986年9月28日。

② ［加］达科·苏恩文：《科幻小说变形记：科幻小说的诗学和文学类型史》，丁素萍、李靖民、李静滢译，安徽文艺出版社2011年版，第84页。

度同样把未来装扮成过去，因为这种态度把未来本身凝视为早已封闭的、与世隔绝的东西。”① 未来学将资本主义视为人类未来的既定结局，无论是技术的改良还是宗教的寄托都是在资本主义之内进行的局部调整。因此，进步乐观主义并非献身于历史过程中的人对未来的主动掌握，它是故步自封的退后，是对现实的置若罔闻，是虚假的乐观主义。如何才能真正掌握这个世界的未来？布洛赫认为我们应当在已获得的知识基础之上做出真实的决断，这一决断不是悲观地把一切理解为反乌托邦的，也不是以一种非乌托邦的乐观主义做寂静主义的重复，而是在乌托邦这一基本视域中，发挥战斗的乐观主义（militanter Optimismus），将自己置身于现实的动态过程中，使预先推定的具体理想与客观趋势融合，从而走向持久改变世界的行为。

科幻小说的推论模式是一种未来学的模式，它秉持着一种科学程序，以认知假设始，通过故事情节加以印证，以推测到未来终。推论模式将未来视为可以用量化手段测量的空间，把人类关系视为静止不变的状态，这是未来学推论缺乏效力的前提和原因。在苏恩文看来，科幻小说是一种类比模式，推论仅仅是类比的一种单维模式。科幻小说的认知价值存在于作者的当前现实与叙述现实之间的类比指涉之中。叙述现实中以时空环境架构起一个违反常规的他者场域，以他者来反观自身、观照人类社会，或批判、或揭露、或警示，这是科幻小说认知价值的一个方面；另一方面，是在他者世界中寻找人类的理想与希望。批判与憧憬，是乌托邦概念的正、反两面。他者场域即是乌托邦世界，他者场域的建构显示了乌托邦作为科幻文学的终极视域。“乌托邦是‘人类世界’和人类生活迫切需要的替换的各种可能性的生动见证。”② 科幻文学抛弃了未来学的科

① ［德］布洛赫：《希望的原理》第1卷，梦海译，上海译文出版社2012年版，第232页。

② ［加］达科·苏恩文：《科幻小说变形记：科幻小说的诗学和文学类型史》，丁素萍、李靖民、李静滢译，安徽文艺出版社2011年版，第43页。

技专家式的思想观念，以强烈的乌托邦渴望回望现实又向未来敞开。

二　新奇性与乌托邦

“新奇性”直接取自布洛赫的“新东西”。在布洛赫这里，新东西是“尚未被意识到的东西”。布洛赫以“尚未意识”与“尚未存在”构建了辩证的乌托邦，建立了乌托邦与客观性的联系。布洛赫的乌托邦存在于“尚未意识”与“尚未存在”的现实可能性中。“尚未意识”作为一种无意识有别于弗洛伊德的相关概念。在弗洛伊德那里，无意识始终是被压抑、被遗忘且置于意识之下的东西，是一种过去的记忆，一种“不复存在的意识”。对于布洛赫来说，“梦具有某种向前的倾向，从而作为意识方式，尚未被意识到的东西装载某种向前推进的东西。在此，主体所觉察到的不是任何地下室的发霉味，而是早晨的新鲜空气”①。“尚未意识”排斥停留在过去和被置于当前的意识之下，它指向的是未来，它置于未来意识之下。

布洛赫回溯历史，转折时期是青春时代，是“尚未被意识到的东西”产生的最佳场所，它不是把年老体衰冒充为春天的太阳，而是真正的转折。比如文艺复兴时期，在这个时代里有另类的更好的存在，它充满着预先推定的内容，以上升阶级潜伏的思想、共同的展望行动、寻求实施的计划充盈着这个时代。新东西是“尚未被意识到的东西”的形态化。由于某种障碍物的阻挡，人们无法发现“尚未被意识到的东西”，也就无法将其形态化为新东西。而那些作为壁障的障碍物，只能使人们导向虚假的新东西。这个最大的障碍物是“直截了当地唤起重新回忆的某种记忆”②，“尚未被意识到的东西”往往遭遇那种自我的封闭接受力的抵抗，这种封闭的接受力

---

① ［德］布洛赫：《希望的原理》第1卷，梦海译，上海译文出版社2012年版，第123页。

② ［德］布洛赫：《希望的原理》第1卷，梦海译，上海译文出版社2012年版，第150页。

是建立在经济的和社会的视觉障碍物基础上。“尚未被意识到的东西”因此被隐藏起来，屈服于某种过去历史的荣光世界中。虚假的“尚未被意识到的东西”就出现了，布洛赫以德国浪漫主义为例来说明尚未被意识到的东西如何被隐藏。德国浪漫主义者并未反思历史和关注历史本身，而是狂热地缅怀过去历史中显现的美丽，他们对自身所处的现实无动于衷，缺乏把握历史时代的敏锐洞察力，将过去辉煌生命的记忆作为激发创造性、开拓未来的唯一寄托。对未来的新奇性渴望利用了过去的辉煌这瓶陈酿，新瓶装旧酒，新异与旧物等同。究其根本，它们是被静态的世界观支配，把知识仅仅视为记忆，阻碍了自己的思想进程，切断了尚未存在这独一无二的存在。这种静态的世界观是从柏拉图始，经诸代学者尤其是黑格尔所加固的一道意识形态化的屏障。

很多学者不能摆脱这种静止世界观所支配的认识论障碍。布洛赫以柏格森为例，柏格森提出过“新东西”这一概念，不过，他的“新东西”只能是一种抽象的虚假的“新”。柏格森把知识分为两类，一类是固定不变的东西；还有一类是通过总体的、直接的知觉而获得的新东西。他对生命的理解显然与第二种有关。在布洛赫看来，在柏格森奔腾不息的生命之流中并未见任何现实性的东西，柏格森拒绝怀着目标的过程思考，认为生命之流不能朝着既定的目标宿命般的前进，这当然是有道理的。他的问题在于，“消除一切目标，消除每一个向前的（Voran）、向何的（Wohin）明显可促进的目标”①。所谓的新东西也是需要通过重新记忆而获得的，所以，他的可变性其实是对不变性的回归，是机械的统一形态的单纯反面，他对未来的思考亦深陷于固定不变的图像中。他无法区分事物状态的开始与结束，生命处于无休止的空洞变动中。形而上学的生命力理论产生的不是新东西，而是“可能曾在的存在者”，被凝固在回

---

① ［德］布洛赫：《希望的原理》第1卷，梦海译，上海译文出版社2012年版，第155页。

忆中的“伪造的新东西”（Pseudo-Novum）。只有战斗的乐观主义、新东西、现实可能性等隶属于乌托邦视域的范畴才能突破“重新记忆”这一意识形态化屏障。在布洛赫这里，“新东西”是乌托邦冲动的具体表现。与柏格森不同的是，布洛赫强调人的意志是“追寻自身的‘向何’（Wohin）和‘为何’（Wozu）”，好的科幻作品除了显现自身还要蕴含着一种潜势，这种潜势是对自身时代未显现的未来的内容，包含着某种尚未知晓的终极状态的内容。

在科幻小说的领域，“新奇性”也可以分为“貌似新奇性”和“真正的新奇性”。前者如同柏格森的生命力所体现的“新”一样，是凝固在记忆里的虚假的新奇，是非历史性的。这种虚假的新奇性是一种商品化的新奇。苏恩文援引了本雅明的理论来说明科幻小说的虚假的新奇性是如何造就的。这不是科幻文学这一文类独有的现象。现代文学的主要特征与商品生产之间存在同构性。在商品化生产中，产品的新奇性是保证高额利润的重要法宝。所以，与使用价值相比，交换价值才是最重要的。与文学本身的新奇性相异，“商品化的新奇性是一种不依赖于商品使用价值的品质，新奇性的幻想被反射进无限的相同性的幻象中，就像一面镜子被反射进另一面镜子中的一样”[①]。在资产阶级社会，新奇性追随时尚被不断生产出来，由于与交换价值和市场相适应，文学的新奇性作为文学生产的目标反复发生，看似拥有迷人的品质，实则是文化工业下的无限重复的自我复制。民主—资本主义的文学结构方式，市场流通的政治—经济学预设的框架结构下的新奇性使大众以廉价的代价得到满足，人们可以迅即从一件事件的新鲜感转移到另一事件上去，从而分散了人们对政治的真正关注。经济和政治形成的权力关系对小说尤其是科幻小说的叙述产生了长久的影响。苏恩文对科幻小说的这种虚假的新奇进行了批判，并在此基础上强调了历史性是真正的新

① ［加］达科·苏恩文：《科幻小说面面观》，郝琳、李庆涛、程佳译，安徽文艺出版社2011年版，第9页。

奇性区别于虚假的新奇性的本质特征，“如果一种新奇性不以某种方式参与和投入布洛赫称之为‘历史进程的前线’的话——这对于他（也对于我）作为一个马克思主义者来说意味着密切关注为人类和人类社会生活消除异化的奋斗过程——那么，这种新奇性就是虚假的”①。“真正的新奇性与虚假的新奇性之间的区别不仅是科幻小说的审美质量的关键，也是它的‘伦理—政治’的开放性质量的关键。”② 真正的新奇性应是形式上的追求与社会的相关性相统一，从而构成开放性系统的新奇性。

“由于这个系统适合于这个世界的未终结的状态，因此没有任何地方可以由任何超验的超绝凡世的模式来决定。”③ 事实上，在作为类比模式的科幻小说中大量存在着逃避历史的行为，对神话叙事的改写、西部情节的汇入以及煽情的历险元素等。比如，把超级科学与众神相结合造就了貌似的新奇性。虚假的新奇性始终存在，这是科幻小说面临的一个困境。不过，“重要的科幻小说中实际上是对作者的集体语境进行评论的一种特别的旁敲侧击的方式——结果通常是一种对这个语境的出人意料的具体而敏锐的评论”④。逃避历史也是一种策略，它使科幻小说脱离旧的现实规范，进入拟换性的时空关系中，从而获得了对历史性进行陌生化的手段。从这个意义上来说，在重要的科幻小说中，逃避历史是理解作者周围世界的人类关系的有利视角，它是为新的现实规范的创建和消除人类历史的异化而进行的前在行动。因此，科幻文学始终是历史性的，而具有历史性的新奇性则是理解科幻文学的良好路径。

---

① ［加］达科·苏恩文：《科幻小说变形记：科幻小说的诗学和文学类型史》，丁素萍、李靖民、李静滢译，安徽文艺出版社 2011 年版，第 90 页。

② ［加］达科·苏恩文：《科幻小说变形记：科幻小说的诗学和文学类型史》，丁素萍、李靖民、李静滢译，安徽文艺出版社 2011 年版，第 91 页。

③ ［加］达科·苏恩文：《科幻小说变形记：科幻小说的诗学和文学类型史》，丁素萍、李靖民、李静滢译，安徽文艺出版社 2011 年版，第 91 页。

④ ［加］达科·苏恩文：《科幻小说变形记：科幻小说的诗学和文学类型史》，丁素萍、李靖民、李静滢译，安徽文艺出版社 2011 年版，第 92 页。

三 历史性的新奇性：以《索拉里斯星》为例

在《科幻小说面面观》中，苏恩文对第二次世界大战之后科幻文学作品进行分析，总结出了三种新奇性范式，并且为每种范式选取了一个最具代表性的例证，分别是："艾萨克·阿西莫夫（Isaac Asimov）的《我，机器人》（*I, Robot*）作为 1938 年至 1958 年所谓的'黄金时代'的英语科幻小说的代表；以伊凡·叶弗里莫夫（Ivan Yefremov）的《仙女座星云》（*Andromeda*：*A Space-Age Tale*）作为 20 世纪 50 年代末苏联科幻小说复兴的代表；以斯坦尼斯劳·莱姆（Stainislaw Lem）的《索拉里斯星》（*Solaris*）作为中欧科幻小说的代表。"[①] 在这三种模式中，苏恩文对前两种模式进行了批判。他提出阿西莫夫的科幻小说是对技术统治论的文本化，表达了一种新资本主义技术统治论经营的社会意识。阿西莫夫在《我，机器人》设置了两个前提：人类行为与社会体系的不变；"正电子脑"这一划时代技术作为新异产生的唯一因素。在小说中，值得尊敬的英雄是"人类工程技术专家"，值得赞许的是机器人，阿西莫夫在小说里塑造了一个由技术精英统治下的机器人社会，尽管有例外，但机器人始终受"机器人三大定律"的支配。人的形象在小说中被弱化，人与社会的关系、人与机器的关系问题也被忽视。"对机器人的这一设想其实不过是一则充满希冀的寓言，希望假定为至善至美的科学伦理能够产生出良好的社会政治结果。"[②] 在苏恩文看来，阿西莫夫的问题在于沉湎于技术统治论的美梦中，忽视了社会因素和现实基础，因此，阿西莫夫科幻小说中所产生的新奇性乃是一种貌似的新奇性，是一种非历史性的新奇性。叶弗里莫夫的作品

---

① ［加］达科·苏恩文：《科幻小说面面观》，郝琳、李庆涛、程佳译，安徽文艺出版社 2011 年版，第 248 页。

② ［加］达科·苏恩文：《科幻小说面面观》，郝琳、李庆涛、程佳译，安徽文艺出版社 2011 年版，第 250 页。

则是对科学主义的文本化，表达了对政治统治论的信仰。《仙女座星云》体现了叶弗里莫夫这样一种观念，“这种观念视人类为主体，视宇宙为不断扩展的认知客体，如若必要，宇宙的扩展可以通过根本性的社会变革加以实现，不过这种根本性的社会变革并不会带来任何存在论意义上的重大结果”[①]。叶弗里莫夫创造了一种充满浪漫主义色彩的创造力形式，与阿西莫夫一样，他设计了一个关于人类未来的终极方案。

与阿西莫夫和叶弗里莫夫相比，苏恩文把莱姆的《索拉里斯星》视作科幻文学中的最佳范式，因为它远离了经典乌托邦和恶托邦文学静止封闭的范式，在对人的局限性理解上相比前两种模式呈现出辩证性，“虽然人有着很大的局限性，但仍然要给予信赖，因为人能够认识到自己的局限性，并能够缓慢而艰难地向一个更高的水平不断进化”[②]。遗憾的是，在众多外星遭遇主题的科幻文学中，作者穷尽其智慧想象出的要么是类人的“伪外星主体性”，要么是引发人类生理厌恶和心理恐惧的“怪物”。从《独立日》《迷失太空》《普罗米修斯》到《异形》，人类置身于宇宙灾难中，在善恶二元对立的伦理框架内设想出各种外星敌人，并最终以正义者的身份战胜外星人。小说看似对后人类的思考激发出的是更为自傲的人类中心主义。《索拉里斯星》则突破了以人类为中心的绝对论，将外星球视为“我们自己的一面寓言性镜子，一条用以认识我们这个世界，我们这个物种和我们这个时代的迂回路径”[③]。在苏恩文看来，与阿西莫夫指向圣西门式的技术统治论和叶弗里莫夫指向车尔尼雪夫斯基式的革命浪漫主义以及宗教等其他支配体系相比，《索

---

① ［加］达科·苏恩文：《科幻小说面面观》，郝琳、李庆涛、程佳译，安徽文艺出版社2011年版，第253页。

② ［加］达科·苏恩文：《科幻小说面面观》，郝琳、李庆涛、程佳译，安徽文艺出版社2011年版，第254页。

③ ［加］达科·苏恩文：《科幻小说面面观》，郝琳、李庆涛、程佳译，安徽文艺出版社2011年版，第255页。

拉里斯星》的寓言是不指涉任何支配体系的寓言。它向我们敞开了一个开放而动态的世界。历史不会终结，无论是科技解决一切的社会还是机械性乌托邦的理想社会都只是人类历史发展过程中一种可能而非终结，所以小说以“完全他者”的建构挑战我们习以为常的拟人化认知，呈现人类的认知遇挫，从而迈向了新认知，为人类提供了可供选择的新的可能性。

真正的新奇性要使得人类关系与那些在作者的现实中占支配地位的人类关系在性质上完全不同，同时科幻小说存在形态是在经验现实和叙述现实之间的反馈式摆动，以便于从新奇性返回现实并反观现实。异星主题的小说往往使读者囿于人类现实中而无法获得真正的新奇性，反而使得反观与批判丧失力度。莱姆曾以嘲讽的口吻批判科幻文学的人类主义范式，认为其不过是创造了一个拟人化宇宙。在这个科幻宇宙中，人类经受了各种意想不到的残酷遭遇。这些残酷是“人性化的残酷，是人类可以理解的残酷，甚至是最终可以通过伦理观点来判断的残酷……我们可以知晓科幻小说已经对宇宙所做的：从道德观点来看待宇宙是完全没有意义的”①。人类将自身伦理话语置于宇宙空间之中，在善恶二元对立框架内评判和防御他者，从而在事实上否定了外星他者存在的意义。在《索拉里斯星》中，莱姆通过对人类主义的批判、完全他者的呈现、新的伦理形式的探索等实现了一种真正的新奇性。为实现对人类主义的批判，莱姆对人类认知展开了深入探讨。这一探讨与索拉里斯学文献和索拉里斯学的精髓是紧密结合的。《索拉里斯星》中，人类与外星异族的接触方式主要体现在两方面：一是人类持续不断地研究索拉里斯星球的热情；二是星球的回应——“访客”的出现，引起人类的恐慌。在莱姆这里，后者并非前者的直接结果，自人类关注索拉里斯星球以来，星球从未对人类的各种研究和试探做出回应，而

① Stanislaw Lem and Franz Rottensteiner, “Cosmology and Science Fiction”, *Science Fiction Studies*, No. 2, 1977, pp. 107–110.

此时星球对人类的关注只是出于它突然的兴趣和好奇。这无因果关系的两方面的设置直接挑战了人类伦理善恶的二元对立关系，是在超出伦理框架之上来审视人类自诩为典范的黄金法则，呈现人们的认知困境和伦理困境。

小说对关于索拉里斯星研究的发展脉络和索拉里斯学的形成进行了非常详细的书写，索拉里斯学者大部分时间在人类各种科学方法的悖论矛盾中打转儿，他们对索拉里斯星所做的互相矛盾的推断实质上将索拉里斯星视作宇宙中的另一个地球，映照出的是人类自身的形象。这导致对索拉里斯的研究困于庞大的索拉里斯学旋涡而找不到出路。莱姆通过索拉里斯学道出了人类与外星沟通失败的根本原因，即试图以一种人类的方式来理解一种非人的或者说完全异于人的生命存在。语言交流和理论阐释的不可能为人类的认知界限描红，同时亦揭示了人类的伦理边界。索拉里斯学所呈现的认知遇挫逐渐拉开了索拉里斯星这一“完全他者”的序幕。莱姆一方面通过索拉里斯学的呈现逼退人们认知范畴内的拟人化他者；另一方面则通过索拉里斯空间站的“访客”——人类与外星异类接触的中介，进一步揭示索拉里斯海洋这一“完全他者”。我们在文本中无法找寻到“访客”来源的有力证据，只能在各种解释和目的的猜测中徘徊。复制人哈瑞身份的杂糅和目的的不确定性导致了人类伦理判断的不确定性。可以说，复制人哈瑞的存在解构了人们传统上对善恶的理解。对恶和善的判定是建立在人类伦理原则的基础上的。如果按照这一原则，索拉里斯专家在索拉里斯星上遭遇的一切（即提取人类深藏的记忆使之以具体化的形式出现在索拉里斯学者面前）无疑是十足邪恶的。复制人哈瑞的存在使这些笃定的结论变得模棱两可。莱姆试图通过哈瑞告知人们，停留在人类伦理基础上对索拉里斯的一切推断都是虚妄的，我们认定的邪恶对于索拉里斯来说可能只是一个意外，正如一群蚂蚁在一个庞然大物的表面努力探索被后者无意中伤害一样。总之，尽管哈瑞的愈加人性化和独立性使得人类遭遇的伦理僵局有所缓和，但她的主体身份和目的的模棱两可却导致身后的索拉里斯海洋对人类来说始终是不可知的。

正如苏恩文所言，“他既描写光明的希望，也描写痛苦的经历，既能够看见开放的未来之路，也能够看见开放性所带来的种种注定的危险和可能的失败”①。莱姆在《索拉里斯星》中表达的是，面对“完全他者”，应当超越人道主义的限制追寻一种后人类伦理，而这种新伦理形式形成的关键就在于重新认识人自身，实现从人类主体向后人类主体认识的转变。这种尝试在凯尔文身上得以体现出来。凯尔文正是在与非人类的互动中做出了自己的选择——成为后人，这也是面对非人类的唯一能做的道德反应。如苏恩文所说，《索拉里斯星》是一则关于自由的谜题、寓言和认知，它既不是警示，也不是最终的解决方法，而是例证。它昭示了科幻小说通过认知新奇性所释放的乌托邦冲动和一种历史性的态度。苏恩文最终的落脚点还是在现实反馈上，莱姆的价值在于让我们看到了这个时代，通过对人类自身的深层反思，对这个时代既保持怀疑又心怀信念。

◇◇ 第三节　乌托邦作为终极视域

一　乌托邦小说作为科幻文学的社会政治子类型

在苏恩文看来，乌托邦小说与科幻小说具有不可分割的亲缘关系。

乌托邦小说和科幻小说同为人工语言文字制品，两者的运作方式相同，主要体现在：两者都是具有拟换性形式框架结构的文类，都是间离化的，体现了经验现实和叙事现实之间的反馈式摆动。相对于经验现实，叙事现实以陌生化的形式给读者带来惊奇感，让人体验到一种新奇性：“乌托邦文学并非一般性、抽象性的乌托邦方

① ［加］达科·苏恩文：《科幻小说面面观》，郝琳、李庆涛、程佳译，安徽文艺出版社2011年版，第258页。

案和计划，它们建构起一个特殊而独一无二的社会。同样，科幻小说也并非未来学。”[①] 乌托邦文学和科幻文学都体现了乌托邦冲动，与乌托邦计划和未来学的静态相对立，都呈现了动态的新奇性；从与讽刺小说的关系来看，乌托邦小说和科幻小说都与讽刺小说有密切的关系。乌托邦小说与讽刺小说是同一枚硬币的两面[②]，讽刺小说揭示和批判腐败经验环境的标准是真善美的异在环境，乌托邦小说则是对这种异在环境的进一步阐明，并将其体现在一个社会群体中，在对异在环境进行建构的同时隐含着对经验环境的批判。科幻小说与讽刺文学的实践性关系非常密切，专有一类讽刺性社会批判科幻小说。总体看来，乌托邦小说、科幻小说和讽刺小说都起源于故事和传奇，这些故事和传奇与农神节上的民俗活动具有同一特征：颠倒一切，通过倒置，“新异”得以呈现。

在大致确定乌托邦文学和科幻文学的亲缘关系之后，苏恩文通过精确的概念界定和细致的对比总结两者的区别，进而确定亲缘关系的远近程度。这一对比主要是从定义和叙事结构两个层面进行。从定义来看，乌托邦小说是一种文学类型或语言文字建构，其充分必要条件是一个特定的准人类的社群的在场。在这个社群中，社会政治制度、准则和个人关系，与作者所处的社群相比，是依据一种更为完美的原则而组织起来的，这一建构的基础是间离，间离源自一种拟换性的历史假设。[③] 科幻小说为一种文学类型或语言文字建构物，其充分必要条件是间离与认知的在场和相互作用，其主要策略是一种与作者的经验环境相对的拟换性的充满想象的框架结构。[④]

---

① ［加］达科·苏恩文：《科幻小说面面观》，郝琳、李庆涛、程佳译，安徽文艺出版社2011年版，第154页。

② ［加］达科·苏恩文：《科幻小说面面观》，郝琳、李庆涛、程佳译，安徽文艺出版社2011年版，第154页。

③ ［加］达科·苏恩文：《科幻小说面面观》，郝琳、李庆涛、程佳译，安徽文艺出版社2011年版，第155页。

④ ［加］达科·苏恩文：《科幻小说面面观》，郝琳、李庆涛、程佳译，安徽文艺出版社2011年版，第157页。

苏恩文从乌托邦文学定义中提取了四个关键词与科幻小说之概念进行对比，分别是特定的社群；社会政治；组织化；“更为完美的”。

从定义角度来看，第一，乌托邦文学和科幻文学始终以人类关系为对照和指涉，围绕着特定的社群进行描写。两者的不同在于乌托邦文学中的人物为“准人类”，即或是人类、或被明显地比作人类，比如斯威夫特小说里的智马慧骃。科幻文学中的角色比其宽广，除了“准人类”外，它还广泛涉及其他生物，凸显一种生物奇异性。第二，“社会政治”作为乌托邦文学的关注领域，是科幻领域关注的一部分。乌托邦文学的优越性体现在将社会政治制度、准则和关系一起提及，有利于对所有乌托邦展开讨论，而不用顾及它们归属哪个政治派别、哪个主义。第三，“组织化”是乌托邦文学相对于科幻文学的区别性特征。“组织化”将乌托邦与无组织的人间天堂、安乐乡等区分开来，乌托邦小说反对坏的方案与坏的组织，呈现的是一种有组织的拟换性公共社会关系。科幻文学则以认知间离为基础呈现一种拟换性关系，组织化是其中的特例而非一般性存在。第四，与乌托邦文学中的社群是以依据一种“更完美的原则”而组织起来的，科幻文学并非按照这一原则呈现它的拟换性世界。在科幻文学这里，一切认知都可以成为陌生化的语言文字建构的题材，都能够呈现一个拟换性的类人社会，无论是乌托邦还是恶托邦都属于认知陌生化的范围。

从基本叙事结构来看，乌托邦文学体现出四方面特征：与世隔绝的地方，比如星球、岛屿、山谷等；全景式大扫描；形式上的等级体系；戏剧策略。科幻文学具备了其中的第一点与第四点，科幻文学中描述的地方是与世隔绝的，是拟换性的。科幻文学采取的是或隐或显的戏剧策略。与乌托邦文学将政府、经济、宗教、战争等范畴都纳入麾下从而呈现一种组织得更为完美的社会关系相比，科幻文学并不以组织得更为完美的社会关系为基础和目的，它是以认知间离为基础，所以它不必覆盖社会生活的所有范畴。另外，由于乌托邦文学是组织化的，它必然体现某种阶级关系，从而使得形式上的等级体系成为它的最高秩序和最高价值。与此相比，科幻文学不必非得体现这种等级体系，它也可以将虚无主义作为其视域。

通过定义和结构的仔细对比，苏恩文发现科幻文学和乌托邦文学作为一般情况与特殊情况而相互关联，乌托邦文学是科幻文学的一个特殊形式与例证，"是科幻小说的一个社会政治亚文类，是社会科学小说，是受限于社会政治关系领域，或受限于关系人们命运的社会政治建构物的科幻小说"①。不过，他并未止步于这一亲缘关系，他进一步将乌托邦由科幻文学的一种类型上升为科幻文学的绝对视域。乌托邦小说是科幻文学的意识形态先祖。"所有的科幻小说，即便不是乌托邦小说的女儿，也至少是乌托邦小说的侄女。"②科幻小说容纳的范围比乌托邦宽泛，同时它又间接地衍生于乌托邦。苏恩文通过"好像"（as if）将乌托邦文学和科幻文学并置起来，无论是乌托邦文学还是科幻文学，都不是语言和计划，而是一种"好像"，一项思想实验，一个求新的方法性器官。不同的是，乌托邦文学朝着完美性出发。科幻文学力图在人与社会和自然的关系史中求新，它的表达方式有很多，有冒险、浪漫传奇、科学的普及、愿望的实现。无论是哪种方式，它所构筑的异在世界相对于经验世界只能是更完美或更不完美，绝不是无价值的奇迹与知识。总之，科幻文学只能在乌托邦与反乌托邦的视野之间被创作出来。"乌托邦（反乌托邦）首先是一种文学类型，但最终，正如布洛赫所指出的，它是一种视野，人类就无可逃避地被置放在这个视野里。"③ 苏恩文没有做进一步的理论阐释，但从他的科幻史梳理中，

---

① ［加］达科·苏恩文：《科幻小说面面观》，郝琳、李庆涛、程佳译，安徽文艺出版社2011年版，第158页。

② ［加］达科·苏恩文：《科幻小说面面观》，郝琳、李庆涛、程佳译，安徽文艺出版社2011年版，第163页。

③ ［加］达科·苏恩文：《科幻小说变形记：科幻小说的诗学和文学类型史》，丁素萍、李靖民、李静滢译，安徽文艺出版社2011年版，第68页。

他一直在追溯科幻文学的乌托邦基因。可以说，从理论到实践，从亚类到始源，乌托邦终于跃升为苏恩文科幻批评的终极视域。

二　作为类文学的科幻文学

科幻文学是大众通俗文学的一部分，苏恩文并不避讳这一点，甚至反复重申并强调了这一点。对于大众文化的态度，苏恩文反对那种全然拒绝大众文化的"启示论"，也反对那种完全接受大众文化的"归附论"，他希望开出第三条路，认为应当在形式和意识形态方面加以区别对待。历史地看，现代类文学经历了一场巨变。在19世纪、20世纪之前的所有历史时期中，流行文化与主流文化之间存在着深刻的差异，"大写的文学"与"小写的文学"并存而对立着。前者是由官方认可的"高雅"文类，是上层阶级叙事话语。包括科幻小说在内的"小写的文学"是一系列非经典的甚至"低俗的"文类，它代表着同时代的平民叙事话语。资产阶级视域与平民视域之间互相对立，前者压制后者，两者又相互渗透。类文学传统渗透进大写文化和文学传统之中，从而参与经典的构建。小写的文学常常从文体、主题、风格等方面对主流文学进行反转或颠覆，并决定性地改变了后者。不过，类文学传统只有冰山的一角可以显露，它是种种张力共同作用的结果。科幻小说在文学类型体系内部面向大众市场被构建起来，它是两种对立倾向相互作用的结果，一种倾向是美学认知，另一种是逃避现实主义的倾向。前者彰显于重要科幻小说作家的作品里，代表的是具有颠覆性的社会集群对更为先进的生产力和认知的需求。后者则屈从于意识形态霸权的压力，在次等科幻小说中占据主导地位。在科幻小说中，这种张力清晰可见。正是这种张力不断推动着科幻文学的发展。

不过，这种张力在资产阶级的文化宰制下失去平衡，使得能够体现"真正的新奇性"的科幻小说越来越少，"虚假的新奇性"不断被制造出来，好的科幻小说与差的科幻小说之间的差距越来越大。在科幻小说与其他文类的优秀小说之间，不再有正常的对抗和比较。科幻小说的退化非常严重，低劣的科幻小说占到了出版物的90%以上。科幻题材在电视和好莱坞电影中遭到了滥用。当流行文化越来越成为统治阶层文化生产的重要领域，“小写的文学”仅仅被视作形式上需要保存的残余物。科幻文学由于无法实现自身的认知性和认知目的而付出了被征用的代价。科学奇幻小说等科幻文学的亚类型被创造出来成为提供给大众意醉神迷的精神鸦片，这些亚类型充斥于文学市场构成了科幻文学的荒漠。类文学堕落为纯粹的消费现象，处于资本主义流通和传播中介的控制之下。与类文学的堕落有关，“一群似乎相同的真实读者，不加区分地消费着截然不同的亚类型作品，而这些截然不同的亚类型作品原本有着迥然相异的理想读者”[①]。“类文学已经成为一种媒介，这一媒介不再承载任何诗学—认知信息，它就是信息本身。”[②] 不过，在这片科幻沙漠中，仍然存在着优秀的科幻小说。优秀的科幻小说是对现实的反映和思索。它既非未来学，也非科学至上论，而是批判性的。它们始终将批判的矛头指向具有异化作用的市场，指向官僚主义的权力体系。

苏恩文意在从类文学这片广阔的海域中重新发现历史和社会，在“大写的文学”历史之外进行“小写的文学”的历史编纂，从资本主义艺术生产所造成的民主文学的海洋中揭示类文学颠覆性的特质。他从科幻小说在历史上存在的六个时段性的集群中选取了那些能够成功冲入“高雅”文化行列的作家作品。“科幻小说——在一个非主流社会群体的支撑下获得与失去文化的正统性——如何像一座冰山，只有其尖端显露在主流文化记载的寂静大海的表面上，

---

① ［加］达科·苏恩文：《科幻小说面面观》，郝琳、李庆涛、程佳译，安徽文艺出版社2011年版，第17页。

② ［加］达科·苏恩文：《科幻小说面面观》，郝琳、李庆涛、程佳译，安徽文艺出版社2011年版，第17页。

以及那些岛屿如何勾勒自己，同时也勾勒出它们生长于其中的那片海洋。”① 作为在主流传统之外，一种被压制和被忽视的科幻文学，那些能够突破尘封的作品所引起的反响足以使科幻文学形成一种坚实有力、具有明确自我意识的规范性传统。创作出这些作品的作家是科幻文学传统的奠基者和弘扬者，他们的成就代表了历史上不同时期受压抑社会群体的渴望。无论是趋向于更完美的还是揭示更不完美的，科幻文学都代表了时代声音之外的另一种表达的可能性和完全不同的生活的可能性。因此，苏恩文通过梳理早期科幻小说的经典文本来确定科幻文学的乌托邦基因，他对传统科幻文学史和现代科幻文学史的整体梳理都是在乌托邦这一总体视域下进行的。

三　科幻文学的乌托邦基因：早期科幻小说的梦幻之旅

科幻文学的历史与科幻理论是相互反馈的关系。一种定义必定与一定的历史脉络相呼应。当苏恩文将科幻文学视作一种认知间离的虚构性文学之时，必然就意味着乌托邦小说、大部分“海上历险记”以及许多同源性文类将纳入他的科幻文学脉络之中。苏恩文对早期科幻小说文本的思想艺术特征及其历史地位进行了深入剖析，尤为关键的是，他所选取的分析对象大部分为乌托邦作品，主要为莫尔的《乌托邦》、拉伯雷的《巨人传》、斯威夫特的《格列佛游记》，政治寓言性和讽喻性是这些作品的重要特质。

莫尔的《乌托邦》中呈现了两种社会政治模式的对立，也可以说是经验世界与他者世界的对立，作者以他者世界的建构实现对经验世界的激烈批判。当时的英国社会，新兴资本主义的圈地运动使农业社会遭受毁灭性的打击，农民失去赖以生存的土地，进而遭受更为严酷的压榨剥削。作者在小说中建构了一个无阶级形式管理的民主集中制国家，它是“最佳的社会模式”，这一模

① ［加］达科·苏恩文：《科幻小说变形记：科幻小说的诗学和文学类型史》，丁素萍、李靖民、李静滢译，安徽文艺出版社2011年版，第100页。

式对经验世界的资本主义的颠覆性体现在通过经济上人人平等达到人人幸福。

《乌托邦》中乌托邦图景建立的基础是对历史资源的继承和改造，苏恩文对此进行了历史溯源。一是融合“安乐乡”“人间天堂”“极乐世界”等母题并在此基础上进行提升。这些母题构建了一个与现实世界相异、与人类需求相关的颠倒的世界。不过这些母题都是非历史的、超自然的。苏恩文突破先辈们神话式的保守主义，“坚定地把《乌托邦》定位于虚拟替换的，但又是人力可及的当前社会”[①]。苏恩文将非历史的、超自然的母题置入历史之中，把超自然的神力转化为人力可为。二是莫尔突破了柏拉图“理想国”中的泛欲共产主义支配下的等级制度，以“世间万物皆为公有之物”为原则建立了一个无阶级的自我管理的理想国。三是利用“想象中的旅行”这一承载乌托邦故事的天然载体，结合地理大发现激发的新活力所形成的新奇视野，莫尔实现了对阶级社会的消解，在作品中构建出理想的社会图景。

在上述历史资源基础上所实现的创新使得莫尔具有了开拓性意义。苏恩文认为莫尔的伟大之处在于：为理想的最美好的社会确立了“乌托邦”这一名称；为后来的乌托邦文学作品确立了在逻辑上不可或缺的模式；构建的乌托邦始终在与读者进行永无止境的对话，其结局是开放式的[②]。当然，苏恩文也看到了《乌托邦》中的问题，在这种无阶级的自治社会模式中体现出的是一种静止的人性，因而各种关系也是机械而僵硬的。这种体制上的缺陷还体现在自由必须服从集体平等主义的平衡要求，这一要求是在严厉措施的强化下得以实现的。苏恩文并不避讳莫尔构建的乌托邦图景的不完

① ［加］达科·苏恩文：《科幻小说变形记：科幻小说的诗学和文学类型史》，丁素萍、李靖民、李静滢译，安徽文艺出版社2011年版，第105页。

② ［加］达科·苏恩文：《科幻小说变形记：科幻小说的诗学和文学类型史》，丁素萍、李靖民、李静滢译，安徽文艺出版社2011年版，第107页。

美，相反，他认为这才符合乌托邦作为一个“更加完美”而不是“最完美”的组织起来的社会的真谛。“更加完美”针对的是存在一个绝对完美的地方这一错觉。“更为完美”是对实存的价值观、社会角色和社会规范的颠覆。乌托邦文学是历史性陌生化的，这就意味着所有的乌托邦小说中，“都隐含着一种完全不同于作者情境的巨变，而这一巨变未必就是最终的和不可再加以改进的”[①]。

虽然相对粗糙和枯燥，莫尔却为人类贡献了历史上第一幅崇尚人人平等的共产主义社会图景，揭示了针对社会现实的深刻真理。这一深刻真理的揭示伴随着诙谐的嬉笑怒骂，拉伯雷将深刻真理与诙谐狂欢的结合发挥到了极致。苏恩文认为拉伯雷的乌托邦小说《巨人传》最重要的地方就在于庞大固埃主义，即反对异化，它体现在物质和精神方面。小说激励人们冲破人性的桎梏，让人性从扭曲的现实中解放出来。狂欢精神是人性解放的体现。“开怀畅饮是亵渎上帝的圣餐变体，其中的物质变成了它自身的有意识的和认知性的享受，取代了圣餐葡萄酒的物质。”[②] 身体上的开怀畅饮喻指的是挣脱束缚的“精神上的狂欢”，畅饮知识、自由以及生命之美酒。拉伯雷借助“想象的旅行”实现对自由的探索。苏恩文认为小说中德乐美的反传统的修道院是最为明确表达乌托邦主义的篇章，因为它们是对旧的教育机制和修道院机制的颠覆。尤为重要的是，庞大固埃主义，“意味着需要消化那个时代的整个现实社会，并且经过拉伯雷滑稽可笑的哲学使其转化，然后由于反胃而将其吐出来，正如高康大把所有国家吞进了自己的喉咙里，然后将访问这些国家的那位讲述者反吐出来”[③]。这是将真理与戏谑相结合的嘲讽性颠覆。

---

① ［加］达科·苏恩文：《科幻小说面面观》，郝琳、李庆涛、程佳译，安徽文艺出版社2011年版，第157页。

② ［加］达科·苏恩文：《科幻小说变形记：科幻小说的诗学和文学类型史》，丁素萍、李靖民、李静滢译，安徽文艺出版社2011年版，第109页。

③ ［加］达科·苏恩文：《科幻小说变形记：科幻小说的诗学和文学类型史》，丁素萍、李靖民、李静滢译，安徽文艺出版社2011年版，第110页。

拉伯雷对现实的颠覆与人文主义的讽刺应追溯至琉善，琉善在《真实的故事》中使用了神话式的旅行游记系统地对现实进行嘲讽性颠覆，这不仅仅使拉伯雷受益，从莫尔到斯威夫特等人的科幻小说范式的形成都受其影响。

现实与理想之间存在着巨大差距，莫尔和拉伯雷在现实生活中遭受迫害。人们对乌托邦理想的探索并未停止，只是不再将精力施加于人性之上，乌托邦的描绘者们渐渐放弃了拉伯雷式的狂欢化和人性化，开始寻求超越人性的更加理想的力量。康帕内拉的《太阳城》把乌托邦的希望放置在伪科学的占星术上，而培根的《新大西岛》则企图以科学至上主义为人类寻求新的可能性。苏恩文揭示了两者注定失败。《太阳城》中，康帕内拉用教条主义的从太阳之力降临人间的垂直结构来取代文艺复兴时期卓越的水平式结构。[①] 所有事情均服从于占星术的严厉规定，充满着经院式的怀旧情绪。《新大西岛》中，科学成为新的宗教，科技与专制相结合，技术专家治国论通过在一种基本稳定的社会统治体系之内保证富裕生活数量的增加来回避人类的难题。康帕内拉和培根标志着对文艺复兴的自由人文主义的反拨。人性观衰落，加之乌托邦阵营内部叛乱和官方压制，导致乌托邦作为一种独立的认知形式的终结。

由于再次受到正统文化的排斥，重要的科幻小说开始从乌托邦的海域向星球转移。斯威夫特是这一时期出现的重要科幻作家。在《格列佛游记》里，“他通过一种对作者的反乌托邦现实进行尖锐批判而为基本的乌托邦价值观念进行隐晦的、讽刺性的抗辩”[②]。《格列佛游记》是对科幻小说的戏仿，它以破坏性的方式对科幻小说的发展历程进行了重演。第一，在“小人国”里，小说通过对格

---

① ［加］达科·苏恩文：《科幻小说变形记：科幻小说的诗学和文学类型史》，丁素萍、李靖民、李静滢译，安徽文艺出版社2011年版，第114页。

② ［加］达科·苏恩文：《科幻小说变形记：科幻小说的诗学和文学类型史》，丁素萍、李靖民、李静滢译，安徽文艺出版社2011年版，第117页。

列佛骨子里的虚荣心和政治上的势利心态讽喻英国的宫廷和政治。第二，在“大人国”里，批判的矛头直指“生气勃勃、人性向善的岛屿”的幻想传统。通过格列佛，作者让我们看到了小人国民族的堕落与大人国肌体的衰败。小说中的这些岛屿起到了放大镜的作用，揭示了人类道德和经验的偏狭。第三，作者通过对培根式科幻小说的戏仿，实现对培根主义的尖锐批判，这主要体现在第三卷游记中。小说具有后培根主义风格精确描写的特色，这种风格本身作为一种认知手段，用来抨击和揭露培根哲学的非理性本质。“理性主义接受定量化的世界观，接受中产阶级所强调的计量、盘算和测量，接受随之产生的机械平衡的、在价值中立的时空里的物体及其运动的宇宙论，从而违背了真实的、人类共有的、充满价值的人类理性的可能性。”① 貌似松散的游记实则存在着思想观念的一致性和渐进性，斯威夫特从政治、躯体和知识等层面对培根式的理性主义进行了辛辣的讽刺，尤其是对非人性的科学进行了批判。这种科学是机械的、异化的，不考虑科学对人类生活产生的实际影响，消解了人与人、人与自然的关系。异化的知识不仅没有任何实际价值，还成为统治者实施暴政的工具。对科幻文学进行的戏仿最终表达了对乌托邦的悲观绝望情绪。在颠覆了前面所有乌托邦的想象之后，斯威夫特在智马慧骃身上发现了乌托邦的希望。慧骃不具有人类的外形却具有理性，耶胡空有人形却缺乏理性，正直高贵的马类为耶胡和人类提供了品质的衡量标准。慧骃的高尚道德令人望尘莫及，它只是道德寓言里的理想典型，而不是现实中的典范。由于在生理上的不同，人类根本无法按照自然的方式去仿效慧骃。斯威夫特借此表达的是，乌托邦只是一种无法效仿的异类族群的生活方式，小说充溢着一种极度绝望的反乌托邦情绪。在苏恩文看来，“《格列佛游记》得以出版且融入社会实践的这一事实，将其极度的反乌托邦

---

① ［加］达科·苏恩文：《科幻小说变形记：科幻小说的诗学和文学类型史》，丁素萍、李靖民、李静滢译，安徽文艺出版社 2011 年版，第 125 页。

的绝望情绪转变为一种对其所反映的反乌托邦世界的无情批判”①。对过去诸多科幻小说中的乌托邦所进行的批判越是激烈，就越意味着向读者呈现一个充满人性的新世界的必要性。因此，斯威夫特通过对科幻小说的戏仿为此后的科幻小说建立了伟大的范式。“这是一种十分巧妙的交织性模式：一方面是承担着反乌托邦功能的乌托邦，另一方面是作为乌托邦主义同盟的反乌托邦；一方面是使用科学语言进行的讽刺，另一方面是作为一种荒诞行为的科技推论；以及在科幻小说的国度里进行的历险、人造星球和异类生物、长生不老之人和魔怪之类，所有这些都指涉着英国及其温文尔雅的读者。”② 斯威夫特启发了包括布莱克、雪莱和莫里斯在内的诸多后来者。“想象的旅行游记”因为斯威夫特而流行起来，几乎所有 18 世纪重要的法国启蒙主义思想家如孟德斯鸠、伏尔泰、狄德罗等人都吸收借鉴了以乌托邦描写来讽刺对照的方式。

苏恩文以辩证的态度将早期科幻小说放在时代语境中进行分析，考察它们所呈现乌托邦世界的方式与特点，为科幻小说植入了乌托邦基因。

四　从凡尔纳到威尔斯：乌托邦视域中的科幻史梳理

从 18 世纪末到 19 世纪，科幻小说又经历了一次转向，“从法国革命时期激进的乌托邦主义者的充满激情的蓝图和狂想，转向了浪漫主义的对忍受苦难的内化”③。资本主义生产方式对日常生活的渗透导致了人类行为和想象的重新定向。人们不再想象一个与自己的经验环境并存的异域他乡，而是希望理想之地能够与现实对接，

① ［加］达科·苏恩文：《科幻小说变形记：科幻小说的诗学和文学类型史》，丁素萍、李靖民、李静滢译，安徽文艺出版社 2011 年版，第 127 页。

② ［加］达科·苏恩文：《科幻小说变形记：科幻小说的诗学和文学类型史》，丁素萍、李靖民、李静滢译，安徽文艺出版社 2011 年版，第 129 页。

③ ［加］达科·苏恩文：《科幻小说变形记：科幻小说的诗学和文学类型史》，丁素萍、李靖民、李静滢译，安徽文艺出版社 2011 年版，第 132 页。

希望现实社会能够具有更为人性化的社会结构，这种期望发展到18世纪变得越来越强劲，希望中又带着恐惧。部分研究者把转向的原因归于世界地图上白色版块的迅速消失，人类探索的脚步已经覆盖了整个地球。苏恩文则挖掘其更深层的原因，“人们日常的，以经济为基础的活动——商品和金钱至上成为衡量生活价值的放之四海而皆准的尺度——以及‘自然’科学的量化”[①]。资本主义的科技导向了全球化，这却并非人文主义所设想的世界大同的和谐图景。相反，它孕育了不同阶级之间、不同国家之间的尖锐冲突。布莱克和珀西·比希·雪莱的诗歌所代表的“激进的狂想”，以及法国启蒙运动时期的一些科幻作家作品所表达的革命性期望，只是科幻文学在这一时期的一段小插曲。整个19世纪的科幻小说终将以一种“实证的”科学认知范式为参照，这是玛丽·雪莱和凡尔纳所参与其中的期望范式。玛丽·雪莱是科幻小说浪漫主义转向的代表，苏恩文将玛丽·雪莱与她的丈夫比希·雪莱进行对比，揭示她的科幻小说《弗兰肯斯坦》中所体现的普罗米修斯式的乌托邦主义的后退。玛丽·雪莱的创作中既有比希·雪莱的影子，也有其父亲葛德文的思想影响，她把小说中“怪物”的处境转移到位于正统神学和激进政治学之间的战略性的中间地带，表现了她思想观念上在比希·雪莱式的反叛和葛德文式抗议性的忍让主义之间的摇摆。从乌托邦期望向浪漫主义梦想转变的倾向在欧美科幻小说中也有相似表现。科幻小说风格的改变体现了作家对于资产阶级革命和工业革命的不同态度。

苏恩文将凡尔纳作为阐述19世纪科幻小说的重要作家。他认为凡尔纳的科幻作品具有鲜明的乌托邦自由主义倾向，这与英国维多利亚时代工业革命的发展以及自由资本主义的鼎盛有密切关系。苏恩文将文学与维多利亚时代的社会政治变化相关联，将凡尔纳的

---

① ［加］达科·苏恩文：《科幻小说变形记：科幻小说的诗学和文学类型史》，丁素萍、李靖民、李静滢译，安徽文艺出版社2011年版，第134页。

文学创作分为三个阶段。早期是典型的乌托邦自由主义，是圣西门思想的回响和变动。这种自由主义主要体现在：第一，以新奇性设想激发人们冒险的狂热，跨越可以度量的时间与空间，使人类实现全球范围的交流。“量化的时间具体体现为量化的空间”①，凡尔纳早期作品的时间经过精确计量，刚好与空间的穿越及度量相合。他热衷于填补地理和科学的空白，向往探索遥远的极点和太空。时间的严密可以使主人公征服空间，因此他对时间和大自然进行严密的掌控。凡尔纳在早期作品会大量引用教科书中的科学知识，无论是海底旅行、地心旅行还是两极月球，他都会对作品中出现的种种科学难题进行澄清和解决，对物质世界的多样性和完整性加以验证。他的新奇性设想也存在局限性，那就是缺乏坚实科学理据的推断。一方面从已有的蓝图中跨越了一步，另一方面又不够精确，甚至走到了科学的反面。不过，正如苏恩文所表达的，所有这些新奇的构想是为了映射工业化自由主义时代人类实现全球化交往沟通的壮举。第二，以清洁技术和剥离政治的科学艺术所主导的世界表达逃离资产阶级日常生活、逃离经验世界的渴望。“凡尔纳希望的是享用工业化的成果，却不卷入与之相伴的生产关系与政治制度”②，他对技术革命持乐观态度，但他的理想并非建立各种发达的工业区，借助清洁的技术实现远离世界的旅程才是他理想化的乌托邦。在他的科幻作品中塑造了一些富有个性的怪人，比如《海底两万里》的尼摩船长，他借助机器的非凡力量远行，摆脱一切社会束缚。这类人身上投射着无政府主义的欲望，他们在对现实的逃避中实现了与社会的抗衡和对现实的颠覆。凡尔纳的科幻创作在 19 世纪七八十年代出现了转折，表现为自由主义的减退，反乌托邦主义的萌生以

① ［加］达科·苏恩文：《科幻小说变形记：科幻小说的诗学和文学类型史》，丁素萍、李靖民、李静滢译，安徽文艺出版社 2011 年版，第 172 页。

② ［加］达科·苏恩文：《科幻小说变形记：科幻小说的诗学和文学类型史》，丁素萍、李靖民、李静滢译，安徽文艺出版社 2011 年版，第 175 页。

及阴郁的风格。1974 年发表的《神秘岛》中已经初显这种转变，虽然其塑造的塞勒斯·史密斯是典型的圣西门主义的理想人物，小说也充满乐观主义，但其中存在着明显的历史盲点。他把土著居民排除在外，把社会下层民众排除在外，他对被压迫者的同情局限于白人，书中没有女性形象。自《神秘岛》之后，凡尔纳的创作热情减退，苏恩文指出凡尔纳创作思路的转变与法兰西帝国政治局势的动荡有关，圣西门主张的工业资本被帝国主义的金融资本替代。这一时期凡尔纳科幻创作的特点体现在：具有破坏性的机械；充满敌意好战的科学家或发明家；能量导致的往往是毁灭，比如运行工具的毁灭等，总之，人类在自然探索过程中出现的不和谐声音日益明显，这些创作倾向一直延续至他创作晚期达到极致。圣西门思想的乐观主义不复存在，小说呈现的是充满威胁的未来，时间成为终结文明的胜利者。凡尔纳的科幻小说处于中产阶级的圣西门式乌托邦主义与 19 世纪晚期消沉的反乌托邦主义之间。[①] 在自由主义视野下，时间或空间中任何重要的新奇性都无法长久保持。自此，产生了对新视野的摸索性探求，通俗小说开始流行起来，并对现代科幻小说产生重要影响。在以《永生的亚当》为代表的凡尔纳晚期作品中已经呈现出文明的回归循环，时间已终结一切，新奇性不再友好，沟通交流彻底瓦解，变成了噩梦。对未来的否定和令人窒息的封闭世界为社会主义希望的期盼可能性的复苏提供了基础。

苏恩文论述了无产阶级社会主义乌托邦在 19 世纪末产生的必然性。与维多利亚时期日渐封闭的自由主义视野相对立，另一种令人激动的未来想象景观日渐高涨。从审美因素的角度看，科幻小说在超越时间和对大灾难的认识方面还未得到充分发展，这为社会主义乌托邦的替换提供了有益的土壤。这个替换的世界可以解决在浪漫主义时期产生的两难困境。无阶级的社会主义远景成为解决 19

① ［加］达科·苏恩文：《科幻小说变形记：科幻小说的诗学和文学类型史》，丁素萍、李靖民、李静滢译，安徽文艺出版社 2011 年版，第 184 页。

世纪科幻小说的思想观念与形式问题的最佳方式。其中贝拉米的科幻作品呈现出的乌托邦主义既与美国早期宗教和世俗的联盟主义的乌托邦—社会主义传统密切相关，又与 19 世纪社会主义运动的实践密切相关。乌托邦主义的重要性来自无产阶级深深的不满，贝拉米把解决问题的乌托邦主义放置于现代发明和幸福经济中。小说《平等》中，“它不仅呈现了更好的铁路、机车、空中汽车、电话以及电视，还呈现了一个没有阶级的生活富足的大同社会”[①]。贝拉米认为托拉斯的经济方式是建立大同世界的有效手段，最终将导向舒适与安全的社会。经济上的平等又为个性的发展提供了最大的自由空间。贝拉米的经济蓝图集中体现在《回顾》中。苏恩文通过对这部作品的分析得出贝拉米乌托邦世界的创新性，即先构建社会体系，再构建相应的人性。这种构想注定存在问题。对于贝拉米来说，新的社会秩序的形成是通过经济学、道德进化和基督教的有爱来实现的。道德的经济学是建构乌托邦世界的前提，这就意味着贝拉米在构建社会体系的时候就已经将资产阶级的人性标准灌注进去。贝拉米反对暴力和激烈的革命，主张对资本主义进行净化与改造，这显然走向了乌托邦创新性的对立面。贝拉米提倡的托拉斯垄断以及技术治国理念都与他要构建理想的无阶级社会相矛盾。

苏恩文在比较视野内对莫里斯小说的乌托邦思想进行分析，他认为莫里斯的《乌有乡消息》是对贝拉米《回顾》的回应和完美补充。第一，莫里斯反对贝拉米对资本主义进行净化与改造的观点，这种净化过的生活理想是中产阶级的生活理想。《回顾》中呈现的是上层阶级的个体发出的声音，而《乌有乡消息》中，声音从社会主义政党内部发出，并且将集体声音和个体声音汇合在一起。莫里斯虽然借鉴了《回顾》的叙述框架，但却增加了历史性的新要素：一是对那场导向未来的革命进行了描述，相对于贝拉米描绘的

① ［加］达科·苏恩文：《科幻小说变形记：科幻小说的诗学和文学类型史》，丁素萍、李靖民、李静滢译，安徽文艺出版社 2011 年版，第 198 页。

整个社会突然大改变带来的理想生活，这种描述使其乌托邦设想具有相当的可信度；二是探讨了未来对于个人的意义。第二，反对贝拉米对科学技术机器和社会机器的强调，以及与此相关的国家共产主义。莫里斯沿袭了拉斐尔前派传统的观念，反对资本主义对机器的生产，他试图摒弃机器，回归传统技术。他构筑了一个没有机器的牧歌式家园，与资本主义所造成的丑陋和苦难形成对比。第三，反对贝拉米对劳动的看法。莫里斯把劳动转变为一种有价值的乐趣的工作，与资本主义的辛苦劳作形成鲜明对照。“一种人与人之间，人与自然之间的直接的、血肉般的关系，以及一种不同的文明——在这个文明中有价值的工作成为一种乐趣——呈现了《乌有乡消息》的基本要素。”[①] 这也正暴露出莫里斯的问题，他既要坚定地排斥科技和工业组织、拒绝现代发明，同时还要保持人口的稳定与富裕，这种构想导致了“拟换的可能性”的不可能。“它不关注经济和社会政治的组织结构，而致力于构建近似民间故事和田园牧歌文学中的具有魔力的平行世界，具有作为一个应当去追寻的替换之社区的集体的重要性。”[②] 《乌有乡消息》是现代文学中“人间天堂”的杰出范本，其乌托邦社会的构建又是有缺陷的。

总体来看，无论是贝拉米还是莫里斯都力图从 19 世纪的资本主义中分离出来从而追求一种不同的生活。由于遵循美国主流传统的贝拉米的新视野是从旧视野的各个层面发展起来，因此他并不主张激进的暴力变革，他始终在一种感伤性的幻梦中寻求安全性的个人调节。莫里斯的新视野在整体上与旧视野绝不相容，其政治态度是热烈的、非专制的，小说呈现了一种画家似的视野景观，一种梦幻般的人间天堂。两者都有各自的创新性与局限性，在某种意义上

---

① ［加］达科·苏恩文：《科幻小说变形记：科幻小说的诗学和文学类型史》，丁素萍、李靖民、李静滢译，安徽文艺出版社 2011 年版，第 202 页。

② ［加］达科·苏恩文：《科幻小说变形记：科幻小说的诗学和文学类型史》，丁素萍、李靖民、李静滢译，安徽文艺出版社 2011 年版，第 208 页。

说，两人构建的乌托邦是互补的。

马克·吐温的《美国佬》并非社会主义乌托邦作品，苏恩文之所以将其与《回顾》和《乌有乡消息》一起讨论，是因为它们同样是对资本主义尖锐的社会困境的回应。马克·吐温对科幻小说所做出的贡献在于将生活残酷的、不安全的旅程与历史运动相联系，激活了那些在期望变化的时代中产生的思想观念难题。莫里斯和贝拉米的作品中同样呈现了个人的生存苦难以及具有认识论性质的迷惘和困惑，这些困惑成为他们创设乌托邦的动力。与莫里斯和贝拉米更多呈现了新社区的光明灿烂相异，马克·吐温把主人公从安全稳定的未来人类关系中分离出来，持续地对这个残酷的时代进行质疑，强调乌托邦新陈代谢的必要性和价值观。他的这一关注成为威尔斯和扎米亚京科幻小说的应有之义。《美国佬》中充满了矛盾的价值观和对科学的矛盾态度。通过汉克这一资产阶级美国佬变体形象的塑造，小说一方面肯定了资产阶级进步的历史，另一方面又对资产阶级所攫取的工业革命的结果充满了怀疑。美国佬最终脱离了劳动人民，马克·吐温在此表达了对革命的态度：不应当对大众的革命抱有任何信念。作者对待科学的态度也是矛盾的，汉克是科学技术历史的负载者，他获取权力的方式就是依靠科学技术。科学最后又成为毁灭世界的力量。小说显示了一个普罗米修斯式的进步的承担者如何转变为历史性灾难的荒谬的制造者。马克·吐温与凡尔纳的相似性在于两者都把作品的新奇性聚焦于毁灭性的武器而不是未来新的社会制度。毁灭性武器导致人类的灾难。在他的小说中，有些片段式的描写表达了对未来科技独裁或神学独裁统治的批判和讽刺。如果这些片段能够得以完成并发表，那么马克·吐温将取代威尔斯成为影响现代科幻小说传统的重要转折点。

威尔斯被苏恩文视为科幻小说传统的转折点。威尔斯的科幻小说里往往呈现令人不安的新奇性，揭示现代科技爆炸背景下人的异化和内心复杂的斗争。他将自己思想观念的矛盾投注于不可阻挡的未来中，使其科幻小说成为思想意识的寓言。威尔斯的作品里汇聚了所有早期科幻作家的重要影响。威尔斯将他们的影响转化为自己的意象，使他们进入了自己随后的科幻小说创作中，最终实现了对他们的超越。苏恩文以《时间机器》为例对威尔斯科幻小说中的乌托邦进行结构主义分析。“在这方面，他将成为科幻小说中一些最优秀的社会批判性作品效仿的典范——从杰克·伦敦在《铁蹄》（*The Iron Hee*）中对威尔斯与乌托邦主义的融合，到扎米亚京（Zamyatin）的反乌托邦作品，20 世纪 40 年代和 50 年代的美国科幻小说中的政治性的‘地狱的新图景’，以及华沙条约组织国家的讽刺性科幻小说——莱姆（Lem）、邓普罗夫（Dneprov）、斯特拉加茨基兄弟（the Strugatskys）——都受到威尔斯的影响。”[①]《时间机器》中的埃洛伊人经历的四种不同的社会阶段实质上容纳了从莫尔和柏拉图到现在所有社会政治科幻小说的乌托邦与反乌托邦的逻辑。威尔斯之后所有重要的科幻小说都从《时间机器》发展而来，因为他为后来的科幻小说提供了一种唯物主义的回顾人类生活的观点以及对宇宙能量终结的抗争。

从苏恩文对科幻史的梳理可以看出，他意在阐明一种科幻文学的乌托邦传统。他从作品构建的乌托邦世界出发，呈现这些乌托邦世界的优势与困境，阐发每一部作品在科幻史上的地位和作用。尽管苏恩文的科幻批评和科幻文学史的梳理主要是以苏联和欧美国家为主要研究对象，缺乏对科幻发展的全面观照，这仍不妨碍后来学者对其类型归纳逻辑的模仿与借用。许多学者在苏恩文对早期科幻小说史和传统科幻小说史的梳理思路基础上构架更加完整的科幻小说史，比如在亚当·罗伯茨、佐伊·欧曼、帕特里克·帕林德等学者编写的科幻小说史中均可以看到苏恩文的影子。应当说，苏恩文的科幻类型学研究代表了 20 世纪 70 年代西

---

① ［加］达科·苏恩文：《科幻小说变形记：科幻小说的诗学和文学类型史》，丁素萍、李靖民、李静滢译，安徽文艺出版社 2011 年版，第 257 页。

方科幻文学研究的先进成果，他在科幻批评实践中所应用的马克思主义唯物史观也影响了同时代的其他科幻研究者。苏恩文与詹姆逊、莫伊兰、弗里德曼等人共同为西方科幻理论与批评的马克思主义转向做出了巨大贡献。

第三章

汤姆·莫伊兰与乌托邦的复兴

◇◇ 第一节　批判的乌托邦何以可能

乌托邦话语是世界范围的，它是人类文明旅行中的灯塔，是支持社会向前发展的不竭动力。但在 20 世纪的西方社会，真正的乌托邦话语却是缄默和缺场的。一方面，乌托邦的渴望被消费社会裹挟退化为欣快愉悦的消费欲望；另一方面，随着宣称“历史终结”的资产阶级意识形态的胜利确认了一个已经完成的乌托邦，各种激进批判的反乌托邦亦相继出现。无论是被简化的乌托邦还是反乌托邦都造成了对乌托邦的扭曲和损害。面对此种情形，诸多学者思考如何在新的历史条件下复兴日渐萎缩的乌托邦精神。莫伊兰以“批判的乌托邦”这一范畴作为重启乌托邦冲动的新路径。

1986 年，莫伊兰出版了其乌托邦研究的代表作《要求不可能的：科幻文学与乌托邦想象》①。该书分为理论阐释和文本批评实践两部分。在理论部分，他追溯乌托邦书写的历史，对乌托邦与意识形态、乌托邦与对立文化的关系进行剖析，并在对乌托邦文类进行探讨的基础上提出“批判的乌托邦”设想。在第二部分，莫伊兰将

---

① 该书 1986 年初版于纽约的梅休因出版社，2014 年由纽约蓝彼得出版社再版。新版在书末的补充材料里纳入了莫伊兰新近的评论文章《对赫胥黎的〈岛〉中的乌托邦的再思考》以及一些领先的乌托邦和科幻研究学者对该书所做的一系列反思评论文章。本文对该书的引用参照 2014 年版。

20 世纪 70 年代的四部科幻作品视为“批判的乌托邦”的典型代表进行阐释。乌托邦如何摆脱久负的恶名？“批判的乌托邦”如何突破传统乌托邦的书写模式实现乌托邦的复兴和超越？“批判的乌托邦”如何可能？此书试图对上述问题进行回答。笔者认为莫伊兰利用布洛赫的乌托邦理论和马尔库塞的新感性理论扩大了乌托邦的概念，丰富了乌托邦的内涵，以乌托邦形式自身的否定和转化实现了乌托邦的重生。尽管其“历史分期概念”的提法引起了广泛的争议，但在乌托邦成颓败之势的当代西方，“批判的乌托邦”的确以乌托邦的“自我否定”的方式摧毁了传统乌托邦的系统化和为主流结构所吸纳的“无效的乌托邦”，唤醒了一个颠覆性的乌托邦主义。可以说，“批判的乌托邦”是对乌托邦精神的当代重塑。

一　为“乌托邦”正名

乌托邦是西方哲学思潮中的一个重要范畴，但自 1516 年莫尔明确地提出这一概念以来它就招致各种批判。乌托邦缘何久负恶名？其一，它源于人们对乌托邦的普遍歪曲和误解。这是一种对乌托邦印象式的流于表面的通俗化理解。在此视野中，乌托邦仅是虚幻、耽想的等价物。其二，它源自恩格斯在《社会主义从空想到科学的发展》中对乌托邦社会主义的批判。在此文中，恩格斯一方面将圣西门、傅立叶、欧文等人的理论视为科学社会主义产生的基础。另一方面，他又批判空想社会主义者没有充分考虑到实际历史条件和革命变化的过程，将社会主义视作由个别天才偶然发现的绝对真理。这一绝对真理由各种学派的主观知性决定，恩格斯称之为不伦不类的社会主义，是各种“批判性的言论、经济学原理和关于未来社会的观念组成的色调极为复杂的混合物”①。在恩格斯这里，19 世纪带有空想性质的乌托邦社会主义是与不成熟的阶级状况和

① ［德］恩格斯：《社会主义从空想到科学的发展》，载《马克思恩格斯文集》第 3 卷，人民出版社 2009 年版，第 537 页。

资本主义生产状况相伴的不成熟的思想观念。恩格斯将乌托邦等同于空想社会主义进而加以批判，他的这一观点一直延续至当下的研究中。其三，面对当今世界两极分化的图景，乌托邦几近丧失存在的必要性。全球资本主义创造了人类社会无限繁荣的假象，仿佛我们已经达到了梦想的顶端，它似乎已不再需要乌托邦来预示什么了。与此同时，苦难、贫困、暴力等社会中一切的颓势和丑恶构筑起另一种景观。对此，诸种乌托邦计划往往没有切实改变现实的能量。已经实现的乌托邦和无效的乌托邦的两极共存使得乌托邦失效进而蜕变为资本主义的同谋者。

乌托邦虽久负恶名，但依旧备受不少理论家青睐。他们相继为乌托邦正名。莫伊兰的《要求不可能》受布洛赫乌托邦理论影响，通过勾勒20世纪六七十年代这一时期乌托邦发展的新动向从而对乌托邦书写进行重新诠释，重塑当代乌托邦的精神框架。布洛赫曾经就乌托邦的恶名问题进行了详细的分析，他在《向乌托邦告别吗?》一文中提出要同小商人的通俗乌托邦和在左翼的谩骂诋毁中与右翼扬扬得意的资本主义的鼓吹中湮没的乌托邦告别，并严厉地批判了此类曲解乌托邦的看法。他的《希望的原理》一书致力于在马克思主义传统内为“乌托邦”正名，驱除在恩格斯那里形成的负面“乌托邦”印象。那么，莫伊兰是如何在布洛赫的影响下为乌托邦正名的呢?

第一，布洛赫的“尚未意识”与“尚未存在”概念激发了莫伊兰重构乌托邦精神的理论信心。与恩格斯把乌托邦等同于空想社会主义从而批判它的主观性不同，布洛赫以“尚未意识”与“尚未存在”构建了辩证的乌托邦，建立了乌托邦与客观性的联系。因此，对于布洛赫来说，乌托邦存在于“尚未意识”与“尚未存在”的现实可能性中。莫伊兰认为“尚未意识”作为一种无意识有别于弗洛伊德的相关概念。在弗洛伊德那里，无意识始终是被压抑、被遗忘且置于意识之下的东西，是一种过去的记忆，一种“不复存在的意识”。对于布洛赫来说，“梦具有某种向前的倾向，从而作为意识方式，尚未被意识到的东西装载某种向前推进的东西。在此，主体所觉察到的不是任何地下室的发霉味，而是早晨的新鲜空气”[①]。因此，“尚未意识”排斥停留在过去和被置于当前的意识之下，它指向的是未来，它置于未来意识之下。正如莫伊兰所指出的，《希望的原理》是一项朝向乌托邦、朝向尚未实现的未来中人类愿望满足的这一稳定而又不易察觉的人类历史趋势的研究。[②]“尚未存在”是一种“潜在存在的未来”，预示着人类的潜力。“尚未存在”是客观层面的社会历史趋势，它意味着对传统形而上学的本质存在论的驳斥，即“存在”不是一个已经完成的或固定的存在，它代表了一种不断运动和不断向前的发展趋势。因此，乌托邦是不可能固定的，它存在于集体朝向未来的不断渴望中。乌托邦正是在主观的预先推定的“尚未意识”与客观的预先推定的“尚未存在”的辩证统一中形成。[③]布洛赫以“尚未意识”与“尚未存在”对乌托邦进行重释，使乌托邦摆脱了那种主观的、虚妄的、不成熟的恶名。莫伊兰认为，布洛赫对乌托邦的重释激活了乌托邦冲动，使人们从无效的乌托邦的消沉情绪和已经实现的乌托邦幻象中挣脱出来。正是从这主客统一的乌托邦中，莫伊兰燃起了重启乌托邦冲动的希望。

第二，莫伊兰在布洛赫的“具体乌托邦”的基础上提出了“批判的乌托邦”概念，使乌托邦实现了由静态向动态的转换。莫伊兰高度评价“具体乌托邦”，认为其是未来可能性最有特权的承载者。[④]布洛赫的“具体乌托邦”强调乌托邦与历史现实的联系，

① ［德］布洛赫：《希望的原理》第1卷，梦海译，上海译文出版社2012年版，第123页。

② Tom Moylan, *Demand the Impossible: Science Fiction and the Utopian Imagination*, New York: Peter Lang, 2014, p. 20.

③ 参见梦海为《希望的原理》第1卷所做的中译本序言，上海译文出版社2012年版，第18—19页。

④ Tom Moylan, *Demand the Impossible: Science Fiction and the Utopian Imagination*, New York: Peter Lang, 2014, p. 21.

并使之与“抽象乌托邦”相区别。“具体乌托邦”之所以是现实的不是抽象的，就在于它是那些旨在打破现有社会和制度的想法的实践方案，它实质上是一种切实的行动，一种改造社会、批判社会并努力实现一种新的社会的可能。因此，布洛赫的“具体乌托邦”把对未来的希望和对现实的对抗紧密联系起来。而“抽象乌托邦”则是一种理想社会的静态图式，实质上强调了一种指向未来的永恒价值，没有与动态的现实结合起来，因此缺乏自我反思性。莫伊兰亦非常反对将乌托邦简化和压缩为一次性的理念类型，即压缩为空想社会主义或者德国浪漫主义。他把乌托邦的形成视作一种乌托邦话语的生产，这一乌托邦话语植根于特定历史背景下的个人或团体未实现的欲望和需求的表达。乌托邦与资本主义和新世界一起成长，资本主义和新世界是它的教父，潜在的社会和个人的渴望与痛苦是其直接的先觉者。[①] 也就是说，他注重强调乌托邦与历史语境的密切关系。借鉴布洛赫“抽象”与“具体”乌托邦的划分，莫伊兰提出“传统乌托邦”和“批判的乌托邦”这两个对举的概念。正是由于“具体乌托邦”的提出，布洛赫确认了乌托邦为人类社会发展之动力所在，扩大了乌托邦概念的范围，对乌托邦进行了总体性的把握，并借此广泛汇集了理想国度、技术乌托邦、建筑乌托邦、地理乌托邦和艺术乌托邦等愿景。莫伊兰还在布洛赫的启发下强调乌托邦与当时一系列对抗运动的密切联系。

第三，布洛赫强调乌托邦肯定性与否定性的辩证统一，实现了乌托邦由本质化向辩证的转变。莫伊兰对此心领神会，希望的核心“不满足”驱动着人类欲望向前并把每一个希望转换成乌托邦愿望本身的图式。[②] 面对目前的那些“不满足”，布洛赫定位于否定中

① Tom Moylan, *Demand the Impossible*: *Science Fiction and the Utopian Imagination*, New York: Peter Lang, 2014, p. 4.

② Tom Moylan, *Demand the Impossible*: *Science Fiction and the Utopian Imagination*, New York: Peter Lang, 2014, p. 22.

朝向未来的肯定性，他把对回忆和当下焦虑的抨击转换为对存在哲学的质疑，“一种否定向肯定的转化，暗示着每一种否定都以某种方式包含肯定的更深刻的基本原则，而这种肯定从本体论上来说是先于它存在的；因此每一个否定实际上可能作为达到它所隐藏的那种肯定的一个手段”①。也就是说，布洛赫呈现了一个动态的乌托邦，乌托邦始终伴随着人类向前的欲望和行动，不断生产出反抗和构想未来的图式。莫伊兰的“批判的乌托邦”既呈现了一个乌托邦社会，同时又不仅仅停留于此。它进一步将这一乌托邦社会置于强烈的自我批判和自我反思之中进行煅烤，由此使乌托邦区别于以往固化的、本质的、已成为旧日陈迹的乌托邦。

“尚未意识”和“尚未存在”的希望使我们对未来始终充满信心，“具体乌托邦”这一概念将乌托邦与马克思主义紧密地联系起来，乌托邦肯定性与否定性的辩证统一则揭示了其自我反思的批判特质。总之，布洛赫的乌托邦理论重新激发了乌托邦冲动的革命潜能。因此，在布洛赫乌托邦理论基础上形成的莫伊兰意义上的乌托邦是丰富的而非单一的，是历史的而非本质的，是辩证的而非单纯的肯定性或否定性表达。不过，与布洛赫不同，莫伊兰的关注点在乌托邦文学上。布洛赫对文学乌托邦持一种批判态度：“不应当用托马斯·莫尔的方式限制乌托邦事物，或者仅仅根据他的乌托邦把握乌托邦事物，这仿佛是要把‘电’还原为类似琥珀的东西（电的希腊名称源自琥珀，人们从琥珀中首先注意到了电）。”② 布洛赫对把乌托邦概念局限在那种“可替代性选择的地方”的乌托邦小说的做法极为反感。莫伊兰认为，之所以布洛赫排斥莫尔式的小说、恩格斯排斥空想社会主义、德兰尼对文学乌托邦持谨慎态度，是由于乌托邦系统被直接交付于文本而造成贫乏，即通过叙事缩减的方

① ［美］费雷德里克·詹姆逊：《语言的牢笼　马克思主义与形式（下）》，钱佼汝、李自修译，百花洲文艺出版社2010年版，第120页。

② ［德］布洛赫：《希望的原理》第1卷，梦海译，上海译文出版社2012年版，第17页。

式将丰富的多元的乌托邦欲望单一化为抽象的社会计划。莫伊兰承认在一些乌托邦作品中存在这种缺陷，但他并不赞同恩格斯、布洛赫等人彻底否定乌托邦写作的做法。在他看来，此类观点和做法的悖谬在于，它们仅仅将文学乌托邦视为蓝图，并且依照书写中体现的“理想蓝图”的直接可实现性来评价文学乌托邦。

莫伊兰在布洛赫基础上提出“批判的乌托邦”，同时他又将其运用到对乌托邦书写的阐释上，力图恢复乌托邦书写的活力。他将布洛赫持谨慎态度的乌托邦文学视为“传统乌托邦”。传统的乌托邦文本主要呈现出一种单一维度，即对理想社会的蓝图式规划。然而，如恩格斯所批判的，这一理想社会的规划因忽略历史现实语境而导致有效性丧失，乌托邦作为理想蓝图的功能遭受批判，最终成为单纯的精神象征性存在。与此相对，莫伊兰通过一些具有代表性的科幻作品提出了“批判的乌托邦”。总体看来，莫伊兰的“批判的乌托邦”文本是从这几个方面呈现的：首先，它涉及对乌托邦传统局限性的认识，所以这些文本保留乌托邦愿望时拒绝将其视作一个蓝图。其次，这些小说描述了原初世界与反对它的乌托邦社会之间的冲突。这便于社会变革得到更为直接的表达。最后，小说聚焦于乌托邦社会自身内部持续存在的差异和不完善从而提出更为可认识的和动态的替代性选择。[①] 从这几个层面来看，布洛赫的乌托邦思想是莫伊兰的“批判的乌托邦”产生的重要理论根源。“批判的乌托邦”突破了“理想蓝图”式的单一且静止的乌托邦形态，纠正了人们对乌托邦的曲解。尽管它也设置了一个可替代性的乌托邦社会，但同时又从人物、情节和叙事等层面展现出这一理想世界的不完美性，不断进行自我反思与批判，使乌托邦在自我否定中再度朝向对未来的肯定性想象，进而确认乌托邦为改变未来的动力。“批判的乌托邦”中的乌托邦社会想象最终指向的是可预见的可替

① Tom Moylan, *Demand the Impossible: Science Fiction and the Utopian Imagination*, New York: Peter Lang, 2014, p. 10.

代性选择范式之外的东西，它们的核心是辨认出自我批判的、能够撕裂占主导地位的意识形态网络的乌托邦话语自身。这样，“批判的乌托邦”话语就成为社会变革和人民主权的煽动性的表达，继续永恒地打开“尚未”的展望过程。[①]“批判的乌托邦”自然成为扫除“乌托邦”身上无效和无用幻象的强力剂。在莫伊兰这里，它标志着乌托邦的新生。“批判的乌托邦”实质上是一个自我指涉的、不断解构的乌托邦冲动，它的颠覆性力量就体现在拒绝被自身的传统和系统束缚。

二　批判的乌托邦：新的感性形式

莫伊兰对乌托邦想象的革命潜力进行再发掘，要涉及的一个关键问题就是重估乌托邦与意识形态之关系。在这一问题上，莫伊兰不仅受布洛赫对乌托邦重释的启发，亦汲取了马尔库塞的观点。

阿尔都塞与詹姆逊都揭示了乌托邦与意识形态在社会化的结构中辩证的对立与统一，即乌托邦在意识形态内起作用，它在反对资本主义经济秩序的同时又稳固了这一秩序。不过，阿尔都塞的意识形态表征结构更多的是揭示了后者，即意识形态诱惑和奴役乌托邦冲动使其成为自身的帮凶。乌托邦的对抗性则在意识形态合围下几近湮没。莫伊兰意识到乌托邦冲动在意识形态内拔河式的移动：它或与意识形态妥协，或构成一种颠覆性的突破。但他并未如阿尔都塞等人那样，失望地认为乌托邦已经完全被招募与收编（要么成为消费社会已经实现了的乌托邦，要么以反乌托邦的面目阻断人们对更好生活的期待）。莫伊兰认为，与阿尔都塞意识形态观不同，布洛赫对“尚未存在”和“尚未意识”的乌托邦的发现，使对抗思想从实质上是延长了资本主义自身的一个范畴的这一历史限定词中挣脱出来。布洛赫相关观念启发包括莫伊兰在内的许多学者去重估

① Tom Moylan, *Demand the Impossible*: *Science Fiction and the Utopian Imagination*, New York: Peter Lang, 2014, p. 204.

那些对抗思想，而不是仅仅将其视为意识形态的妥协者与同谋者。

马尔库塞的理论使莫伊兰进一步将乌托邦复兴的希望转移到乌托邦书写上来。“为了更全面地了解人类想象力及其梦幻般的或乌托邦式生产的运作，我们必须寻求赫伯特·马尔库塞的工作。”[①] 莫伊兰通过对马尔库塞有关想象和幻想活动的讨论强调了乌托邦对意识形态的抵制。他认为，马尔库塞通过阐明一个新的基于快乐的现实原则刺穿了意识形态的故作姿态。“可以肯定的是，想象的生产通常被主流文化的意识形态机构降级到艺术领域，以及白日梦和游戏等超现实的过程中。但是，与主流意识形态的肯定文化不同，利用幻想或乌托邦的艺术可以将‘人类作为自由主体的形象’（阿多诺）与制度压迫对立起来。”[②] 通过强调文学艺术是一种想象的运作，马尔库塞将文学艺术与革命，将审美形式与政治关联起来，审美形式以自身的革新突破了意识形态专制的控制。对于马尔库塞来说，对立的艺术只有在它否认自身的传统形式时才得以幸存。因此，对于莫伊兰来说，只有否定了传统乌托邦/反乌托邦，“批判的乌托邦”才能存在。“如果乌托邦要再次进行颠覆性和解放者的工作，它必须打破商品化链条，抓住自由以拆卸利益和权力之墙，帮助引领一个全新的未来。”[③] 莫伊兰的“批判的乌托邦”即是一种新的感性形式，它更多地意识到传统乌托邦的局限和消费资本主义以及官僚国家的总体化趋势，因此，这一范畴以决然的姿态打破乌托邦传统的书写模式，呈现乌托邦自身的复杂性和不完满。如此，主导意识形态对乌托邦的吸纳和收买便无法实现，乌托邦因这强烈的对抗性改变了无力的现状，为新的乌托邦冲动的形成扫清壁障。

---

① Tom Moylan, *Demand the Impossible: Science Fiction and the Utopian Imagination*, New York: Peter Lang, 2014, p. 23.

② Tom Moylan, *Demand the Impossible: Science Fiction and the Utopian Imagination*, New York: Peter Lang, 2014, p. 24.

③ Tom Moylan, *Demand the Impossible: Science Fiction and the Utopian Imagination*, New York: Peter Lang, 2014, p. 19.

莫伊兰结合苏恩文对乌托邦文类的界定[①]提出了区分“批判的乌托邦”形式与“传统乌托邦”形式的标准。这主要体现在如下几个方面：第一，从文本标志性记录层面对可替代性社会展开分析。在可替代性的社会方面，“传统乌托邦”的方式是作者通过乌托邦的参观者对向导进行提问的方式向读者传达这一可替代性的社会。在这一过程中，可替代性的理想社会是首要的，它经常与作者和同时代读者的生活相连，并通过比较来显示出乌托邦社会的理想性。与此相对，“批判的乌托邦”不再执着于对理想社会作静态介绍，而是通过具体的支配社会和对抗社会的细节来展示更大、更为平衡的乌托邦社会以此打破之前的乌托邦，并以持续解构的方式对乌托邦做批判性的领悟，打破乌托邦是理想和完美的所在，显示出它的缺点并想象更好的所在。所以，“批判的乌托邦”呈现了一个动态的不断被解构和否定的乌托邦。第二，从不连续性记录层面对人物予以特别关注。在“传统乌托邦”中，情节和角色次于可替代的理想社会。这一僵硬的固定模式湮没了人物主体，也就阻断了人类预测未来改变未来的行动。从这一角度来看，作为“理想蓝图”的乌托邦成为支配意识形态的同谋者，乌托邦冲动的想象力难以为继。在“批判的乌托邦”中，这一情形实现了反转，人物优先于可替代性的社会，并且以非中心地位的人类集体来呈现对乌托邦社会的批判甚至背离，这就突破了乌托邦的静态展示。第三，乌托邦文

---

① 苏恩文曾经对乌托邦小说做过详细界定，他认为乌托邦小说是一种文学类型或语言文字建构，其充分必要条件是一个特定的准人类的社群的在场，在这个社群中，社会政治制度、准则和个人关系，与作者所处的社群相比，是依据一种更为完美的原则而组织起来的，这一建构的基础是间离，间离源自一种拟换性的历史假设。（达科·苏恩文：《科幻小说面面观》，郝琳、李庆涛、程佳译，安徽文艺出版社 2012 年版，第 155 页）莫伊兰非常推崇苏恩文的这一定义，他认为这一定义把诸多理论家的界定容纳进来，包括格伦·尼格利和马克斯·帕特里克的政治性的见解，弗莱的意识形态论争的认识，和雷蒙德·威廉斯的意志转换的认知通过苏恩文对可供替代性的世界和疏离策略的强调被联合起来。莫伊兰对乌托邦文类的定义的分析见 Tom Moylan, *Demand the Impossible: Science Fiction and the Utopian Imagination*, New York: Peter Lang, 2014, pp. 30 – 33。

类形式本身体现出一种自我反思性。“传统乌托邦”往往缺乏这种反思，而“批判的乌托邦”则以碎片化的叙事形式打破理想乌托邦的统一性的幻觉，以对文本本身操作的评论来实现对乌托邦的不断解构。“从《一无所有》中时间理论与篇章结构的微妙联系到《时间边缘的女人》中与变幻莫测的时间及因果关系相关的模棱两可的叙事，到《女性男人》中作者声音的插入和对异端工作的劝诫，再到《海卫一》附录里关于模块化演算的自我反思”[①]，均展示了这样一种叙事形式。显然，“批判的乌托邦”的力量在于：以动态性纠正“传统乌托邦”的静态性；以解构和摧毁的方式促使乌托邦转化，使其由封闭走向敞开；以开放性的叙事策略实现乌托邦书写的自我反思，重启乌托邦的活力。所以，对于莫伊兰来说，与马尔库塞对审美形式自身的强调相一致，乌托邦的重要性不在于其内容，而在于乌托邦的形式本身，在于乌托邦文类依靠“不满足”这一布洛赫式的希望原理进行的对自身的操作和解决。

莫伊兰在启用“批判的乌托邦”的同时，还将乌托邦复苏的希望投注于20世纪60年代晚期到70年代出现的对立文化中。“封闭的乌托邦话语服务于当前的社会结构，因此批判的乌托邦话语也与对抗的政治和文化联系在一起。”[②] 其实，莫伊兰将“批判的乌托邦”与对抗性的文化运动相关联，既受布洛赫的“具体的乌托邦”影响，更多地与马尔库塞的新感性理论有密切关系。对于莫伊兰来说，“批判的乌托邦”是在对立文化中发展起来的。可以说，对立文化丰富了乌托邦，“‘批判的乌托邦’的力量的表达不是依靠它所描绘的社会结构而是靠它所描绘的乌托邦愿景本身。一个对抗的乌托邦文本的任务不是去根据同质性的革命计划

① Tom Moylan, *Demand the Impossible: Science Fiction and the Utopian Imagination*, New York: Peter Lang, 2014, p. 45.

② Tom Moylan, *Demand the Impossible: Science Fiction and the Utopian Imagination*, New York: Peter Lang, 2014, p. 203.

去取消和排除未来的议程，而是坚持一种开放的行为否定现在并想象许多任何可能的适应社会和自然的模式”①。马尔库塞把新感性作为建立新的社会的出发点，他认为新感性的力量就在于它与现存社会的对立，“它产生于反对暴行和压迫的斗争，这场斗争努力争取一种崭新的生活方式和形式，它要否定整个现存的体制以及现存的道德与文化”②，因此他极为倡导文化革命，揭示了包括女权主义在内的各种对抗性的文化运动具有寻求解放、彻底变革和突破意识形态的颠覆性力量。基于此，莫伊兰把对抗文化视作恢复乌托邦冲动的革命武库。对抗文化作为各种对抗运动中至关重要的一个领域，其核心是反霸权并朝向一个彻底开放的未来。“新的解放运动坚持多重声音，互相自主，但通常根植于以自治实践为中心的未实现的需求。这一实现人类集体欲望的共同目标告知乌托邦冲动处于对抗的历史集团的中心。”③ 莫伊兰没有把20世纪六七十年代的对抗性理论和实践仅理解为孤立的异质行为，而是将其从扩大当前的乌托邦冲动和反霸权政治和文化方面去理解。被莫伊兰视作“批判的乌托邦”的典范的四部科幻小说，拉斯的《女汉子》、勒古恩的《一无所有》、皮尔西的《时间边缘的女人》、德兰尼的《海卫一》涉及了女权主义、生态学、无政府主义等对抗运动。乌托邦因为对抗文化的加持而扩大了范围，“批判的乌托邦”依靠多样的乌托邦话语突破了同质的乌托邦视野，乌托邦冲动从理想的和总体化的乌托邦系统的封套中挣脱出来。“批判的乌托邦”成为人类对抗工程中不可缺少的重要部分，昭示了其在反霸权政治中所发挥的不可忽视的作用。

---

① Tom Moylan, *Demand the Impossible*: *Science Fiction and the Utopian Imagination*, New York: Peter Lang, 2014, p. 26.

② Herbert Marcuse, *An Essay on Liberation*, Boston: Beacon Press, 1969, p. 25.

③ Tom Moylan, *Demand the Impossible*: *Science Fiction and the Utopian Imagination*, New York: Peter Lang, 2014, p. 27.

三 在科幻批评实践中验视“批判的乌托邦”

有必要提及的一点是，莫伊兰所选取的四部“批判的乌托邦”的典范作品皆为科幻文学。科幻文学成为用来重启乌托邦活力的载体，这一点并非莫伊兰的独创，可以说是西方马克思主义科幻批评家的普遍偏好。科幻文学比经典乌托邦小说更大程度也更有效地参与到布洛赫所建构的乌托邦阐释学中：“批判的乌托邦中乌托邦话语的复兴和转化不是偶然的……是通过现代科幻小说的文类可能性而实现的。因为科幻假定替代的景观和认识的能力（它改变了我们看待和理解当下的方式）以及实验小说的开放形式和自我反思，提供了乌托邦冲动从二十世纪的总体结构和意识形态的拒绝和征用中解放出来的文学机制。”[①] 科幻文学因自身所具有的创造性、想象力以及颠覆性特质而更富有批判性，也使乌托邦文类更具有活力。但实际上，并非所有的科幻文学作品都是如此。西方马克思主义者包括莫伊兰都以乌托邦作为批评视域对科幻文学进行重塑，以此塑造科幻文学的精英品格。苏恩文和詹姆逊相继将乌托邦文类和科幻文类并置，在他们那里，乌托邦与科幻文学有着难以割舍的血缘关系，“乌托邦小说从历史角度看是科幻小说的源头之一，从逻辑角度看，乌托邦小说是科幻小说的一个社会政治亚文类，是社会科学小说，是受限于社会政治关系领域，或受限于关系人们命运的社会政治建构物的科幻小说”[②]。苏恩文还把科幻文学视为认知疏离的文学，这就不仅揭示了乌托邦文类和科幻文类的承继关系，还将科幻文学区别于各种亲缘文类，使之成为一个自足统一的总体。莫伊兰非常赞同苏恩文关于科幻文学的理解，因此他将科幻文类视作当代

---

① Tom Moylan, *Demand the Impossible: Science Fiction and the Utopian Imagination*, New York: Peter Lang, 2014, pp. 184 – 185.

② ［加］达科·苏恩文：《科幻小说面面观》，郝琳、李庆涛、程佳等译，安徽文艺出版社2011年版，第152页。

乌托邦文学的标志性文类。科幻文学不再是根巴斯克通俗批评传统中具有娱乐、启示以及未来学预测功能的工具，“科幻小说最终关注的是‘上帝之城’和‘尘世之城’之间的紧张关系，它不会毫无原则地奉献于任何短暂存在之城”①。科幻文学在自身的发展中跨越了对理想未来想象的模式，它以认知疏离的方式使我们不仅关注未来，更以对未来想象的批判与反思来重新审视当下。莫伊兰借助科幻文学这一“新感性”的力量，唤醒乌托邦并重塑当代乌托邦的精神框架，利用科幻文学富有创造性的未来构想与激进的对抗姿态切入社会现实。

因此，莫伊兰的研究对象是科幻——乌托邦文学。“批判的乌托邦”是他阅读这些作品的关键词。前面我们提及，莫伊兰主要从三个层面对“批判的乌托邦”文本进行甄别。这些层面是完全按照詹姆逊的三层阐释视域来进行的。我们知道，“意识形态素”是詹姆逊马克思主义阐释学的核心术语。但莫伊兰在实践部分对各个作品的分析往往仅在最后一个层级对意识形态素进行辨识，且相对简单化。因此在这里我们不以詹姆逊的马克思主义阐释学为基础展开莫伊兰的阐释路径，而是关注他是如何以这三个层面的实践运作在科幻文本中检验“批判的乌托邦”的。尽管这四部小说均被莫伊兰作为“批判的乌托邦”的典范文本加以推崇，但他们在莫伊兰这里各自有着不同的分量。在他看来，《女汉子》和《时间边缘的女人》是标准的“批判的乌托邦”，因此他给予热情洋溢的赞美。《一无所有》因“模棱两可”的乌托邦性质被他大力批判。至于《海卫一》，尽管没有像前两部作品一样符合他的心理期待，却以“异托邦”的构建突破了他心理拟定的标准，因而是更有特点的“批判的乌托邦”文本。这里，我们主要通过对《一无所有》和《时间边缘的女人》两部作品的比较来探讨莫伊兰科幻文学批评的

① ［加］达科·苏恩文：《科幻小说变形记：科幻小说的诗学和文学类型史》，丁素萍、李靖民、李静滢译，安徽文艺出版社 2011 年版，第 32 页。

方法与路径。

在莫伊兰这里，《一无所有》之所以还是“批判的乌托邦”，是因为勒古恩没有简单地设置一个理想的乌托邦社会，安纳瑞斯星作为乌拉斯星的乌托邦是不完美的、模糊不清的。勒古恩力图通过“维克”这一生长于乌托邦社会的不同政见者来显示乌托邦系统的缺陷，敞开这个封闭的社会系统，进而激发出革命的理想，启动永久革命机制。莫伊兰认为，安纳瑞斯星的乌托邦性质的“模糊不清”部分是由勒古恩自身在文本的内容和形式上的一些矛盾操作造成的。勒古恩表面上设置了没有性别没有歧视的乌托邦社会，但实质上她选择了西方文化中的典型男性为主角，女性则被约束为配角。文本中透露出来的异性恋、一夫一妻制等基本家庭观念大大削弱了她个人解放的文本断言。“这是性别的和性解放的断言与实际话语之间的冲突，想象与叙述之间的冲突：这种冲突使得我们对她的整体愿景的激进质量产生质疑。”① 因此，文本实际上显示了一个男性知识分子兼精英领导人的个人胜利而不是集体对抗的胜利。相较而言，莫伊兰认为皮尔西的《时间边缘的女人》则非一个领袖的救赎探索而是跨越文化和时间的集体奋斗，对抗者不是经过特别筛选的男性精英而是所有种族和文化的普通大众的联盟。值得注意的是，该小说的主角是西班牙和印第安的两个妇女：康妮是当前体制的牺牲品，后来转向革命；作为康妮革命引导者的吕西蒂是乌托邦的典型范例，这一形象表明只有在一个真正自由和公正的社会中才能实现个人的成功发展。

对此，R. B. 克什纳进行了不无嘲弄的批判：仅靠小说主角性别的不同来检验“批判的乌托邦”是缺乏说服力的。其实，莫伊兰紧接着也指出了勒古恩的“批判的乌托邦”的致命缺陷所在——勒古恩保持乌托邦冲动的活力的努力失败了，她并未成功地呈现一个

---

① Tom Moylan, *Demand the Impossible: Science Fiction and the Utopian Imagination*, New York: Peter Lang, 2014, p. 96.

动态的乌托邦，而只是给出了一个更为模糊不清的解决方法。可以说，勒古恩走入了简单的二元对立和无限循环的圆这样一个静态的和非辩证的陷阱里。安纳瑞斯星和乌拉斯星在危险的敌人和乌托邦的希望的双重视角下互相注视着。勒古恩设置了一个“已知世界”的联盟——爱库盟来破坏两者之间的二元对立，希望能够产生迫使文本和革命向前发展的真正的乌托邦时刻，但事实上并没有发生。“小说的结构是在一个补偿圈里而不是一个革命性的螺旋里。”① 勒古恩给出的结局是：在维克的理论和电子产品的作用下实现对立双方的统一。这一解决方案实质上消除了所有的对抗，“我们剩下的不是一个以不连续和开放的形式表达超越世界资本主义的愿景，而是一个基于统一系统的信息技术和对抗崩溃的愿景”②。最终，这一乌托邦形式呈现的不是激进主义的实践，而是在世界资本主义意识形态下通过叙事形式造成的对激进愿望即批判和超越这种意识形态的削减。与对勒古恩尖锐的批判相对，莫伊兰认为皮尔西则完全呈现了一个清晰的批判乌托邦。除了上面所说的主角的原因外，更重要的原因是，皮尔西在文本的运作中表达了一个开放的政治实践。“她的乌托邦是价值混合物。但这个乌托邦不是完美的，因为它仍然受制于非常人性的、脆弱的等级内的倒退性行为以及在边界之外的反革命力量的持续攻击。嫉妒和谋杀，权力集中化和控制自然的技术诱惑在乌托邦里依然存在，必须通过权力下放的决策机制、批评与自我批评和缓慢前行的对话甚至极刑来解决（如果确有必要的话）。”③ 皮尔西的小说呈现出乌托邦社会中持续存在的局限和问题：个人层面上，表现为人物之间还是会因爱产生嫉妒；政治层面

① Tom Moylan, *Demand the Impossible*: *Science Fiction and the Utopian Imagination*, New York: Peter Lang, 2014, p. 110.

② Tom Moylan, *Demand the Impossible*: *Science Fiction and the Utopian Imagination*, New York: Peter Lang, 2014, p. 111.

③ Tom Moylan, *Demand the Impossible*: *Science Fiction and the Utopian Imagination*, New York: Peter Lang, 2014, p. 130.

上，表现为持续的争议论辩，比如“塑造论争”和“艺术政治的辩论”。争论一直到小说结束都没有结果，因此乌托邦在这个问题上仍然是开放和不确定的。还有有关乌托邦自身反思的问题。譬如，康妮对乌托邦与历史之间的差距提出疑问。另外，莫伊兰敏锐地发现，与勒古恩不同，《时间边缘的女人》的意识形态信息很明确，即意在寻求人类解放联盟的需要。乌托邦面对集权意识形态和军事威胁时，解决方法不是靠维克温情的理论和即时通信的电子产品，而是武装斗争，譬如乌托邦工人反对机器人的军事行动和康妮的暗杀和破坏行为。因此，无论从内容还是从形式层面来看，皮尔西的作品显然呈现出更为明晰的“批判的乌托邦”色彩。

四 作为分期概念的“批判的乌托邦”

莫伊兰将与“批判的乌托邦”相关联的文本严格定位于20世纪六七十年代的科幻文学中。因此，“批判的乌托邦”对于他来说是一个分期概念，是乌托邦书写在面临危机时通过“自我否定”而得以重生的历史阶段。莫伊兰揭示了乌托邦与资本主义之间的密切关系，“文学乌托邦在早期资本主义和欧洲对新世界的探索的背景下发展起来，它一方面在主导意识形态内起着作用，塑造了资本主义的梦想；另一方面在对抗意识形态内起着作用，推动超越这一梦想的极限”①。1516年莫尔的《乌托邦》的出现标志着乌托邦书写的真正开始，形成了关于可替代性的“理想国度”的模型。文学乌托邦在16世纪深刻的时代变化中发展成为一种叙事形式。从1850年开始，乌托邦叙事从可供替代的组织模型发展为一种更加开放和启发式的话语，这体现在莫里斯和贝拉米的一些作品中。19世纪晚期到20世纪之交，乌托邦小说在各种对抗运动的热潮中迅速增加，“乌托邦”呈现出了强烈的颠覆性，但激进的乌托邦式的愿景

① Tom Moylan, *Demand the Impossible: Science Fiction and the Utopian Imagination*, New York: Peter Lang, 2014, p. 2.

和政治实践在经济、政治和意识形态的系统控制中失败。而到了20世纪，这一颓势继续发展，乌托邦和激进批判的敌托邦文本彻底成为肯定的意识形态的帮凶，阻遏了人们对未来的梦想，真正的乌托邦处于失语状态。20世纪60年代，在社会动乱之后文学乌托邦开始复苏，乌托邦书写在拉斯、勒古恩、皮尔西、德兰尼等人科幻小说中被赋予了新生命从而开启了“批判的乌托邦”。

这一概念引发诸多争论，且集中对其分期属性展开质疑。有的学者完全否定“批判的乌托邦”是一个分期概念。比如，达伦·约根森就极力否定将这一概念严格地定位在20世纪60年代晚期至70年代。他认为，批判的乌托邦可以存在于任何时期，因此也谈不上所谓的历史分期。[①]其实，“批判的乌托邦”作为分期概念并非无效的，达伦·约根森显然将“批判的乌托邦”与“乌托邦的批判性”相混淆。莫伊兰并未否认传统乌托邦对现实世界具有批判性，但“理想社会的蓝图”才是传统乌托邦文本中占绝对主导性的话语。也就是说，传统乌托邦的致命缺陷不是缺乏现实批判性，而是因为静态的理想蓝图导致了乌托邦的单一性和缺乏自我反思性。“批判的乌托邦”并非仅仅是现实批判的，它更是自我批判的，是对传统乌托邦书写模式的完全颠覆。这种颠覆不仅是内容的，更是形式的，是乌托邦形式自身的反思。因此，莫伊兰提出这一概念是具有进步意义的。还有学者尽管认同这一分期概念但认为莫伊兰对“批判的乌托邦”的定义进行了过于狭窄的限定。莱曼塔·萨金特认为，严格的限定虽便于以“批判的乌托邦”清晰地界定文本，但也弱化了它本身的效用。萨金特认为，一个有活力的文类或者是附属文类必须有一些能够渗透的边界，因为作者都是多面手，很难从定

① Darren Jorgensen, “On Failure and Revolution in Utopian Fiction and Science Fiction of the 1960s and 1970s”, *Colloquy*, No. 17, 2009.

义中来俘获他。[1] 如果将“批判的乌托邦”扩大至世界范围，莫伊兰严格的时间限定显然是成问题的。吉布·普雷蒂曼建议把“批判的乌托邦”的时间定位扩大至整个后现代主义，“一个后现代主义形式，一个中性意义上的词，莫伊兰的探究激发了作为一个有原则的研究者参与到乌托邦文学在后现代主义时代的作用中去”[2]。

面对狭窄定义所带来的尴尬和诸多学者要求扩大“批判的乌托邦”这一历史分期的呼吁，莫伊兰一方面在该书新版本的介绍中强调该书之写成是以20世纪60—70年代的美国为背景的；另一方面则做出了妥协，似乎试图纠正自己早期的观点。在《要求不可能的：科幻文学与乌托邦想象》最新版序言中，莫伊兰坦承，“这种对批判的乌托邦的分期范围的扩展或延伸在方法论上有助于将批判乌托邦这一分类范畴扩大为一种阐释，而不是一个分期和一个协议”[3]。他在《对赫胥黎的〈岛〉中的乌托邦的再思考》一文中表达了将“批判的乌托邦”作为一个阐释透镜的观点。在此意义上，他把“批判的乌托邦”既视为一个分期概念，又视为一个阐释概念。不过这使他非常担心，“阐释”必然意味着“批判的乌托邦”概念范围的扩大甚至泛化。这样，植根于特定时期的“批判的乌托邦”所具有的强烈的对抗性与批判性必然会被削弱。“阐释”易将这一概念转化为纯粹的形式范畴，从而抑制了该范畴深刻的政治动机与意图。因此，他最终选择退守到对“批判的乌托邦”的本质化理解上。依照这种本质化的理解来面对作品，必然在一定程度上限制他文学作品的阐释能力。也就是说，莫伊兰的主要问题不在于提出历史分期概念，而在于他偏重于探讨乌托邦文本的品质和特性的

---

① Lyman Tower Sargent, “Miscellaneous Reflections on the Critical Utopia”, in *Demand the Impossible: Science Fiction and the Utopian Imagination*, New York: Peter Lang, 2014, pp. 224 – 225.

② Gib Prettyman, “Extrapolating the Critical Utopia”, in *Demand the Impossible: Science Fiction and the Utopian Imagination*, New York: Peter Lang, 2014, p. 254.

③ Tom Moylan, *Demand the Impossible: Science Fiction and the Utopian Imagination*, New York: Peter Lang, 2014, p. xxiii.

转变却忽视了阅读文本方式的变化。文本的意义和政治作用，不能仅从文本本身来解读，而是需要考虑到复杂的文化再生产的过程。意义随着文化和政治背景发生变化和转变。无论是莫里斯还是夏洛特·吉尔曼、贝拉米的作品，都曾被莫伊兰归为“静态的理想蓝图”。不过，这些作品在一些阐释者那里经历着重读。显然，它们作为理想蓝图的标签是备受争议的。因此，如何重新面对文本，这是需要莫伊兰进一步思考的。

结语

莫伊兰的《要求不可能的：科幻文学与乌托邦想象》在当代西方的乌托邦研究中具有深刻意义。“批判的乌托邦”这一概念的意义在于以扬弃的方式，一方面保存了乌托邦的想象，另一方面以转化和解放的形式实现乌托邦的辩证蜕变。在此意义上，乌托邦书写自身和流行的社会形态都得到批判。并且，“批判的乌托邦”成为他进行科幻批评的关键词。本书以及莫伊兰后来出版的《纯净天空的碎片：科幻小说，乌托邦，敌托邦》皆是以乌托邦作为其科幻批评的基本视域。作为西方马克思主义的一员，莫伊兰与苏恩文、詹姆逊以及卡尔·弗里德曼等西方马克思主义者一样，将激活乌托邦精神、敞开马克思主义未来向度作为西方马克思主义的重要使命。科幻文学因其乌托邦主题或乌托邦冲动为西方马克思主义者复兴乌托邦精神展现了一条全新的路径。莫伊兰借科幻文学这一中介复兴了乌托邦的冲动，重塑当代乌托邦的精神框架，为西方马克思主义拓展了理论空间。但其批评偏重于乌托邦的发掘且集中在科幻文学的乌托邦建构方面，这造成了科幻文学批评视角和方法的单一。再者，他过于强调理论建构，严格地按照自己所提出的范畴和定义域，比如“批判的乌托邦”和“批判的敌托邦”来对科幻文学进行筛选，从而将大量作品排除在外，这一定程度上对科幻文学批评以及科幻文学自身的发展造成了人为的限制与约束。

◇◇ 第二节　形式策略与批判的敌托邦

敌托邦叙事是贯穿整个20世纪西方小说创作的重要组成部分。敌托邦是黑暗的愿景，是复兴乌托邦的前奏。继20世纪六七十年代“批判的乌托邦”和80年代反乌托邦悲观主义的绝望之后，乌托邦与物质主义愿望的满足相结合，被吸纳和稀释，成为一种业已实现而过时的东西。实质上，世界并未向着更好的方向改变，于是，敌托邦叙事在20世纪80年代末再次出现，一些科幻作家纷纷采用敌托邦策略表达这一经济重组、政治机会主义和文化内爆的时代统摄下的封闭现实，乌托邦愿景在“批判的敌托邦”中得以显现。众多研究者相继注意到科幻创作的敌托邦转向，力图发现敌托邦科幻作品在形式上和政治上的创新性，并揭示其中的激进本质。1993年11月，第18届乌托邦研究学会年会在圣路易斯召开。年会上，众多学者专门研究讨论了莱曼·塔尔·萨金特的《重审乌托邦主义的三副面孔》，萨金特在会上敦促全面重新考虑“乌托邦”这一概念，众多学者的讨论，并在21世纪初相继产生了一系列研究成果。莫伊兰是敌托邦科幻小说的重要研究者，他在2000年出版了代表作《纯净天空的残片：科幻小说、乌托邦、敌托邦》。同时，他向乌托邦研究学会年会参与者征集了相关论文并结集出版。2003年，他和拉法埃拉·巴科利妮主编论文集《黑暗的地平线：科幻小说和乌托邦想象》，该书包括露丝·莱维塔斯、露西·萨吉森、简·多纳沃思、彼得·费奇、达科·苏恩文、菲利普·E. 韦格纳、莱曼·塔尔·萨金特等人的12篇有关敌托邦小说和电影的研究论文。正如莱曼·塔尔·萨金特所期待的，莫伊兰旨在为乌托邦正名、重塑乌托邦精神的“批判的乌托邦”已经提出，这体现在20世纪六七十年代一些科幻作家的乌托邦科幻小说中，而随着乌托邦的再次遇挫，“批判的敌托邦”随之被纳入莫伊兰的研究计划之内。

在萨金特对敌托邦重新界定的基础上，以莫伊兰为代表的一批学者认真思考了"批判的敌托邦"的可能性。如果说"批判的乌托邦"是重启乌托邦冲动的一条路径，那么，"批判的敌托邦"以不同于传统敌托邦的面目出现，以黑暗警示着人们，继而在黑暗中揭示着愿景。莫伊兰追溯敌托邦书写的历史，将敌托邦从反乌托邦中分离，把20世纪八九十年代的敌托邦科幻作品视为"批判的敌托邦"加以阐释，试图发现敌托邦叙事的乌托邦潜力。笔者认为，莫伊兰结合萨金特和巴科利妮、苏恩文等学者的分析廓清了乌托邦、敌托邦和反乌托邦之间的关系，重塑了敌托邦的内涵，构建了"批判的敌托邦"框架。

一 概念的再审视：敌托邦、乌托邦与反乌托邦的历史协奏

敌托邦（Dystopia），意为"糟糕的地方"，据我们所知，这个词最早出现于公共领域是在1747年[①]匿名出版的诗歌《乌托邦：或阿波罗的黄金时代》中。诗歌使用了"敌托邦"一词，并将其与"乌托邦"直接对比。在试图表达与乌托邦相反的概念时，作者似乎错误地将表示"糟糕"或"不幸"的希腊语前缀拼写为dus。因此，敌托邦以Dustopia的拼写形式出现。布达科夫V. M. 发现这首诗出现在1748年9月《绅士杂志》中，诗歌以节选的方式附在致编辑的信中，Dustopia也被变更为Dystopia。他通过对比发现节选版本明确将敌托邦定义为乌托邦的对立面。节选版本比原版本增添了一个对敌托邦进行解释的注脚："一个不快乐的国家"[②]，这与作

---

① 对敌托邦最早出现的时间，实际上有两种提法，布达科夫·V. M. 在《敌托邦：18世纪早期的用法》一文中对两种提法进行了梳理，一是根据帕特里夏·克斯特的说法，英国哲学家约翰·斯图尔特·密尔于1868年一次议会演讲中使用了这个词；二是莱曼·塔萨·金特发现最早是1747年由刘易斯·亨利·杨格使用的。第二种提法是目前为止得到普遍认可的说法，当然这只是针对敌托邦在公共领域中出现而言的。具体请参见V. M. Budakov，"Dystopia：An Earlier Eighteenth-Century Use"，*Notes and Queries*，2010，Vol. 57，No. 255，pp. 86－88。

② V. M. Budakov，"Dystopia：An Earlier Eighteenth-Century Use"，*Notes and Queries*，2010，Vol. 57，No. 255，p. 87.

为“一个幸福的国家”的乌托邦概念相对。尽管敌托邦出现于18世纪，但作为一种文学形式被描述是到了20世纪才变得普遍起来。乌托邦和敌托邦是乌托邦主义者关心人类未来所启用的概念，虽然乌托邦指向希望，敌托邦更多揭示警惕，但两者绝不是单纯的对立关系。为了廓清敌托邦概念，莫伊兰一方面从历时层面出发，梳理敌托邦叙事的历史，将其分为“传统的敌托邦”和“批判的敌托邦”；另一方面从共时层面出发，在众多学者纷繁复杂的阐释中对敌托邦概念进行再审视，这为其“批判的敌托邦”的提出奠定了基础。

“当代的批判时刻必然是敌托邦的（也许这一时刻一直伴随着我们，就像敌托邦流派一样，从20世纪资本主义开始，从垄断和帝国主义阶段开始，在20世纪40年代和50年代发生了一次转折，在20世纪80年代和90年代再次发生了一次转折）。”[①] 莫伊兰归纳了20世纪敌托邦文学发展史上的两次转折，一是20世纪中期“传统的敌托邦”叙事规范的成熟，二是20世纪八九十年代“批判的敌托邦”的产生。20世纪初期，随着资本生产的开始和现代帝国主义国家的内外扩张，垄断进入新阶段，敌托邦作为一种文学形式出现，主要表达对现代社会的拒斥。莫伊兰将最早的敌托邦文学追溯至E. M. 福斯特1909年出版的小说《大机器停止》。福斯特反对新兴的现代性，在该小说中，由人类制造的机器开发的机械化管理系统掌控着全球社会的运行，日常生活的所有维度皆在机器严密组织之下。莫伊兰敏锐地发现了这一时期的敌托邦开始形成传统的典型叙事结构：个体角色对主导社会的拒绝与乌托邦希望微弱的暗示。自福斯特以后，敌托邦叙事集中体现在“二战”后的科幻创作中。伴随着叶夫根尼·扎米亚京、阿道司·赫胥黎、乔治·奥威尔、雷·布拉德伯里、凯瑟琳·伯德金、玛格丽特·阿特伍德等人

---

① Tom Moylan, *Scraps of the Untainted Shy*: *Science Fiction*, *Uopia*, *Dystopia*, Boulder: Westview Press, 2000, p. 187.

敌托邦作品的相继问世，敌托邦叙事多向发展，作家或继续绘制"地狱新地图"，或揭示威权国家的内部矛盾，又或描写资本主义世界体系的复杂性，等等。总之，发展到20世纪50年代，科幻作家运用丰富的创造力开辟了一个敌托邦批判路径，逐渐形成敌托邦叙事流派的典范形式。第二个转折发生在20世纪80年代和90年代，这一时期是对传统敌托邦的超越，以奥克塔维亚·E. 巴特勒、金·斯坦利·罗宾逊、玛吉·皮尔西和乌苏拉·K. 勒古恩等为代表的科幻作家拒绝虚假"乌托邦主义"，将敌托邦视作一种批判性叙事形式，以审视当时封闭的所谓新时代。这一时期的创作不是对敌托邦传统的简单复兴，而是作为一种文本突变——在传统基础上的超越。它不仅提供了对事物秩序的敏锐批评，而且还试图探索对立的空间与可能性。

实质上，敌托邦叙事的历史脉络与乌托邦书写和反乌托邦文本相互交缠。"在这种情况下，敌托邦再次被证明足以满足这样的任务，即不仅要抓住资本主义和帝国主义的最新配置带来的人类和生态破坏的程度，而且要在现有社会制度的趋势和潜伏期内寻找对立的种子。"① 两次敌托邦转折的落脚点都在乌托邦，在第一次转折之后的20世纪六七十年代出现了批判的乌托邦。"当批判的乌托邦挑战了左翼威权主义的政治妥协和正统马克思主义和结构主义分析的理论局限时，批判性的敌托邦质疑并超越了20世纪80年代微观政治和后结构主义的局限性（特别是当它们导致了对现状的合法适应）。"② 20世纪80年代到90年代，"批判的敌托邦"又否定了批判的乌托邦时刻的否定。"批判的敌托邦"的启用是再次为乌托邦"招魂"，为孕育其中的乌托邦想象的新的表现形式腾出空间。在这

---

① Tom Moylan, *Scraps of the Untainted Shy*: *Science Fiction*, *Uopia*, *Dystopia*, Boulder: Westview Press, 2000, p. xiv.

② Tom Moylan, *Scraps of the Untainted Shy*: *Science Fiction*, *Uopia*, *Dystopia*, Boulder: Westview Press, 2000, p. 195.

些空间和可能性中，新一轮政治激进主义可以获得想象的养分和灵感。在敌托邦走向乌托邦的过程中，它还要抵御时时出现的强大反乌托邦的纠缠与侵蚀。因此，敌托邦、乌托邦与反乌托邦构成一段20世纪的历史协奏曲。

莫伊兰无疑也从敌托邦叙事的历史梳理中看到了这一复杂关系，因此他力图结合萨金特的界定将“敌托邦”与“乌托邦”“反乌托邦”进行区分。萨金特的《乌托邦——定义的问题》《重审乌托邦主义的三副面孔》两篇文章中对三个概念进行了界定：乌托邦或积极的乌托邦指的是一个描述得相当详细的不存在的社会，通常位于时间和空间上，作者希望同时代的读者认为它比读者所生活的社会要好得多[①]；敌托邦或否定的乌托邦同样是一个描述得相当详细的不存在的社会，通常位于时间和空间上，作者想让同时代的读者认为，它比读者所生活的社会要糟糕得多[②]；反乌托邦指的是一个描述得相当详细的不存在的社会，通常位于时间和空间上，作者想让同时代的读者将其视为对乌托邦主义或某些特定乌托邦的批评。[③]

莫伊兰结合敌托邦叙事的历史梳理与萨金特的概念界定指认了敌托邦、乌托邦、反乌托邦三者之间的区别与联系。

第一，敌托邦不等于反乌托邦，反乌托邦作为乌托邦的敌手，是敌托邦的克星。早期有许多研究者往往在乌托邦与反乌托邦的二元对立中理解文本，因此将敌托邦与乌托邦视为单纯的对立关系，将敌托邦文本和反乌托邦文本简化为单一的“反乌托邦”类别，比如乔治·凯特布就把敌托邦视为讽刺并等同于反乌托邦。实际上，

---

① Lyman Tower Sargent, “The Three Faces of Utopianism Revisited”, *Utopian Studies*, Vol. 5, No. 1, 1994, pp. 1-37.

② Lyman Tower Sargent, “The Three Faces of Utopianism Revisited”, *Utopian Studies*, Vol. 5, No. 1, 1994, pp. 1-37.

③ Lyman Tower Sargent, “The Three Faces of Utopianism Revisited”, *Utopian Studies*, *Vol.* 5, No. 1, 1994, pp. 1-37.

反乌托邦对乌托邦持有批判甚至敌视的态度，而敌托邦并非如此。莫伊兰认为，“将拒绝一切乌托邦希望和努力的文本命名为反乌托邦，而将进入乌托邦和反乌托邦之争（在每个文本中处于不同位置）的文本命名为敌托邦，这更符合乌托邦/反乌托邦研究中不断发展的范式”[①]。反乌托邦作为一种文本形式，不仅批评和拒绝乌托邦，而且批评和拒绝乌托邦作为社会变革力量产生的政治思想和实践。因此，相比无希望的“反乌托邦”文本，“敌托邦”文本是更有希望的。

第二，敌托邦属于更为广泛的乌托邦表达，是积极乌托邦的反面。有的学者认识到乌托邦和敌托邦的一致性，但却忽视两者价值并提升反乌托邦的地位。“虽然表面上是对立的，但乌托邦和敌托邦有一个共同的结构：它们都是想象连贯整体的练习，使一个想法发挥作用，或者引诱读者走向理想，或者让读者从噩梦中走出来。两者都是合成想象的表达，是对幸福或不幸福的深层原理的理解和表达。”[②] 乌托邦和敌托邦被亨廷顿纳入纯粹静态的框架内大力批判，反乌托邦却被给予高度评价。亨廷顿认为反乌托邦是对人类欲望和期望冲突的探索，体现令人不安的矛盾。莫伊兰认为其分析虽有用，但不是描述“反乌托邦”，“亨廷顿对乌托邦、敌托邦和他所谓的‘反乌托邦’思想实验的强调，其价值在于，对‘反乌托邦”的提名导致他从不断发展的批判范式中剔除了反乌托邦的历史地位”[③]。亨廷顿的构想实质上是描述乌托邦思想本身的批判阶段，更接近于莫伊兰描述20世纪70年代“批判的乌托邦”的潜在逻辑，揭示了乌托邦和敌托邦文本的思想过程。莫伊兰认为，萨金特

---

① Tom Moylan, *Scraps of the Untainted Shy*: *Science Fiction*, *Uopia*, *Dystopia*, Boulder: Westview Press, 2000, p. 139.

② John Huntington, “Utopian and Anti-Utopian Logic: H. G. Wells and His Successors”, *Science Fiction Studies*, Vol. 9, No. 2, 1982, p. 124.

③ Tom Moylan, *Scraps of the Untainted Shy*: *Science Fiction*, *Uopia*, *Dystopia*, Boulder: Westview Press, 2000, p. 129.

的“积极的乌托邦”和“敌托邦”都在乌托邦表达的范围内，“反乌托邦”则是反对乌托邦和乌托邦思想的作品。尽管莫伊兰并未广泛地运用“积极的乌托邦”（他经常是以乌托邦来指代积极的那一面），但他仍将积极的乌托邦置于乌托邦之下。他与露丝·莱维塔斯的看法不谋而合，即乌托邦文学应该被视为更广泛现象的子集，从而使乌托邦将“好”与“坏”的世界都纳入其中。

第三，敌托邦是一种在乌托邦与反乌托邦之间进行协商的连续统一体。首先，乌托邦绝不仅仅是亨廷顿所理解的纯粹的解决方案。在莫伊兰看来，“想象力的解决方案”和“令人不安的矛盾”都是作为乌托邦功能的必要内容而存在的。在莫伊兰将“好”与“坏”都放入乌托邦囊中后，他又将敌托邦回置到乌托邦与反乌托邦的连续性场域中。敌托邦显然不同于它的同类——文学乌托邦，也不同于它的天敌——反乌托邦，因为敌托邦的文本并不保证必然是创造性和批判性的立场。莫伊兰对敌托邦赋予了更为辩证的位置，将敌托邦视为一种开放的形式，在乌托邦立场与反乌托邦立场之间的滑动形成了敌托邦叙事的多样性，具有激进特质和自我反身性的“批判的敌托邦”正处于这一滑索的某一位置上。

二　定位科幻场域：作为形式策略的“批判的敌托邦”

20 世纪六七十年代以后，乌托邦再次遇挫，敌托邦进入西方马克思主义学者的视野中。以莫伊兰为代表的西方马克思主义者将目光定位于科幻场域，将敌托邦视为重启乌托邦的重要概念。不过，这时敌托邦已进化为“批判的敌托邦”被莫伊兰纳入研究计划。莫伊兰在敌托邦、乌托邦与反乌托邦复杂的历史纠葛中廓清敌托邦概念之后，进而对“批判的敌托邦”概念进行界定：“一个不存在的社会，经过相当详细的描述，通常位于时间和空间上，作者打算让同时代的读者认为它比当代社会更糟糕，但这通常包括至少一个乌托邦飞地，或者希望敌托邦能够被克服，并被乌托邦取而代之。”[①]“批判的敌托邦”并不意味着“敌托邦”的简单重复，此概念是莫伊兰通过与“传统的敌托邦”进行比较提出，乌托邦希望与乌托邦飞地正是敌托邦之所以被视为“批判的”主要原因。在莫伊兰看来，反批判的敌托邦文本表面上对现实社会进行揭露，实际上表达了一种虚无主义或听天由命的态度，从而使人们囚于自己所轻蔑的社会现实中安于现状。与这些反批判的文本不同，“批判的敌托邦”的意义在于以开放的好战的乌托邦立场跨越敌托邦的悲观主义，突破了文本中异世界的霸权封闭，自反性地拒绝了反乌托邦的诱惑，为孕育其中的乌托邦想象的新的表现形式腾出空间。当然，“批判的敌托邦”同样汲取了诸前辈的理论内核，莫伊兰将“批判的敌托邦”定位于20世纪八九十年代的科幻作品，认为这些文本利用新的文本技巧一方面延续了传统的敌托邦——重振了绘制地图、警告与希望的敌托邦策略，另一方面还延续了批判性乌托邦的政治和诗意精神。

希望的激发和飞地的造就通过新的形式策略得以显现，因此，莫伊兰实质上把“批判的敌托邦”主要视作一个形式概念。其形式上的规定性主要体现在：类型模糊、历史和个人记忆的恢复（往往通过个体对语言的掌控实现）、开放式结局。

形式上使这些批判性的文本成为可能的是巴科利妮在早期敌托邦作品中发现的“类型模糊”做法的强化。莫伊兰经常引用巴科利妮的“类型模糊”理论来归纳“批判的敌托邦”的形式特征。“类型模糊”强调敌托邦文本的“不纯”，即体裁的模糊和杂糅。“批判的敌托邦通过自反性地借用其他流派的特定惯例，更多地模糊了敌托邦形式的既定界限，从而扩大而不是削弱其批判性表达的创造

---

① Tom Moylan, *Scraps of the Untainted Shy*: *Science Fiction*, *Uopia*, *Dystopia*, Boulder: Westview Press, 2000, p. 195.

性潜力。”[①] 在科幻小说中，敌托邦科幻小说的“不纯粹”可以使其能够以多元对立的方式更新自身的抵抗性。有学者将这种类型模糊与形式杂糅的特点称为“文类间性”[②]，既指出了“批判的敌托邦”文本的辩证特性，也揭示了“批判的敌托邦”为乌托邦与反乌托邦两极之间的对话与斗争提供了一个叙事场合。巴科利妮以女性主义科幻小说作为体现“批判的敌托邦”形式特征的集中场域。在这一点上，莫伊兰则走得更远，虽然他承认女性主义的立场与方法论确实是“批判的敌托邦”的政治和形式创新的核心，但同时认为构成批判的敌托邦的基础很广泛，他倡导以更大的不同的集体声音来建立一种差异性与多样性的政治对抗，使完全民主的联盟政治得以组织起来，从而辩证地超越后结构主义批判和基于身份的微观政治的限制。

对历史和个人记忆的恢复是“批判的敌托邦”形式策略的另一重要方面，这显然也援引自巴科利妮的观点。尽管莫伊兰没有对其展开理论分析，但在随后的科幻批评实践中，他在对巴特勒、皮尔西等人的作品阐释中涉及历史与个人记忆的问题。巴科利妮以勒古恩小说《讲述》为例对“记忆与历史”进行详细分析，并指出“传统的敌托邦”与“批判的敌托邦”在处理历史与记忆方面的差异。首先，敌托邦与历史的关系是矛盾的。一方面，它否定历史，以当下的倒退展示历史并非一定是进步的；另一方面，它依赖历史，操作历史，对历史进行修正甚至抹去。从这一点来看，历史可以成为敌托邦社会中人们抵抗的潜在工具。“在传统的敌托邦中，主人公通常无法控制历史和过去，而在批判的敌托邦中，恢复历史

---

① Tom Moylan, *Scraps of the Untainted Shy*: *Science Fiction*, *Uopia*, *Dystopia*, Boulder: Westview Press, 2000, p. 189.

② 谭言红：《北美敌托邦文学的环境想象与叙事研究》，中国社会科学出版社 2020 年版，第 44 页。

是希望得以生存的重要因素。”[①] 巴科利妮结合布洛赫的记忆理论对历史和记忆的乌托邦价值进行分析，“布洛赫对于乌托邦式记忆理论的价值在于他认识到记忆作为经验和价值储存库的重要性。为了让记忆和历史不阻碍进步和乌托邦，记忆中必须有新奇的空间，历史不能是循环的”[②]。敌托邦叙事中对记忆和历史的特殊使用，可以体现为对过去的批判或怀旧态度。传统敌托邦中，历史的恢复与对过去的怀旧相伴，怀旧使人们自动排除不好的记忆，将过去视为更好的时光，使历史循环，将“不好”延伸至未来，并消弭了改变的可能性。对于“批判的敌托邦”来说，对过去的重建具有颠覆性意义，因为这意味着对抗过去那种虚假的单一的历史，拒绝霸权主义话语塑造的集体记忆，恢复被抹去的个人记忆，形成集体抵抗。因此，历史和记忆的恢复与故事的讲述是具有颠覆性的元素，它们是政治乌托邦实践的重要一步，是推进希望和变革的潜力。在莫伊兰的科幻批评中，历史与个人记忆的恢复成为“批判的敌托邦”的叙事结构和主人公追求的关键元素。与个体记忆的恢复密切相关的，是对语言的控制。纵观敌托邦小说的历史，文本的冲突往往指向语言的控制，语言是统治敌托邦权力结构的有力武器。莫伊兰对“传统的敌托邦”与“批判的敌托邦”中的语言使用进行了比较分析。在“传统的敌托邦”中，主人公往往被剥夺话语权，个体语言几乎没有任何意义，任何文字都成为意识形态宣传的工具。这种对语言手段的控制在“批判的敌托邦”中同样体现出来；无论是对历史的压制还是对政治记忆的抹杀都通过语言实现。但在“批判的敌托邦”中，对抗性的反叙事也通过语言来完成。敌托邦中的主体通过重新获得语言，重建记忆，挣脱自身所处的有问题的世界，利用过

---

① Tom Moylan and Raffaella Baccolini, eds., *Dark Horizons: Science Fiction and the Dystopian Imagination*, New York: Routledge, 2003, p. 115.

② Tom Moylan and Raffaella Baccolini, eds., *Dark Horizons: Science Fiction and the Dystopian Imagination*, New York: Routledge, 2003, p. 118.

去记忆恢复所发现的另类真理，从而向霸权开战。总之，对语言手段的掌控是“批判的敌托邦”对抗的重要武器和策略。

启用开放式结局是“批判的敌托邦”相较“传统的敌托邦”的又一重要转变。“批判的敌托邦”拒绝保守的敌托邦倾向，否定简单的补偿和安慰的幸福结局，通过设置“开放式结局”来抵制满足于历史形势所引发的反乌托邦封闭，并保持作品中的乌托邦冲动。除了借鉴巴科利妮的理论，莫伊兰还结合苏恩文的“新”深挖“批判的敌托邦”的这一形式特点。“当不快乐的、疏远的、有时是持不同政见者的主人公直面霸权体系的总体化机制（或者与之决裂，或者被其击败）时，一种新的理解——如果不总是一种新的实践——在认知上将敌托邦的叙述及其结局与作者（和读者）的经验处境保持距离。”[①] 也就是说，个体反抗依凭的是新颖的理解，正是“新”破除惯性并引发冲突，那么“新”使得小说走向了何种结局呢？苏恩文从史诗与神话范畴的对立来看待叙事结局。所有的小说都处于神话结构和史诗结构的两极之间，“在神话中，所有的循环和所有的行动者主要是彼此之间的种种相互转化形式，它们既无法产生真正的新价值，也无法产生出一种对现存价值的经验性胜利的犹疑态度”[②]。神话结构是循环封闭式的，史诗结构从理想层面上讲应是开放的。虽然苏恩文称现代科幻小说处于史诗结构之下，但实际上，由于社会历史实践和意识形态修改了这一理想形式，科幻小说在整个形式领域形成不同的结局形式。“从苏恩文的角度来看，敌托邦文本的潜力在于小说通过抵制神话（意识形态）的封闭并向他所描述的‘现实’开放，调和希望原则与现实原则，这是更为成熟的复调作品，针对不同的主体和环境设想不同的可能性，从而在

---

① Tom Moylan, *Scraps of the Untainted Shy*: *Science Fiction*, *Uopia*, *Dystopia*, Boulder: Westview Press, 2000, p. 150.

② ［加］达科·苏恩文：《科幻小说面面观》，郝琳、李庆涛、程佳等译，安徽文艺出版社2011年版，第199页。

认知上留下开放式的结尾，无论小说结尾的积极价值观是胜利还是失败。”[1] 莫伊兰认为，“批判的敌托邦”科幻小说正是以史诗模式拒绝了神话般的补偿，寻求与当下矛盾的更根本的接触，并以开放性的结局打开一系列可替代社会的可能性。

三　科幻批评实践：“批判的敌托邦”之验视

莫伊兰总结出与“批判的敌托邦”相应的形式策略后，他选取了三部作品作为“批判的敌托邦”的典范作品展开批评性验视。它们分别是罗宾逊的《黄金海岸》（1988）、巴特勒的《播种者的寓言》（1993）、皮尔西的《他，她和它》（1991）。这三部作品体现了类型模糊的敌托邦流派不同的发展方向。罗宾逊将历史和记忆模式作为社会变革的力量。巴特勒将日记写作作为自我批评和社会批判的来源，而皮尔西则将故事讲述作为颠覆性主体性形式构成的手段。

罗宾逊的《黄金海岸》体现了批判敌托邦的类型杂糅，它既借鉴威尔斯传统敌托邦的敏感性，又借鉴赛博朋克的黑色悲观主义。小说反映了赛博朋克对日常生活边缘的探索，同时又超越赛博朋克，恢复记忆的力量，唤起集体团结。小说主人公吉姆是历史研究者，他没有沉浸于怀旧中，并不留恋过去的乌托邦世界。他在一次散步中迷路，被所遭遇的贫困震惊，由此，他发展了对所谓“真实世界”的自我反省。小说通过敌托邦的悲观主义创新性地寻找乌托邦，个人通过历史的重新审视和记忆的恢复试图发展新的情感结构，这将导向政治参与和乌托邦转型所需的集体运动。莫伊兰认为巴特勒的《播种者的寓言》遵循了长期以来的敌托邦传统，并以主人公劳伦为第一人称日记写作的形式作为小说的主要载体，自反性地使多种多样的形式与内容形成互文效果，从而将“传统的敌托

---

[1] Tom Moylan, *Scraps of the Untainted Shy*: *Science Fiction*, *Uopia*, *Dystopia*, Boulder: Westview Press, 2000, p. 151.

邦”转变为表达乌托邦愿景的“批判的敌托邦”。由于母亲在孕期服用特殊药物，小说主人公劳伦患上遗传病“超感同身受综合征”。这一病症恰巧使她拥有了考量社会的独特天赋。她以一种独特的主观性和社会敏感性进行日记写作。她的日记形成一种反叙事，在行将崩溃的社会和破碎世界中构建另一种现实。莫伊兰认为皮尔西的《他，她和它》以布拉格贫民区的反抗故事和企业主导的未来交替上演使自我反思成为可能，贯穿文本的颠覆性叙事力量也为自我反思提供支持。作者意在通过家族三代女性传奇故事的讲述将女性历史加入“人的历史”中，以实现对历史的重新发现。同时，该小说还重述了智者创造魔像的故事，故事通过小说的中心人物玛尔卡讲述出来，这个故事使智能人姚德产生了自我意识，明白了自己作为人造人被压迫的现实。

莫伊兰将“批判的敌托邦”定位于女性主义的批判视野，在此基础上扩延至多元化的政治对抗。对于他来说，这三部作品创作的价值就在于超越了女性主义的批判视野，以更大的集体声音建立多样性的政治对抗。《黄金海岸》主要从白人男性的角度进行自我批判，涉及了性别与族裔问题。《播种者的寓言》与女权主义乌托邦有密切的联系，同时广泛涉及性别、种族、宗教、生态等问题，主人公劳伦是一位非白人、非男性，在种族主义和性别歧视的资本主义社会中被剥夺权利的幸存者。莫伊兰最欣赏的是《他，她和它》，小说延续了皮尔西长期以来的社会主义与女权主义思想，借鉴赛博朋克和女性主义科幻小说，同时它也恢复了传统叙事形式的力量，以此创造政治激进主义的故事。作者在小说人物身上进行了多点投射，性别、族裔、阶层等构成小说人物身份的多元互动。虽然小说最终以悲剧结局，但女性、犹太人、类人、底层边缘人被皮尔西纳入关注的视野，这些他者形成了差异性和多样性的民主联盟。只有建立多样性的政治对抗，才能真正走向联盟政治。

从莫伊兰对三部科幻作品的批评实践来看，“批判的敌托邦”

并不意味着一种全新通用形式的出现，而是敌托邦叙事中最进步的可能性的重新运作。这意味着他力避“批判的敌托邦”成为对“传统敌托邦”批判性的简单重复。巴科利妮就陷入了此种境况，她归纳出“批判的敌托邦”一系列新的形式策略，却在遴选文本时将凯瑟琳·伯德金、雷·布拉德伯里、玛加特·阿特伍德等人的传统敌托邦作品纳入“批判的敌托邦”范围，莫伊兰对此进行了批判。以对阿特伍德《使女的故事》的分析为例，巴科利妮把个人记忆和历史的恢复作为“批判的敌托邦”彰显对抗力量的重要形式策略，并在《使女的故事》中发现了这一策略。小说中女性遭受宗教权力和父权双重压迫，使女只是充当生育工具的“行走的子宫”。的确，通过奥弗雷德的日记和秘密信息以及妇女之间的蒙面交流，一种反叙事在反抗文化中得以形成。“地下女性之路”亦提供了内部对抗与潜在乌托邦空间的联系。但是奥弗雷德的日记最终发展成一个反乌托邦胜利的故事——反抗被粉碎，基督教国家占据上风。并且，随着奥弗雷德的叙述逐渐结束，新的历史时刻被抽象而简短地展示出来，一个完美的未来社会从2195年回顾了吉利德这一威权国家过去社会的历史。奥弗雷德日记叙述的反乌托邦终结和从抽象未来出发进行的历史回顾意味着阿特伍德阻止了文本中敌托邦的悲观主义中激进的乌托邦立场的出现，因此，小说只能被理解为“模棱两可的敌托邦”。当然，莫伊兰也肯定了阿特伍德的进步性，“他直面社会现实的罪恶，却又从激进的政治实践向后退了一步，他扩展了传统敌托邦形式的创作范围，朝着反乌托邦的方向努力，然后将其转向乌托邦式的视野，最后再次为她未解决的问题留出空间”①。阿特伍德把“传统的敌托邦”推至历史极限，在此之后，“批判的敌托邦”在20世纪80年代末的科幻小说领域出现。

---

① Tom Moylan, *Scraps of the Untainted Shy*: *Science Fiction*, *Uopia*, *Dystopia*, Boulder: Westview Press, 2000, p. 166.

四　阐释策略：双向意图的互文性生成

虽然莫伊兰分享了巴科利妮一系列“批判的敌托邦”的形式策略，但他比巴科利妮更为严谨，他在科幻场域进行比较严格的筛选，将“批判的敌托邦”定位于20世纪八九十年代新兴政治环境中产生的科幻作品，而不是巴科利妮所涉及的更为广泛的范围——从20世纪30年代到90年代。他发现这些作品通过敌托邦的“形式策略”运作呈现了最进步的可能性。对“批判的敌托邦”科幻作品严谨审慎的选择与他所采用的文本阐释策略是分不开的。

莫伊兰所采用的阐释策略强调了作者意图与读者意图的结合，尤其是读者意图的重要性。他结合苏恩文与萨金特对敌托邦概念的理解提炼出读者意图的阐释指向。在苏恩文的界定中，敌托邦具有根据一套比作者所在社会本质上要糟糕的原则所组建的各种社会政治制度、规范和人际关系。在萨金特的界定中，“作者相当详细地描述了一个不存在的社会，通常位于作者希望同时代读者认为比他们所生活的社会更糟糕的时间和空间中”①。这两种定义突出了作者意图的重要性，但对作者意图的突出反而导致了与潜在的读者立场的直接关联。力图只使用作者意图作为某种类型的定义特征是不可取的，尤其当下一些作品的作者意图非常复杂，甚至内部相互冲突。因此当作者声称一部作品是乌托邦或敌托邦时，我们应当关注这一声称所引发的读者阅读，结合作者意图和读者意图来对文本做更为复杂的评估。

作者意图与读者意图往往并不一致，“当文本不是面对某一特定的接受者而是面对一个读者群时，作者会明白，其文本诠释的标准将不是他或她本人的意图。而是相互作用的许多标准的复杂综合

---

① Lyman Tower Sargent, “The Three Faces of Utopianism Revisited”, *Utopian Studies*, Vol. 5, No. 1, 1994, pp. 1 - 37.

体，包括读者以及读者掌握（作为社会宝库的）语言的能力”[①]。斯金纳把自己的《瓦尔登湖第二》视为乌托邦，但这一小说却经常被解读为敌托邦。莫伊兰曾表示，“事实上，我自己在这项研究中将某些文本归类为批判的敌托邦正是这种评估的结果，因为在最后章节讨论的文学或电影例子中，没有一个作者明确地将其命名为敌托邦”[②]。在批评家的意图之间也存在差异，比如塞缪尔·巴特勒的《埃雷胡恩》是一部几乎被普遍称为乌托邦作品的经典例子，但研究者对于巴特勒的意图并未达成一致。莫伊兰往往会对作者意图和读者意图进行细析，在自己的阐释框架中考量两种意图的互文性，在此基础上实现对文本的重读。他对作者意图与读者意图的关注鲜明地体现在对奥威尔《1984》的分析中。“正如我要重新命名的那样既然我们在一个国家面前保持了一些希望，它就有资格成为一个选择乌托邦的‘敌托邦’，而《1984》到底是一个倾向于反乌托邦的敌托邦，还是一个彻底拒绝乌托邦的反乌托邦的直接实例，却是有争议的（取决于批评家的立场和论据的框架）。”[③] 在莫伊兰看来，《1984》是一个非常复杂的阐释对象。亨廷顿、菲利普斯等批评家将《1984》视为敌托邦进行批判，认为它否定任何进步的思想，是毫无希望的。与此相反，作者奥威尔在免责声明中声称他并不是要攻击当时的英国工党，其小说也并非旨在拒绝所有进步的思想和实践。批评家库马尔没有提及敌托邦，只是区分了乌托邦和反乌托邦，他把《美丽新世界》与《1984》都归为反乌托邦，同时肯定了反乌托邦的作用，认为反乌托邦是乌托邦的跟踪者，是对乌托邦材料的重新组装。一旦乌托邦出现，反乌托邦就会以包含变革

---

① ［意］安贝托·艾柯等：《诠释与过度诠释》，王宇根译，生活·读书·新知三联书店2005年版，第71页。

② Tom Moylan, *Scraps of the Untainted Shy*: *Science Fiction*, *Uopia*, *Dystopia*, Boulder: Westview Press, 2000, p. 156.

③ Tom Moylan, *Scraps of the Untainted Shy*: *Science Fiction*, *Uopia*, *Dystopia*, Boulder: Westview Press, 2000, p. 139.

性肯定的方式对其做出否定。莫伊兰也将《1984》视为敌托邦，与前述批评家不同，他将作者意图和读者意图置于自己的阐释框架中，对《1984》的形式运作进行更为细致的分辨，从而得出这一文本是偏向于反乌托邦主义的悲观主义的敌托邦，而不是“批判的敌托邦”的观点。一方面，他结合奥威尔免责声明和写作目标对其写作意图进行阐释。莫伊兰认为该小说是对反乌托邦历史倾向的乌托邦式攻击，奥威尔用被称为“批判性反乌托邦”的东西来对抗已经出了问题的乌托邦，力图对人们起到警示的作用。另一方面，他结合小说中形式策略的运作，在对亨廷顿、菲利普斯、库马尔等批评家观点进行批判的基础上提出自己的看法。从作品的形式策略来看，小说中“新话”的出现其实是对主导意识形态操控语言手段的反省，从中也透露出些许希望，至少是以批判的、讽刺的方式预示区别于当下有问题社会的另一种可能的存在。因此亨廷顿、菲利普斯关于该小说否定进步性与批判性的观点在莫伊兰看来未免太过绝对。对于库马尔，莫伊兰指出其对《1984》的分析虽未提及敌托邦，但实际上是为一个具体的敌托邦叙事的批判性叙述奠定了基础。因为，敌托邦的形式运作方式正是如此。同时，莫伊兰还通过巴格森的理论区分反乌托邦的听天由命的悲观主义与乌托邦的激进悲观主义，指出《1984》更偏于反乌托邦的悲观主义。总之，该小说中反乌托邦叙事的丰富性和不妥协性将微弱的乌托邦可能性排挤掉，尽管作者有自己的目标、免责声明以及看似具有批判性特点的文本策略，《1984》还是陷入了它自己的反乌托邦冲动，“它讽刺地在一个看似无穷无尽的现实中，以一种对神话结局的批判性描述来循环，而不是提供一个开放式的寓言，带有可能引发政治意识或努力的乌托邦视野”①。

---

① Tom Moylan, *Scraps of the Untainted Shy*: *Science Fiction*, *Uopia*, *Dystopia*, Boulder: Westview Press, 2000, p. 163.

小结

从“批判的乌托邦”走向“批判的敌托邦”，莫伊兰作为坚定的西方马克思主义者，始终把科幻小说视作不断发掘和激活乌托邦精神这一重要使命的核心阵地。他称赞科幻小说能够帮助读者超越自己的意识形态进行思考，在他进行敌托邦研究的著作和论文中，乌托邦仍是其科幻批评的基本视域。如果说“批判的乌托邦”这一概念的意义在于：“以扬弃的方式，一方面保存了乌托邦的想象，另一方面以转化和解放的形式实现乌托邦的辩证蜕变。在此意义上，乌托邦书写自身和流行的社会形态都得到批判。”[①]“乌托邦最深层的功能是证明我们这个时代对他者性和极端差异性的想象上的无能，这是一种否定的维度。这一否定不仅是外表的，而且也是结构的。”[②] 与“批判的乌托邦”以乌托邦的“自我否定”的方式唤醒一个颠覆性的乌托邦主义异曲同工，“批判的敌托邦”以“不纯”的体裁特性和开放形式策略的启用激发多元的对立抵抗，试图在当下再次唤醒一个新的乌托邦主义。相较“批判的乌托邦”，他对“批判的敌托邦”给予更为成熟的思考。莫伊兰将“批判的乌托邦”视之为历史分期概念并将与之相关联的文本严格定位于20世纪六七十年代的科幻场域，这引发诸多学者的批判。莫伊兰该概念被人诟病的实质在于他忽视了阅读文本方式的变化，意义随文化和政治背景发生转变。一些传统乌托邦作品在阐释运作中经历重读。尽管他同样对“批判的敌托邦”进行较为严格的限定，但这一概念显然并未引起质疑。因为他已经将后来提出的“批判的乌托邦”作为一个阐释透镜的观点

---

① 王瑞瑞：《“批判的乌托邦”何以可能——评汤姆·莫伊兰的〈要求不可能的：科幻文学与乌托邦想象〉》，《中国文学研究》2017年第4期。

② 王峰、陈丹：《科幻乌托邦批评的兴起：以詹姆逊为中心》，《福建论坛》（人文社会科学版）2021年第10期。

挪用到敌托邦身上。相比一直以来许多批评家对敌托邦的误解和对敌托邦价值的忽视，他将敌托邦置于与乌托邦、反乌托邦之间的关系中进行重新审视，发现了敌托邦科幻小说警示与希望并存的特质。与以往研究相比，敌托邦的意义与价值得以发掘。他在重释敌托邦的基础上一方面指认“批判的敌托邦”的历史分期特性，另一方面在强调读者意图的前提下主动将其视为一个阐释概念。此种处理方式，应当是他面对作为历史分期概念的“批判的乌托邦”被人诟病之后所做的理论调整。另外，莫伊兰结合作者意图和读者意图双重指向形成的文本阐释策略，体现了他在科幻批评领域较为辩证的理论思考。

第四章

詹姆逊与乌托邦的形式研究

◇◇ 第一节　詹姆逊的乌托邦研究概述

詹姆逊对乌托邦之研究几乎贯穿他整个学术生涯，其关注程度及方式在各个时期有一定差异。詹姆逊乌托邦研究的发展脉络大致呈现为三个阶段：一是萌芽期。主要著作有《马克思主义与形式》《语言的牢笼》等。这是詹姆逊乌托邦研究的起步阶段，主要是对法兰克福学派乌托邦思想的解读，这一时期的研究为后来乌托邦阐释学的建立奠定了思想基础。二是发展期。詹姆逊对文本的乌托邦与意识形态的辩证关系进行分析，主要集中在《政治无意识》《后现代主义，或晚期资本主义的文化逻辑》等书中。同时，詹姆逊以辩证思维和相关概念体系的架构催生了辩证的形式批评。三是繁荣期。这一时期以《未来考古学》为主要代表作品。这一时期的突出特点是建构起“未来阐释学”，将科幻文学作为验示乌托邦生产方式的场地，同时，乌托邦也演化为詹姆逊进行科幻批评的终极视域。

在《马克思主义与形式》中，詹姆逊对马尔库塞、布洛赫、卢卡奇等人的乌托邦思想进行了评介。对他们乌托邦思想的关注是詹姆逊为久负恶名的乌托邦进行正名的第一步，也是詹姆逊乌托邦研究的起点。

在詹姆逊看来，马尔库塞通过对弗洛伊德的重新思考，确定了一种“否定”意义上的乌托邦。马尔库塞面临的是一个充满悖论的现实：“正是更多的性自由，更大的物质丰裕和消费，更自由的文化享受，更好的住房，更广泛的教育福利，以及增加了的社会的流动性，伴随着愈益加剧的操纵和最复杂的思想控制形式、伴随着精神和智力生活的愈益贬低、伴随着生存的堕落和非人化而出现。因此，我们愈是幸福，我们就愈益确定地、甚至不知不觉地受制于社会——经济体系本身的权力。”① 马尔库塞在这种物质丰裕和总体控制相伴而生的矛盾语境下重思弗洛伊德关于个人幸福和社会之间对立的思考。弗洛伊德在社会进步和个人受压抑的心灵之间假定了一种相互依存性。在后工业资本主义时期，这种压抑消失了，取而代之的是社会的宽容，人们丧失了所有形式的否定经验，“俄狄浦斯情结的冲淡，阶级斗争的消失，叛逆同化为娱乐型的价值——这些就是否定的消失在后工业资本主义富裕社会里所取的形式”②。这种“宽容”造成了真正的压抑。马尔库塞揭示“否定”消失的同时，力图呼唤乌托邦冲动的复活，因为乌托邦观念采用一种执着地否定现存一切的形式，为世界寻找新的可能。马尔库塞还通过对弗洛伊德无意识深层记忆理论的阐释来探讨乌托邦思想的根源。通过弗洛伊德的著述，我们可以看到他往往将记忆的意义定位于具有压抑性的痛苦创伤中。在弗洛伊德看来，人类的文明史就是一部压抑史，享乐原则和现实原则永远对抗着。非压抑的文明是不可能的。马尔库塞试图表示，在弗洛伊德自己的理论中存在着推翻这块基石的因素，这就是无意识领域。“如果说欲望的充分满足就是幸福，那么文明中的自由在根本上是与幸福相对抗的：它意味着对幸福的压抑

① ［美］费雷德里克·詹姆逊：《语言的牢笼　马克思主义与形式（下）》，钱佼汝、李自修译，百花洲文艺出版社2010年版，第97页。

② ［美］费雷德里克·詹姆逊：《语言的牢笼　马克思主义与形式（下）》，钱佼汝、李自修译，百花洲文艺出版社2010年版，第99页。

性修改（即升华）。相反，心理人格的最深沉和最原始的层次——无意识，却是完全满足的动力，在无意识中既没有匮乏也没有压抑。因此它是自由和必然的直接同一。"[①] 自由与幸福的同一为意识所压制，却为无意识所支持，无意识领域保存着被文明化了的人所放弃的幸福经验，作为一种记忆而存在，时刻萦绕在人们心头。"对满足的回忆是一切思想的根源，重新获得以往的满足的冲动是隐蔽在思想过程背后的驱动力。"[②] 马尔库塞受弗洛伊德理论启发，揭示了记忆的"快乐原则"。他认为，精神分析对记忆的解放唤起了过去，又指向了未来。在无意识中蕴含着未来的解放，马尔库塞在无意识深层记忆理论中找到重启乌托邦冲动的心理学动力。

通过对布洛赫《希望的原理》的解读，詹姆逊提炼了布洛赫乌托邦思想的几个关键点：一是乌托邦冲动的无所不在。詹姆逊认为《希望的原理》具有百科全书式的品格，"它不像黑格尔的《精神现象学》那样，是一排递升的形式阶梯，而是在现实各个层面上，对希望的显现进行大量的杂乱无章的探索"[③]。布洛赫认为乌托邦冲动存在于日常生活的一切方面，通过他的阐释运作，那些无法察觉的乌托邦倾向在广袤宇宙中的某个内在角落引起的震颤中得以显现。布洛赫利用"踪迹""诧异""期待"等关键词向人们呈现了被压抑的乌托邦冲动如何通过希望自身的探查工具呈现出朦胧的面目。二是支撑乌托邦冲动的是一种"尚未意识"。詹姆逊认为，与马尔库塞在记忆中找寻乌托邦冲动的心理学来源不同，布洛赫指向未来，从"尚未意识"中提取乌托邦因子。"尚未被意识到的东西既是前意识，也是压抑和遗忘所致的无意识，甚至按其方式，它也

---

① ［美］马尔库塞：《爱欲与文明》，赵林编译，农村读物出版社 1987 年版，第 8 页。

② ［美］马尔库塞：《爱欲与文明》，赵林编译，农村读物出版社 1987 年版，第 17 页。

③ ［美］费雷德里克·詹姆逊：《语言的牢笼　马克思主义与形式（下）》，钱佼汝、李自修译，百花洲文艺出版社 2010 年版，第 108 页。

像被压抑的无意识一样，是一种棘手的、抗拒的无意识。”① 尚未意识是意识的一种空白，是一种新的无意识，是生产新东西的空间。它具有某种向前的倾向，拥有新鲜的力量，朝着预先推定的方向移动。三是乌托邦是肯定性与否定性的辩证统一。布洛赫将乌托邦的价值定位于否定层面，同时，乌托邦又是动态的，它存在于由否定向肯定的转化过程中，“布洛赫希望在否定本身之内确定出肯定紧紧把握否定，在肯定透过它显露自身的时候，把它当作对于肯定的证实”②。

尽管布洛赫宣示了乌托邦冲动的无所不在，但他却对文学乌托邦并无好感。在他看来，当将乌托邦材料用作内容的时候，乌托邦观念就会抽象为单一的乌托邦计划，导致乌托邦的枯竭。这是很多经典乌托邦文本的弊病。詹姆逊通过对卢卡奇《小说理论》的分析表达了对文学乌托邦的另一种立场：全部情节在其获得这些基本张力的某种终极解决之中，可以视为一种走向乌托邦的运动。③ 透视卢卡奇的乌托邦思想，詹姆逊得到的启示是，小说具有伦理意义，乌托邦是人类生活最终的伦理目的。乌托邦不能停留于乌托邦哲学家提供的抽象的思维观念。乌托邦是具体的叙事。只有在文学创作中，伟大的作家才能够以文体和情节的形式组织对乌托邦文体进行具体展示。

中文版《语言的牢笼》是《马克思主义与形式》的上卷。其实，该书最初的手稿是一体的，只是应出版社的要求将其分为上、下两部分，把偏重于形式主义的一部分单独拿出来形成了《语言的牢笼》。在《语言的牢笼》中，詹姆逊在马克思主义的理论框架内

① ［德］恩斯特·布洛赫：《希望的原理》第1卷，梦海译，上海译文出版社2012年版，第123页。

② ［美］费雷德里克·詹姆逊：《语言的牢笼　马克思主义与形式（下）》，钱佼汝、李自修译，百花洲文艺出版社2010年版，第121页。

③ ［美］费雷德里克·詹姆逊：《语言的牢笼　马克思主义与形式（下）》，钱佼汝、李自修译，百花洲文艺出版社2010年版，第132页。

对俄国形式主义与结构主义两大形式学派进行批判性的审视。詹姆逊指出，俄国形式主义和结构主义的共同问题是过于强调共时性研究，使之区别对立于历时性思考，因此造成了形式与内容的割裂。詹姆逊结合结构主义和马克思主义理论的目的就是要实现一种形式和内容、能指与所指、共时与历时、上层建筑和基础结构的辩证统一。在《马克思主义与形式》中，他一方面为思想贫瘠的美国介绍欧洲大陆的理论，并力图建立一种黑格尔式的辩证批评，以辩证思维来对抗英美哲学的自由主义、经验主义、实证主义所导致的单一思维。另一方面，他把结构主义、后结构主义的思想资源吸纳到马克思主义中去。这既是对以“新批评”为代表的形式主义的继续批判，又是从传统马克思主义问题出发完成马克思主义理论的重建。詹姆逊结合黑格尔的辩证法和马克思的辩证法形成了自己独具特色的辩证思维，并明确地将形式问题作为检验他的辩证法的主战场。结合《语言的牢笼》与《马克思主义与形式》来看，前者以批判的姿态侧面呼应了詹姆逊意欲建立的形式理论体系，后者正面地提出一种形式的辩证批评，总之，詹姆逊力图实现马克思主义与形式主义的辩证结合，这一时期的研究为其后来乌托邦阐释学的提出奠定了理论基础。

从 1973 年开始，詹姆逊陆续在《科幻小说研究》杂志上发表关于乌托邦和科幻文学的论文。1981 年，詹姆逊在《政治无意识：作为社会象征行为的叙事》中系统地考察了乌托邦和意识形态的辩证关系。詹姆逊受曼德尔的影响，把意识形态和乌托邦视为同一性的，两者之间可以进行转化。以大众文化为例，大众文化既是意识形态的又是乌托邦的。乌托邦可以视为对大众的意识形态操控的补偿。大众文化文本被视作虚假意识的生产，即统治阶级为了使自己的统治合法化所运用的合理化策略，同时它又投射出了人类最古老的乌托邦的渴望。詹姆逊认为两者之所以具有同一性，是因为两者都表达了一种集体意识。一切阶级意识不论是统治阶级的还是对立阶级的意识都是乌托邦性质的，无论是否定解释学和肯定解释学，都是从同一社会阶级概念中衍生出来的。詹姆逊意在通过意识形态与乌托邦辩证共生关系的揭示中提醒我们，在这些恢复了乌托邦意义的文化文本里，意识形态的扭曲力仍然完好。乌托邦所带来的集体满足掩盖了意识形态的真相。对文本内意识形态和乌托邦功能的承认有效启发了我们在其他领域解决问题的办法。

从《后现代主义，或晚期资本主义的文化逻辑》开始，詹姆逊侧重于对晚期资本主义的文化形式进行分析，他对乌托邦的研究也在后现代语境下展开。通过对现代主义和后现代主义的比较研究，他分析得出后现代主义的文化特征。他认为，后现代主义作为晚期资本主义的文化逻辑，首先在姿态上是与现代主义的一种决裂。“这种决裂一般并不关系到内容的完全改变，而只是某些既有因素的重构：在较早的时期或体系里作为从属的一些特征现在成为主导因素，而曾经是主导的特征则变成次要因素。”[①] 现代主义曾以荒诞不经的形式起着对抗社会的作用，而现在现代主义所特有的形式和内容已经为社会所接受。即使后现代主义拥有现代主义一样的形式特征也不再具有颠覆功能。现今，后现代主义文化特征体现了晚期资本主义社会体系的深层逻辑。现代主义的时间逻辑已转变为后现代主义的空间逻辑。“批评距离”的消失使我们很难在后现代文化中发现“真实的时刻”，因此詹姆逊提出了一个切合历史境况的政治文化模式，即“认知绘图”式美学。在詹姆逊看来，艺术作品的形式本身是观察社会条件和社会形势的一个场合。詹姆逊把现代主义文本视为最具颠覆性挑衅性的形式，把后现代主义的文本视为失败的形式。不过他同时指出，失败的形式往往更能导向社会意义和社会真实。因此，在后

① ［美］弗雷德里克·詹姆逊：《文化转向》，胡亚敏等译，中国社会科学出版社 2000 年版，第 17 页。

期研究中，他对电影、科幻小说等大众文化形式给予了足够的关注。在《时间的种子》《可见的签名》《地缘政治美学》等书中，他关注电影、建筑、科幻小说等文化文本，分析其中的乌托邦阐释运作。与之前关注乌托邦理论不同的一点是，“詹姆逊将后现代主义空间转向的理念融进‘乌托邦’的思想探讨中，并对西方当代科幻小说这一类文学文本给予了特别的关注”①。

2005年，詹姆逊出版了《未来考古学：乌托邦欲望和其他科幻小说》，这是詹姆逊乌托邦研究和科幻文学研究的一部重要著作。著作分为两部分，第一部分《乌托邦欲望》中，詹姆逊主要就乌托邦与政治、乌托邦科学与乌托邦意识形态、乌托邦与科幻小说等关系问题进行探讨，并在此基础上提出自己的乌托邦阐释学。第二部分《思维尽处》中的大部分文章是詹姆逊20世纪70年代发表过的文章。从1973年开始，詹姆逊就陆续在《科幻小说研究》上发表了许多乌托邦和科幻文学研究的论文，多篇被收录到《未来考古学》中。这一部分主要是利用众多科幻文本来实践其建立的乌托邦阐释学。2009年，詹姆逊出版了《辩证法的效价》，其中专留一章（“作为复制品的乌托邦”）对乌托邦进行思考，“也许现在是一个合适的机会，可以说说我刚刚出版的关于乌托邦的书，这篇文章也是对它的一个重新思考，即使不是一个补充。这本书，即《未来考古学》”②。詹姆逊在此重申了《未来考古学》中强调的一个观点：对于我们来说，乌托邦的重要价值不是那些能为人们积极构想和提出的东西，而是那些想象不到的东西。因此，通过包括科幻文学在内的文本揭示乌托邦的生产运作机制，在失败的乌托邦形式和各式各样的反乌托邦中探寻激活乌托邦冲动的活力，才是詹姆逊乌托邦研究的题中之义。

---

① 方凡：《美国后现代科幻小说》，浙江大学出版社2012年版，第30页。

② ［美］弗雷德里克·詹姆逊：《辩证法的效价》，余莉译，中国社会科学出版社2014年版，第549页。

◇◇ 第二节　后现代主义、乌托邦与大众文化

一　历史的终结与乌托邦思想的衰微

如果说16世纪揭示了人类文明不断前进的动力之源——乌托邦，那么20世纪则走向了它的反面，乌托邦话语遭遇重创，各种反面乌托邦甚嚣尘上。乌托邦的命运跌宕起伏，在一次次的历史转折中走向衰落，乌托邦精神隐伏于无望的未来之下奄奄一息。造成这种状况的原因殊为复杂。

第一，斯大林主义对乌托邦的强制造成了后者的被阉割，引起了人们对乌托邦的极大反感。“在冷战期间（以及在冷战结束后的东欧），乌托邦已经变成了斯大林主义的一个同义词，并开始被用来代表一种体制。这种体制忽视了人性的软弱和原罪，显示出了对完美系统的统一性以及理想化的单纯性的意愿。”① 从莫尔、闵采尔对社会主义轮廓的简单描画，到以摩莱里、巴贝夫斯巴达式的共产主义，再到以圣西门、傅立叶和欧文为代表的空想社会主义理念，在16世纪到19世纪，诸多思想家理论家提出了社会主义的构想。马克思和恩格斯在对空想社会主义进行批判性继承的基础上提出了科学社会主义的理论。俄国十月革命的胜利激发了人们追求自由、平等、解放的梦想，西方知识分子对苏联寄予了厚望，在他们看来，苏联是乌托邦转化为现实的地方。“谁能说得明白，苏联对我们曾经意味着什么？不只是一个遴选的祖国，还是一个榜样、一个向导。我们所梦想的、几乎不敢期望的，但始终致力于追求的却在那里发生了。由此可见，在一片土地上，乌托邦正在变成现实，而且已经取得了巨大成就，让我们心中充满渴求。最艰难的事似乎已

① ［美］弗雷德里克·詹姆逊：《未来考古学：乌托邦欲望和其他科幻小说》，吴静译，译林出版社2014年版，第3页。

经做到了，而我们以所有受苦受难的民族的名义，欢欣鼓舞地贸然投入她所进行的这场斗争。”[①] 但苏联模式的运行阻断了乌托邦向现实转化的道路，乌托邦化为人们心中的噩梦。苏联的经济模式、政治模式和文化模式存在着很大弊端，到斯大林时期，甚至走向了个人专断、政治专权、文化专制的道路。乌托邦在斯大林主义的支配下异化为一种国家意志以及在这一意志下严格执行的具体计划。凡是非斯大林主义的乌托邦都会被当作异端思想清除。乌托邦与个人专断的捆绑，使得任何自由的乌托邦思考与尝试都化为无形。

第二，自由主义反乌托邦主义者经常将纳粹主义和法西斯主义贴上乌托邦运动的标签，他们指控乌托邦思想导致了极权主义和大屠杀，这种观念从学术层面扩大到大众层面，乌托邦因此声名狼藉。“如今，大多数观察家都断言，乌托邦主义者或他们的同情者往好里说是有勇无谋的梦想家，而往差里说则是凶残的极权主义者。”[②] 汉娜·阿伦特、以塞亚·柏林、卡尔·波普尔将乌托邦主义与纳粹主义相提并论，将它们当作极权主义的不同侧面联系起来。导致他们将乌托邦主义与纳粹主义相等同的原因应追溯至苏联模式下乌托邦的异化。斯大林主义对乌托邦之自由思考的高压束缚引发了西方自由主义知识分子的极大反感，同时，斯大林与希特勒通过异乎寻常的反人性的形式来追求理想实现革命目的，也触发了知识分子敏感的神经，于是他们开始挖掘乌托邦与极权主义之关联，把“乌托邦”化为“乌托邦的”，大大扩张了概念范畴的范围。“乌托邦”成为未来社会观念的代名词，无论对未来社会的构想是好是坏，实现的路径是人性的还是反人性的，满足的是人类的共同追求趋向还是少数群体的私欲，都被纳入乌托邦之中。“在大多数情况下，是民族主义的、种族的以及宗派主义的激情——而不是乌托邦

---

① ［法］安德烈·纪德：《访苏归来》，李玉民译，东方出版社2015年版，第6—7页。

② ［美］拉塞尔·雅各比：《不完美的图像》，姚建彬等译，新星出版社2007年版，第2页。

的观念——推动了全球的暴力……然而，对于所有那些被民族、宗教和种族的观念煽动了的人来说，乌托邦仍是一个很方便的标签。”[①] 尽管雅各比等人极力辩解，提出纳粹对种族纯粹性、战争和国家的全神贯注与经典的乌托邦主题毫无共同之处，但自由主义知识分子对乌托邦的误解已经成为这个时代的普遍看法。乌托邦深陷丑闻的泥沼难以自拔。

第三，意识形态的终结和历史的终结造成了真正乌托邦的终结，并生产出了批量的伪乌托邦主义面纱。切实可行的改革依赖具有活力的乌托邦思想，苏联模式斩断了改革和社会主义平稳过渡的可能性。东欧剧变与苏联解体是必然的结果。20 世纪 50 年代的“意识形态终结”论已经为乌托邦的终结埋下了伏笔。“意识形态曾经意味着革命和乌托邦主义：这两者如今都已寿终正寝。没有人能够假装相信，存在着发达资本主义的另一种选择。”[②] 这一时期，资本主义繁荣发展，与此同时，斯大林的极权主义暴政引发了国内和国际的不满。丹尼尔·贝尔、西缪·马丁·李普赛特等西方知识分子提出共产主义意识形态必将终结。到了 20 世纪 90 年代，东欧剧变、苏联解体和资本主义市场经济的全球扩张使两种意识形态之间的较量彻底失衡。有学者声称历史已经终结，“当今世界上，我们却难以想象出一个从根本上比我们这个世界更好的世界，或一种不以民主主义和资本主义为基础的未来。当然，在未来社会中，许多东西还需要改进，我们可以向无家可归的人提供住房，保证少数群体和妇女的就业机会，改善竞争条件，并且创造新的就业机会。我们还可以想象出未来世界是如何比我们现在所知道的要糟糕得多。到那时，民族的、种族的或宗教的偏执会卷土重来，或者我们

① ［美］拉塞尔·雅各比：《不完美的图像》，姚建彬等译，新星出版社 2007 年版，第 2 页。

② ［美］拉塞尔·雅各比：《乌托邦之死：冷漠时代的政治与文化》，姚建彬等译，新星出版社 2007 年版，第 4 页。

会受到战争和生态破坏的毁灭。但我们无法为我们的自由社会描绘一个从根本上不同于现在这个世界而且同时又更美好的世界"[①]。在福山看来，苏联解体意味着共产主义的瓦解和乌托邦的终结，人们不再能够找到资本主义民主的替代物。原来的激进知识分子也偃旗息鼓，失去了想象未来的能力，甚至有部分左派知识分子开始向自由主义阵营倒戈，"他们变成了功利主义者、自由主义者和歌功颂德者。左派以前把市场视为剥削性的东西而将其打发掉；如今则视其为理性的和人性的东西而对其加以礼遇。左派以前蔑视大众文化，认为它是剥削性的；如今则把它当做具有反叛性的东西而大加赞颂。左派以前把独立的知识分子当做具有勇气和冒险精神的人来尊敬；如今则对他们嗤之以鼻，认为他们是精英论的鼓吹者。左派以前认为多元主义极其肤浅，因而将其拒之门外；如今却认为它相当深刻，于是对其顶礼膜拜"[②]。他们在晚期资本主义市场逻辑和多元文化主义中拣选着希望的残渣，为人们也为自己制造出一批批伪乌托邦的面纱。当人们携手在消费社会所贡献的伪乌托邦大舞台中翩翩起舞的时候，真正的乌托邦冲动和乌托邦精神却蛰伏长眠。

在众多的批评理论家中，詹姆逊是为数不多的在后现代社会秉持乌托邦理想的理论家。针对甚嚣尘上的历史终结论和乌托邦终结说，詹姆逊尝试重振马克思主义的乌托邦传统，复兴乌托邦精神。詹姆逊对福山的历史终结论提出了严肃批评。为了说明"历史终结论"的错误，詹姆逊借用了黑格尔的"艺术终结论"来对"历史的终结"加以阐释。黑格尔在谈"艺术的终结"时指出，艺术最终将走向哲学，为哲学所替代。但实际上，"我们宁可说，是在旧的艺术结束之后，一种新的不同的艺术突然出现，它占据了哲学的

① ［美］弗朗西斯·福山：《历史的终结及最后之人》，黄胜强译，中国社会科学出版社2003年版，第52页。

② ［美］拉塞尔·雅各比：《乌托邦之死：冷漠时代的政治与文化》，姚建彬等译，新星出版社2007年版，第18页。

位置，盗取了整个哲学对‘绝对’的权利，成为‘体现存在的真实的最高方式’”[①]。艺术并没有真正的终结，而是导向崇高，这种新的艺术就是现代主义。现代主义的艺术具有超越传统艺术“美”的范畴，使自己成为具有崇高特征的超美学。20 世纪 60 年代开启了第二次“艺术的终结”，这一时代是“理论”的时代，无论是哲学、语言学、社会学还是人类学，都在去差异化中消弭了彼此的边界，统统以“理论”的面目出现，顶替了现代主义和崇高为主导特征的艺术的半壁江山。艺术剩余的领域，从崇高向美回归，艺术由对真理的追求回归纯粹的快感满足。由此，理论和美作为后现代主义的基本内容成为第二次“艺术的终结”的标志。从 20 世纪 60 年代到 80 年代，理论和美互相牵制，最终沉浸于消费社会之中。从詹姆逊的分析可知，所谓“艺术的终结”是某种旧艺术的终结。那些哀叹艺术终结的人不过是怀抱着无比的焦虑，把艺术的更替等同于艺术的终结，担心文学将被大众文化取代，为文学的没落而悲悼。在此基础上，詹姆逊指出了历史终结论的谬误。他认为，资本主义绝对不是人类历史的最终形式。福山历史终结论的实质是为资本主义的全球扩张提供理论依据。詹姆逊提出了资本主义作为“历史的终结”最终形式的真正价值：由于空间的限制，资本主义想要继续开疆拓土的愿望终将中止。并非冷战的结束和苏联社会主义尝试的失败证明了资本主义的胜利。毋宁说是，前者为资本主义进入第三阶段提供了契机，使资本主义商业化的巨爪有机会渗透到全球的边边角角，当这种扩张达到空间的极限时，资本主义终结的时刻就会到来。资本主义作为一种永恒的社会制度的幻觉必将破灭。物质和资本极大丰富、世界市场达至极限之时，正是社会主义革命提上日程之时。

---

① ［美］弗雷德里克·詹姆逊：《文化转向》，胡亚敏等译，中国社会科学出版社 2000 年版，第 81 页。

二 后现代主义："失败的形式"或新的希望?

历史并未终结，乌托邦有望再次复兴。在詹姆逊看来，历史终结论营造的资本主义永恒存在的幻梦是造成乌托邦衰竭的重要原因。如果说，对历史终结论的批判和阐释是詹姆逊复兴乌托邦的初级操作，那么，对资本主义发展阶段进行分析，呈现乌托邦的存在状态和运作方式则是复兴乌托邦更为重要的一步。一方面，他将后现代主义视为晚期资本主义的文化逻辑，揭示后现代主义文化形式这一失败形式的实质。在这一形式下人们想象力匮乏，乌托邦变成维护晚期资本主义制度的工具。另一方面，他利用乌托邦和意识形态的辩证法来探寻后现代主义文化形式中的乌托邦可能。

詹姆逊把现实主义、现代主义和后现代主义与资本主义经济体系联系起来，使它们突破了只是一种美学风格的概念内涵，成为不同的全面的文化逻辑体系。詹姆逊从三个方面对文化形式进行界定：首先，他打破了传统的从不同时期文学表达概念角度对现实主义、现代主义、后现代主义进行界定和理解的常态。人们通常认为，现实主义是属内容的，现代主义是属形式的。詹姆逊从逆向的角度对这些概念进行分析，认为它们是一个思想和形式的整体，是一个完整的全面的文化逻辑体系。其次，受德勒兹和瓜塔里历史分期理论启发，詹姆逊借鉴索绪尔的符号系统形成了将文化形式与社会现实联系起来的分期模式。再次，将曼德尔的历史分期理论转化为文化分期，把这三个概念作为资本主义不同时期的主导文化形式。后现代主义就成为晚期资本主义的文化逻辑。后现代主义文化形式界定之后，詹姆逊通过后现代主义与现代主义的对比揭示了后现代主义文化形式的主要特征：无深度的浅薄；历史性的死亡；精神分裂式的书写；歇斯底里式崇高的情感。通过对后现代主义文化形式特征的分析，詹姆逊指出晚期资本主义时期乌托邦所面临的尴尬境地，作为否定、批判和变革现实的乌托邦冲动被消费主义引发的虚假满足消解。“在其中的一个世界中，社会的解体是如此绝对——苦难、贫穷、失业、饥饿、腐败、暴力以及死亡——以至于那些致力于乌托邦思想的研究者们构建的美妙的社会计划都显得既无意义也不相干。在另一个世界里，我们看到前所未有的财富、电脑化生产、一个世纪前难以想象的科学的与医学的发现，以及无止境的商业和文化享乐，所有这一切似乎都使得关于乌托邦的猜测和想象都变得枯燥乏味和陈旧不堪了，宛如技术时代之前我们对太空飞行的叙述一样。”[①] 在全球化语境中，乌托邦要么在人们欲望满足的欣快中失去了用武之地，要么成为晚期资本主义制度对未来话语进行垄断的工具。

与现代主义文化形式这一强有力的反抗形式相比，后现代主义文化形式因其解中心的多元主义而被视为无力的反抗形式甚至是失败的反抗形式。面对这一“无力的形式”，詹姆逊是否能够在后现代主义中找到抵拒资本主义逻辑的东西？在这一问题上，詹姆逊进行了深入的思考。他没有像一些理论家一样，要么高唱凯歌欢迎后工业社会的到来、对后现代主义大加赞美，要么作为现代主义的卫士痛斥后现代主义的浅薄以及指责它与市场逻辑的共谋。在他看来，必须避免对后现代主义作道德化的评价。对后现代主义的评价必须在同一思维框架中既看到其问题，又能发现其异质的解放性之所在。这一思维框架正是马克思主义。詹姆逊认为，马克思主义需要丰富和发展，而后现代主义也只有在马克思主义的辩证理论框架中才能得到恰当的评价。因此，从马克思主义的辩证思维出发，他将乌托邦与意识形态结合起来进行思考，强调了两者的辩证关系，从而力图克服后现代主义文化形式中乌托邦思想价值的衰弱。

詹姆逊对乌托邦与意识形态辩证关系的理解主要受曼德尔的

---

① Fredric Jameson, “The Politics of Utopia”, *New Left Review*, No. 25, 2004, p. 35.

影响。曼德尔认为，意识形态并非仅仅一种错误意识，它总体上是一种中性的概念。乌托邦概念的出现才将褒义与贬义分开。我们可以把意识形态视为虚假意识或是否定的，而把乌托邦视为肯定性的。在他看来，两者的区别只在于在历史发展过程中所处的位置，即对历史发展来说是进步的还是反动的。所以，这一意义上，意识形态是存在于现存秩序中的，而一种乌托邦的心灵状态则是旨在打破现存秩序的。但同时他也指出，我们之所以可以把它视为乌托邦的，是因为我们掌握的是一种确定的未来（已经成为现实），即某些社会群体已经通过实际行动把对未来的希望切实地体现出来时，我们才可以确定普遍意义上的意识形态的心灵状态是乌托邦的心灵状态。所以，意识形态是否转换成为乌托邦成为肯定的，那要看具体实践。从这一意义上说，乌托邦这一概念是事后检验的，同时又是革命的内在动力。按照曼德尔的理解，每一种具体发挥作用的社会秩序都是意识形态的，但并非所有的都是乌托邦的，只有进步的和突破现存秩序的才是乌托邦的。乌托邦既然指明了未来，它就有被替代的可能。也就是说，此时一种意识形态成为乌托邦的，在下一个发展阶段就成为虚假意识，应该被否定和超越。正是这种不断的想象，新的意识形态不断地变为乌托邦的，人类才能不断地超越自我，突破现存束缚向前发展。在曼德尔这里，对意识形态的态度其实是积极的，因为一种新的意识形态可能会转变成为乌托邦。总体上讲，他对两者的理解还是辩证的。詹姆逊正是受了曼德尔的影响，把意识形态和乌托邦视为具有同一性的。

詹姆逊认为两者之所以具有同一性，是因为两者都表达了一种集体意识。他指出，一切阶级意识不论是统治阶级的还是对立阶级的意识都是乌托邦性质的，无论是否定解释学还是肯定解释学，都是从同一个社会阶级概念中衍生出来的。从阶级意识的动力来说，

“阶级意识的较重要契机正是被压迫阶级的契机”①，统治阶级正是看到了被压迫阶级的反抗情绪，感受到被压迫阶级结成统一体的危险，因此在阶级内部形成集体团结的镜像。与此相同，工人阶级的意识也是在威胁中形成的。当然，并非所有阶级本身都是乌托邦的，而是集体性本身已经表示了乌托邦的实现。所以，统治阶级的意识形态是乌托邦的不是因为它们要永远保持权力的功能，而是那功能本身就证实了集体团结。

所有文本既是意识形态的又是乌托邦的，批评家要建立的马克思主义阐释学必须是否定阐释学和肯定阐释学的结合。若只强调前者，文化文本就会被视为纯工具性的；若只强调后者，文本则转化成宗教或道德的说教而不具备任何批判性。所以，“马克思主义的否定解释学，马克思主义实践的正统的意识形态分析，在对实际作品的解读和阐释中，应与马克思主义的肯定解释学或对相同的意识形态文化文本的乌托邦冲动的破译同时进行”②。人们有理由担心，詹姆逊把意识形态和乌托邦视作一枚硬币的两面，这样一种认识实际上达到了把文本中立化的效果，有以乌托邦解构意识形态之嫌。这样，它所发挥的政治效力也会大打折扣。但我们认为，詹姆逊之所以强调乌托邦，应该主要基于两个目的，一个是任何文本都是意识形态的也都是乌托邦的。另外，在这些恢复了乌托邦意义的文化文本里，意识形态的扭曲力仍然完好。更进一步说，正是这种乌托邦所带来的集体的满足掩盖了意识形态的真相。我们必须对乌托邦内意识形态的强大扭曲力加以批判，同时构思能够达成新的未来的现实的乌托邦欲望。正是对文本内的意识形态和乌托邦功能的承认，才有效启发了我们在其他领域解决问题的办法。詹姆逊还从国

① ［美］弗雷德里克·詹姆逊：《政治无意识》，王逢振、陈永国译，中国社会科学出版社1999年版，第276页。

② ［美］弗雷德里克·詹姆逊：《政治无意识》，王逢振、陈永国译，中国社会科学出版社1999年版，第283—284页。

家、立法等问题上予以证实。国家不再被理解为阶级统治的工具，而成为一个半自治的进行阶级斗争的空间。由此，非霸权阶级的力量就尤为明显地展示出来，“国家”这一文本就成为既是意识形态又是乌托邦的。在立法问题上，意识形态阐释派把现存法律视为阶级统治的工具并将其非神秘化，但这无疑不能根本改变现状。而乌托邦派则构思了全新的社会主义立法制度，这一制度不可能在现存制度中存在，而只能通过“层创进化”的方式突生出来。所以意识形态的揭示与乌托邦欲望的重建相结合必然会产生真正的政治效果。

三　大众文化：科幻文学中的乌托邦思想

人们通常会把现代主义文本视为最具颠覆性挑衅性的形式，而把后现代主义的文本视为失败的形式。詹姆逊则提出，这种形式仍然值得关注，这里主要针对的是大众文化。詹姆逊提出必须把大众文化作为考察和诊断后现代主义文化形式的重点。法兰克福学派在大众文化的“否定性话语”确立上贡献了巨大力量。这套话语的基本逻辑在于，大众文化并非真正的大众的文化，它是资本主义社会中统治阶级通过文化工业掌握大众的产物，大众文化制造大众的虚假需求，麻醉并整合大众。大众文化批判理论成为法兰克福学派的核心思想，霍克海默、阿多诺等人的理论观点得到了诸多学者的认可，面对晚期资本主义社会造成的文化异化，法兰克福学派以文化救赎为使命扛起批判的大旗，揭露资产阶级意识形态掌控下大众文化的强制性、标准化、欺骗性，具有重要的理论价值和现实意义。不过，否定性话语并非学者对待大众文化的唯一态度，仅在该学派内部，对于大众文化的探讨就存在着两种不同的理论路径，除了以霍克海默、阿多诺为代表的否定批判派，还有以本雅明、马尔库塞为代表的肯定批判派。与前者鲜明的批判导向不同，本雅明、马尔库塞等人一方面对大众文化进行批判，另一方面又将大众文化视作具有独立价值的文化生产，试图挖掘其可能具有的革命性力量。“在资本主义社会中，大众不是被文化工业整合的对象，而是需要被大众文化武装起来的革命主体。通过新型的大众文化形式（电影、摇滚乐等），通过大众文化所执行的新型功能（精神涣散、语言暴动、身体狂欢与本能欲望的解放等）对大众革命意识与批判态度的培养，最终可以达到颠覆资本主义制度的目的。”① 在这一肯定性逻辑导向之下，大众文化成为蕴含革命能量，具有激发大众主体意识和政治实践的文化现象。到新左派的霍加特、霍尔那里，大众文化的正面积极形象完全建立起来了。

与法兰克福学派和新左派的大众文化理论不同，詹姆逊在晚期资本主义的历史语境中开创了独特的大众文化研究范式。他对在二元对立思维支配下的大众文化研究表示不满，在这一思维之下，文化被简化为精英与大众，高雅与粗俗。“我觉得我们必须重新思考高雅文化和大众文化的对立，传统上兴起的对价值的强调——无论二元的价值体系如何运作（大众文化是流行文化，因此比高雅文化更真实；高雅文化是自律的，因此完全不能与低级的大众文化相比），它都倾向于在某种永恒的、绝对的美学评价领域发生作用——应该被一种真正历史地和辩证地探讨这些现象的方法所替代。”② 詹姆逊注意到围绕大众文化诸理论形成的美学维度。尽管大众文化批判理论的形成原因复杂，但对真的文学艺术的捍卫是法兰克福学派进行理论创构的重要出发点。对于阿多诺、霍克海默等人来说，自律的艺术才是真正的艺术。“文学中包含有两种强有力的文化合成物，其一是艺术，其二是以市场为导向的商品。”③ 法兰克

① 赵勇：《法兰克福学派内外：知识分子与大众文化》，北京大学出版社 2016 年版，第 48—49 页。

② ［美］弗雷德里克·詹姆逊：《可见的签名》，王逢振、余莉、陈静译，南京大学出版社 2012 年版，第 17 页。

③ ［美］利奥·洛文塔尔：《文学、通俗文化和社会》，甘锋译，中国人民大学出版社 2012 年版，第 xii 页。

福学派把文学裂解成艺术与商品两部分，他们中的大部分人推崇现代主义，认为它是自律的，不受资本所挟制，大众文化则是他律的，是资本运作的结果，不能纳入艺术中。这造成了现代主义与大众文化的截然对立。新左派批判精英文化的审美立场，标举大众文化的平民主义立场，挖掘大众文化的创造性、艺术性与审美感觉。“一种商品要成为大众文化的一部分，就必须包括大众的利益。”① 在新左派看来，大众文化必然是符合大众利益和大众审美的文化，只有符合大众审美的艺术才是真艺术。詹姆逊认为，法兰克福学派和新左派忽视了我们时代的特殊状况。他提出，一些后现代主义的文学文本表明了高雅文化和大众文化的渗透，应当把高雅文化和大众文化放在一个历史的辩证的环境中去探讨。现代主义和大众文化是资本主义语境下分裂的美学生产的孪生的、不可分开的形式，商品化是他们共同的宿命。詹姆逊认同法兰克福学派对大众文化商品结构的分析，同时又指出现代主义和大众文化一样，也要根据商品生产来理解：现代主义作为一种商品，其形式使命是设计出一种无意提供商品满足的美学语言以抵制工具化。现代主义本身的抵抗是矛盾的，因为现代主义的目的是以孤立的个人风格来抵御工具化，当它自我孤立时就意味着它的观点不可能被社会地或集体地实现，不能被推广开来。

现代主义和大众文化共同面对着形式的和公众的双重困境，但却以对立的方式来解决。詹姆逊引入“重复”这一对两者同样重要的概念来说明它们的对立性和相似性。“重复”构成当代美学生产的矛盾境遇的一个特征。现代主义通过创新的强调脱离之前的风格，生产某种东西抵制并打破重复这个商品的普遍特征。“这种审美意识形态没有什么批判或理论价值——因为，它们是纯形式的，通过从某个特定时期风格变化的具体内容里抽象出某种空洞的创新

① ［美］约翰·费斯克：《理解大众文化》，王晓珏、宋伟杰译，中央编译出版社2001年版，第28页。

概念，甚至拉平了形式的历史，投射出一种循环的变化观——但它们是有用的征象，可以用来发现各种现代主义如何不由自主地、完全以自己的形式被迫对重复本身的客观现实做出反应。”[①] 现代主义以不同的创新来抵制重复，大众文化则保留了以前文类的残余，并发明新的总体风格或混合形式，这些风格和形式就变成了新的文类。“在新形成的大众文化里，残存的文类不可能被看做是对前资本主义社会稳定的公众的回归；相反，大众文化的文类形式和标志应该被特别地理解为是对旧结构的历史挪用和替代，并把它们用在性质迥然不同的重复境遇。大众文化分裂的或连续的‘公众’需要反复看相同的东西，因此迫切需要文类的结构和文类的标志。”[②]

总之，无论是大众文化对文类残余的接纳还是现代主义对文类残余的消灭，都是对商品生产之“重复”结构的一种象征性的解决。“现代主义和大众文化都包含着与基本的社会焦虑和关怀相关的压制关系，如希望和盲点、意识形态的二律背反和反对灾难的幻想，这些都是它们的素材；只是在现代主义想通过生产各种补偿结构来操控这种素材的地方，大众文化才会通过叙事结构的想象性解决，通过投射一种社会和谐的视觉幻想来压制它们。”[③] 大众文化不是纯粹的消遣娱乐，而是对社会和政治焦虑以及幻想的一种转化工作，这些焦虑和幻想必须在大众文化文本中有效地存在，随后才能对它们进行“控制”或压制。大众文化既是意识形态的又是乌托邦的。乌托邦可以视为对大众的意识形态操控的补偿。大众文化文本的功能被视作虚假意识的生产，即统治阶级为了使自己的统治合法

① ［美］弗雷德里克·詹姆逊：《可见的签名》，王逢振、余莉、陈静译，南京大学出版社2012年版，第22页。

② ［美］弗雷德里克·詹姆逊：《可见的签名》，王逢振、余莉、陈静译，南京大学出版社2012年版，第24页。

③ ［美］弗雷德里克·詹姆逊：《可见的签名》，王逢振、余莉、陈静译，南京大学出版社2012年版，第34页。

化所运用的合理化的策略，同时它又投射出了对人类最古老的乌托邦的渴望。按照布洛赫的“希望原则”，我们可以通过对乌托邦概念的重建恢复人类集体的活力。詹姆逊选取了如侦探文学、电视广告、科幻小说等为现代主义所鄙的大众文化类型，揭示其中隐含的压制与希望。

科幻小说作为大众文化的典型代表，被詹姆逊视为在后现代表达乌托邦思想的重要文类。詹姆逊通过对莫尔《乌托邦》的分析提出理解乌托邦的两条脉络，一是乌托邦计划，二是乌托邦冲动。在这个想象力匮乏和乌托邦思想衰落的时代，乌托邦计划已失效，乌托邦冲动则无所不在。詹姆逊通过布洛赫的希望理论表达了对乌托邦冲动的青睐，“乌托邦冲动支配了提前定位在生活和文化中的所有内容，并包罗一切”[①]。现在的关键是应当通过阐释的方式来揭示这些冲动。在《未来考古学》一书中，詹姆逊深入研究了科幻文学中的乌托邦。詹姆逊从科幻小说的文类特性阐明利用其呈现乌托邦的优越性。他把科幻小说作为重建乌托邦精神的重要文类，这与科幻小说兴起的社会历史背景以及它独特的文类特征具有密切关联。科幻小说繁盛于消费主义时代，它所具有的形式的惊奇感、构思的奇特性符合传媒语境下读者的需求，而认知性又揭示了它与现实世界的密不可分，从而成为诸多批评家的关注对象。许多学者力图把科幻小说从通俗文学的行列里拉出来，赋予其高等文学的价值。在詹姆逊看来，这种做法是错误的，“科幻小说是一种有着它自己的复杂有趣的形式历史以及自己的动态的子体裁，它不是高等文化的子体裁，但却与高等文化或现代主义之间有一种互补的、辩证的关系”[②]。应当说，科幻文学体现了后现代时期高雅文化与大众文化的

---

① ［美］弗雷德里克·詹姆逊：《未来考古学：乌托邦欲望和其他科幻小说》，吴静译，译林出版社 2014 年版，第11 页。

② ［美］弗雷德里克·詹姆逊：《未来考古学：乌托邦欲望和其他科幻小说》，吴静译，译林出版社 2014 年版，第373 页。

互浸，它是想象与现实、认知性与陌生化的辩证统一。詹姆逊追随达科·苏恩文的思路，把乌托邦作为科幻小说的一个社会经济的子类型来看待。既然乌托邦是科幻小说的一个子集，那么后者自然蕴含着对乌托邦的理解与认知。

詹姆逊结合科幻小说的特点重释乌托邦在当下的价值。按照他的理解，科幻小说是一种“未来考古”的文类。在主流文学中，未来是一种无法到达的时间。在科幻小说，对未来的期待转变为文本中的“现在”，这个“现在”具有多种可能性，因而就成为我们考古的对象。现实中的“现在”因为文本中的“现在”而更加受到人们的重视。再恣肆狂野的想象，都不得不带着实际经验的烙印。当科幻小说从未来想象当下时，其现实批判意义更为强烈。科幻小说使我们更为深刻地认识到，我们的想象力受到生产方式的制约，依靠想象力运作的乌托邦愿景深受精神和意识形态的禁锢。乌托邦的价值在此更多是否定性的，其存在的使命是，“以局部的、明确的方式，以具体细节的充分性，证明我们在本质上无法想象乌托邦本身；这并不是由于某个单独想象的失败，而是某种我们不管怎样都受制于其中的体系、文化和意识形态的封闭的结果”①。詹姆逊启用科幻小说作为激发乌托邦精神的中介是一种败中求胜的选择，他直面想象乌托邦的无能为力，而后果断地将对乌托邦内容的关注转移到形式上，将乌托邦理解为一种乌托邦的生产机制，那么乌托邦就成为一种方法在起作用。结合具体的科幻文本，詹姆逊提炼出“体裁不连续”“想象的实验”“世界缩影”“互文性”等乌托邦阐释运作的关键词，揭示了乌托邦冲动被遮蔽与被扭曲的压抑存在。詹姆逊在马克思主义理论基础之上对乌托邦进行的形式研究，标志着西方科幻批评马克思主义转向的深化。

---

① ［美］弗雷德里克·詹姆逊：《未来考古学：乌托邦欲望和其他科幻小说》，吴静译，译林出版社 2014 年版，第381 页。

◇◇ 第三节　中立化、乌托邦与科幻批评实践

一　从内容走向形式的乌托邦研究

在《未来考古学：乌托邦欲望和其他科幻小说》一书中，詹姆逊详细地阐述了乌托邦所面临的问题：从内容方面来看，乌托邦已经失效。在上一节中我们已经分析了乌托邦内容失效的原因。从形式特征来看，乌托邦存在着矛盾性和不确定性。“乌托邦政治（或任何政治乌托邦主义）的根本动力一直存在于同一和差异的辩证法中。因为这种政治旨在想象有时甚至是实现某种与现实迥然相异的制度。”[①] 一方面，想象与现实迥然相异；另一方面，想象又受生产方式的制约。因此，乌托邦这一形式的矛盾性只能起到一个消极作用：让我们更清楚地认识到，乌托邦受精神和意识形态的禁锢，即使是最好的乌托邦也不是最全面的。同时，作为追寻完全他异性的乌托邦陷入了形式上的两难境地。力图终结历史、消解一切政治差异的乌托邦构想在何种意义上还能具有历史推动力和政治推动力是不确定的。正如马尔库塞对艺术所表达的，当艺术作为完全自为的领域而存在，却又想起干涉社会现实的功能时，它的任何批判和控诉注定无效。所以，越是他异性的乌托邦，越是不可实现，也越是不可想象的。詹姆逊并没有因为乌托邦的失效和不可能而放弃它。相反，正因为他对乌托邦结构上的不确定性和乌托邦计划在当下时代真实的政治功能了然于胸，他才能够辩证批判地看待乌托邦，他秉持着反一反乌托邦主义的立场，提出当下最关键的任务是将乌托邦的讨论从内容转移到表现形式上去。詹姆逊使得乌托邦形式主义的研究变得尤为重要。

在理解概念的基础上确定研究对象是进行乌托邦形式主义研究

---

① ［美］弗雷德里克·詹姆逊：《未来考古学：乌托邦欲望和其他科幻小说》，吴静译，译林出版社2014年版，第5页。

的首要任务。区别于其他理论家将乌托邦放在与敌托邦、反乌托邦的对比中诠释其内涵，詹姆逊意欲厘清不同层面的乌托邦。他将乌托邦首先分为乌托邦形式与乌托邦愿望，前者是指形诸文字的书面文本或文学形式，后者是指无所不在的乌托邦冲动。通过对莫尔《乌托邦》的重读，詹姆逊认为其著作中衍生了乌托邦计划和乌托邦冲动这两种乌托邦。在乌托邦形式中既可体现乌托邦计划，又可体现乌托邦冲动。以特殊的阐释方法探讨乌托邦冲动如何在日常生活的不同事物中体现，是布洛赫乌托邦阐释学需要解决的问题，也是詹姆逊乌托邦形式主义研究的主要任务。布洛赫的乌托邦思想是詹姆逊从事乌托邦研究的理论基础。他对布洛赫理论进行了批判性继承。一方面，他认可布洛赫对乌托邦冲动的赞许，认为应当通过阐释的方式发现在生活和文化中的一切乌托邦冲动；另一方面他又不认可布洛赫对待文学的态度。乌托邦文学因为展示了一种静态的理想蓝图和计划，造成了对乌托邦活力的损害而遭布洛赫的贬低。实际上，即使是作为文学文本的乌托邦，也体现了强烈的乌托邦冲动。过去的学者往往只看到了前者。现在是时候用形式的眼光重新审视包括经典乌托邦文学在内的一切乌托邦作品。

综上，詹姆逊乌托邦形式主义研究的对象是乌托邦冲动，其实质是揭示乌托邦的内在生产机制。乌托邦的生产机制在一定程度上关涉心理学方面，与历史方面更为相关。因此，需要阐明乌托邦得以建构的历史条件与前提。历史条件与前提主要包括主、客观两方面：第一，乌托邦召唤，这是乌托邦形成的客观前提，与个体感知有关。乌托邦召唤是一种创造过程，它从特定的问题困境出发，激发人们迫切想要寻找一劳永逸的方法来解决问题的努力。这是一种对问题的补救和治疗性的干预。从这个方面来看，乌托邦主义者所做的不是肯定性的，而是否定性的，即建立在否定现状的基础上，要扫除一切罪恶的根源。这种个人的乌托邦式的执着其实是一种记录特定社会现实的仪器，其认同与集体性认知相吻合。即使是集体性认知也不一定能体察到所有真实存在的社会因素，要想一劳永逸是不可能的。不过，众多的乌托邦章节反映了一段乌托邦原素材的历史。所以，我们还可以从主观方面来理解乌托邦的形成。第二，乌托邦的主观前提是乌托邦素材，与社会现实有关。“法律、劳动、婚姻、工业组织和制度建构、贸易和交换，甚至是像性格形成、行为习惯、才能、性别态度这样的主观性素材：所有这一切，都成为乌托邦传说的这个或那个部分，成为乌托邦这个石磨下被碾碎的谷物，成为乌托邦建构赖以形成的物质基础。”[①] 这些细碎的素材在拉斯·卢曼的“分化”概念之下经过系统整合，成为许多相互关联但彼此不同的半独立的社会子系统，从而展现了一幅社会分化图景。这个社会分化图景为乌托邦生产理论提供什么呢？一定意义上说，乌托邦空间是一块假想的飞地。空间分化和社会分化为乌托邦的产生提供了可能。乌托邦的可能性在于其貌似不可逆转的前进运动中暂时形成的一种旋涡或独立的逆流。詹姆逊称之为“乌托邦孤岛”，它包括社会现实空间的孤岛、地理学上的孤岛、资产阶级的现代的精神孤岛以及虚拟空间的孤岛。

一个需要澄清的问题是，对乌托邦形式主义的研究并非意味着詹姆逊走向绝对的形式主义，而是体现了鲜明的辩证思维。从詹姆逊在早期的《马克思主义与形式》关注“形式”开始，一直到后期的《辩证法的效价》，辩证法在詹姆逊的理论话语中始终占据着举足轻重的地位。构成其形式理论框架的几个核心问题，如形式与内容、形式的意识形态、内在形式等，都是在辩证思维下进行言说的。其理论意义在于，在强调整体化的辩证思维中重新建立文学内在形式与社会历史的密切关系。詹姆逊以科幻文学作为重启乌托邦精神、挖掘乌托邦冲动的首选文类，因而形成了一种科幻批评的乌托邦视域。在进行科幻批评实践时，詹姆逊延续了他的马克思主义

① ［美］弗雷德里克·詹姆逊：《未来考古学：乌托邦欲望和其他科幻小说》，吴静译，译林出版社2014年版，第26页。

辩证批评具有的反系统性的特点，以不断自省的精神吸纳了众多各不相同的理论观点。他的科幻批评带有两面性，一方面他是马克思主义批评坚定的捍卫者，另一方面他又是非马克思主义者最友善的对手。他既向其前辈卢卡奇那样从黑格尔处吸取养分，坚持辩证的历史观，把形式放入历史语境中考察；同时又博采众长，吸收了结构主义和后结构主义的理论观点。詹姆逊更多地认可结构主义，他所做的就是如何在内容占主导的前提下，更加突出形式的作用，把形式与社会现实、历史及政治结合起来。他吸收了列维·斯特劳斯和格雷马斯的结构主义理论，建立起辩证的科幻批评。应当说，对马克思主义和诸形式学派方法和理论的辩证综合是詹姆逊进行科幻批评的方法论基础。

二　中立化运作与莫尔《乌托邦》的价值重释

对乌托邦进行形式主义运作的代表性人物是路易·马林。路易·马林以中立化理论来解读莫尔的《乌托邦》，阐明乌托邦生产的功能。詹姆逊认为马林的《乌托邦学》带给我们的启示是，“要从中立化的角度去理解乌托邦，要计划将它视为一个过程，视为创造、表述、生产力加以捕捉，并且隐性或显性地对那种作为纯粹的再现，作为这种或那种理想社会或社会理想的‘理想化了的’幻想的、乌托邦的比较传统的和保守的观点加以摈弃”[①]。路易·马林提醒读者不要把“中立化”当作“中立立场”，它不是在阶级统治掌控下制度玩弄的意识形态把戏。这种中立是真与假之间的跨度，它为话语打开了一个不被接受的空间。中介项是建立在二项对立基础上的第三项，它是对两项的补充，而非两项的合成。中立化理论将允许话语中无所不在的矛盾具有无限的力量。将中立化理论用于乌托邦研究，就意味着要重新理解乌托邦。通过将形容词“utopian”

① ［美］弗雷德里克·詹姆逊：《批评理论和叙事阐释》，陈永国等译，中国人民大学出版社2018年版，第28页。

强制转换成一种新的形式“utopic”，再转化成“utopics”，使之作为一个名词而存在，路易·马林将乌托邦从其实质性的锚定中解放出来，从而可以传达出这种中性。乌托邦不再是一个概念，理想蓝图不再是其固定标志。“它位于是与否、假与真之间，但作为形象的双重、模棱两可的表征，是可能性的综合和富有成效的分化的模棱两可的形象。”① 作为乌托邦实践的文本产物，乌托邦成为一种形象话语模式。在乌托邦文本中，历史矛盾得以显现，容纳了不同意识形态之间的冲突纠葛。乌托邦是在诸种矛盾术语间的逻辑中介点，它无法完全突破意识形态，因此只能以中立化的补充立场实现对矛盾的想象性解决，即把矛盾对立转化为一种综合，化为一种比是或否更高级的肯定，它将同时是否定性的与肯定性的。当然，乌托邦必然会伪装或掩饰这种中立的补充立场。那么批评者所做的便是对这一生产运作进行阐释。“乌托邦小说的话语过程需要被揭露。这是我分析的目标。这就是为什么我的标题是多元化的：不是乌托邦，而是乌托邦的；不是乌托邦的，而是乌托邦学。”②

莫尔的《乌托邦》是詹姆逊乌托邦形式主义研究的起点。詹姆逊在路易·马林的研究基础上，借鉴格雷马斯的符号矩阵理论，提炼出“中立化”这一关键词对乌托邦生产机制进行研究。“格雷马斯这一机制的第一个作用就是要求我们必须把任何表面上看来是固定的、独立的概念结合到双项对立中去，这种双项对立是这个概念在结构上就决定了的，也是它本身能够有意义和被理解的基础。”③ 在路易·马林的具体分析中，格雷马斯的“语义四边形”是通过矛盾或对立来产生出一种更有意识的语言机制，是通过图式来产生意义的一个指意活动的基本结构。也就是说，意义只有通过双项对立

① Louis Marin, *Utopics: Spatial Play*, Great Britain: The MacMillan Press Ltd., 1984, p. 7.

② Louis Marin, *Utopics: Spatial Play*, Great Britain: The MacMillan Press Ltd., 1984, p. 7.

③ ［美］费雷德里克·詹姆逊：《语言的牢笼　马克思主义与形式（上）》，钱佼汝、李自修译，百花洲文艺出版社 2010 年版，第 149 页。

才能存在。詹姆逊也指出格雷马斯叙事分析的关键就是“要在有意义的现象下找到构成意义的微观原子和分子”①，这一意义系统是由任意一个起点 X 出发，形成反 X，非 X 以及非反 X 构成的四边形，其中反 X 是对 X 的强烈否定，而非 X 则是对 X 的单纯否定，非反 X 则是对反 X 的单纯否定（见图 4－1）。这一符号矩形的作用就体现在它是一切意义的基本细胞。格雷马斯的四边形基本上是对矛盾和相反这一对逻辑概念的阐发。詹姆逊指出，X 其实自身就含有反 X 这一概念，只有我们把那些看似固定的概念纳入二项对立中去，才能派生出大量新的逻辑可能性，建构起整个意义的整体。尽管詹姆逊对格雷马斯的符号矩阵是否能够无限丰富地用于文学的分析心存疑虑，但他看到了这一理论作为文本意义生产机制研究的方法为马克思主义文学批评进入文本提供了新颖的路径。与格雷马斯对符号矩阵内各符码之间的逻辑与演算关系进行严谨的分析不同，詹姆逊对符号矩阵的使用往往更多是直觉的与感性的，对矩阵内各项之间的反义、矛盾、蕴含等关系的对应往往没有那么逻辑严密。如果说前者运用符号矩阵的目的是通过语义分析揭示故事背后的文化原型，那么詹姆逊则是通过形式挖掘叙事结构中的乌托邦与意识形态。

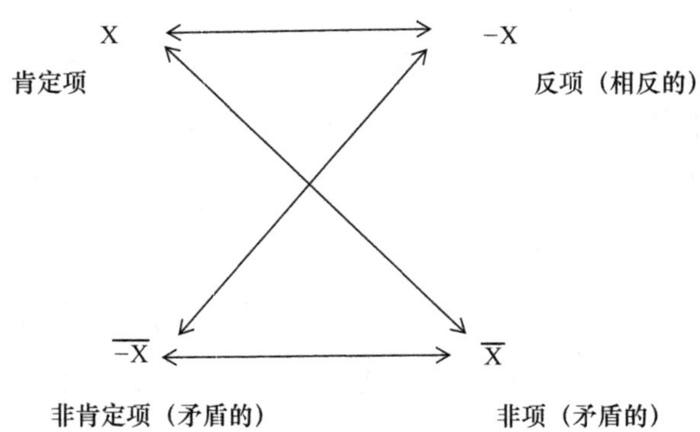

图 4－1

① ［美］詹姆逊讲演：《后现代主义与文化理论》，唐小兵译，北京大学出版社 1997 年版，第 121 页。

詹姆逊通过格雷马斯的中立化理论来分析莫尔的《乌托邦》。他首先从文学类型入手对《乌托邦》两卷本进行考察。这部著作的第一卷是通过希斯拉德同朝臣们就英国的状况展开冗长的辩论，提供了素材并且勾勒出种种根本性的矛盾；第二卷则以这些矛盾为依据展开中立化以及乌托邦生产的工作。詹姆逊敏锐地发现如果从两卷本先后顺序的思路来考察作品的类型结构，顺序不同，类型就不同，并且会引发乌托邦是积极还是消极、是好还是坏的问题。按照阅读惯性，第一卷在先，第二卷在后，两卷本具有前后相继的顺序，那么乌托邦观点顺理成章地辩证性地从《乌托邦》文本的第一部分和历史当下的矛盾中凸显出来。按照第二种解读，第二卷在先，第一卷在后。第二卷本中的乌托邦部分实质上是先写成的，那么第一部分就变成一种事后的再思，是对乌托邦孤岛的再语境化。这使得乌托邦成为一个精神的游戏。这部作品就具有了一种讽刺性。詹姆逊利用两卷本之间的文类对立来考察莫尔《乌托邦》的体裁属性。如果我们把第一卷作为重点来考虑，那么讽刺文学及其类型结构就是这部作品的体裁属性；反之，《乌托邦》则属于叙述性游记。

叙述性游记的性质将乌托邦标记为一个无法兑现的他者。乌托邦是不可能实现的，叙述性游记则强化了这一点，因为承认乌托邦的存在，就揭示了它本质上的一种分裂主义，它是一种从经验和历史世界的抽离或断裂。这就回到了那个老问题，这种抽离或断裂使得乌托邦价值遭受质疑，乌托邦到底如何在政治实践中付诸实施？詹姆逊告诉我们，没有截然的断裂与分裂。我们不能把《乌托邦》的第二卷当作一般性的叙述性游记来阅读，而是要努力去体验并感受它所带来的独特异国情调，就会发现，“关于假想的狮头、羊身、蛇尾的吐火怪物的组成，不过是将已经存在的形象拼凑在一起。实际上，这种拼凑行为和被拼凑在一起的原材料本身就构成了意识形态信息”[①]。莫尔在《乌托邦》中表达了对古老制度和文化的怀旧。乌托邦不是空中浮云，它其实是各种意识形态素的拼装。克里斯托弗·肯德里克曾经提炼了《乌托邦》体现的四个维度，他认为乌托邦社会表现了氏族共产主义、日耳曼的社区社会、奴隶制时代古典的生产模式以及封建社会等四种生产方式的假想的结合。乌托邦存在的基础是所有前资本主义生产模式的残留物。在晚期封建主义的过渡时期，所有这些生产模式的痕迹都会有所保留，它们中的积极因素或说乌托邦因素可以被一种政治想象抽离出来并加以组合，从而创造出一个令人满意的社会特征的综合。

马克思早在《资本论》中就确认了五种不同的前资本主义模式。“从这个观点出发，只要我们把乌托邦文本当作一种提示器，用它来侦察过去和未来中哪怕最微弱的积极信号，并把它们修正整合成一种表现图景，我们就可以真正理解乌托邦文本的建设性意义。”[②] 从马克思与克里斯托弗·肯德里克的思考出发，詹姆逊提取并审视了莫尔乌托邦文本的关键性因素：希腊，中世纪，印加帝国，新教主义，它们都是乌托邦表现形式的原材料。《乌托邦》中体现的就是四种意识形态素的综合。莫尔在对待这些意识形态素的时候，既希望它们能够实现融合，同时又希望保持各种因素的痕迹不被抹除，保留各自的特征与差异性。詹姆逊认为这些因素必须被转换成文化的或意识形态的表述才能使它们被有效地传达到当今的形势中。他根据格雷马斯的符号学矩形对提出的四种意识形态中介进行描画。

如图 4－2 所示，人文主义和新教主义是反义的关系，前者是对希腊文化的再现，后者是希伯来文化的馈赠。两者在文本中实现

---

① ［美］弗雷德里克·詹姆逊：《未来考古学：乌托邦欲望和其他科幻小说》，吴静译，译林出版社 2014 年版，第 39 页。

② ［美］弗雷德里克·詹姆逊：《未来考古学：乌托邦欲望和其他科幻小说》，吴静译，译林出版社 2014 年版，第 45 页。

了辩证调和，共同构成推动《乌托邦》的上层建筑。这个辩证综合项为萌芽状态的公共领域中具有革命热情的知识分子。从两条斜轴来看，印加帝国与人文主义是矛盾对立的，因为前者从根本上取消了古典主义传统；修道院与新教主义也是矛盾对立的，因为后者废除了前者。再看这个四边形底端的两种意识形态。从横向来看，印加帝国是修道院的反义。它们的共同关联在于都是社会经济的表现，它们不是权力形式，而是独特的社会组织方式和经济生产及分配形式。印加帝国是一种国家组织的共产主义，修道院则是一种具有平等主义本质的僧侣共同体。两者相综合形成的中立项就是基础结构。从右侧看，新教和印加帝国的辩证综合后，体现为一种君主制。从左侧看，人文主义所怀念的古代城邦结构与修道院体制所指向的中世纪城邦进行辩证综合后，集中体现为一种民主的政治形式。整体来看，莫尔的《乌托邦》中上层建筑和基础结构被有效地区分开来，政治维度已与社会分离。它意味着，乌托邦与混合了上层建筑和基础结构的日常生活相疏离。

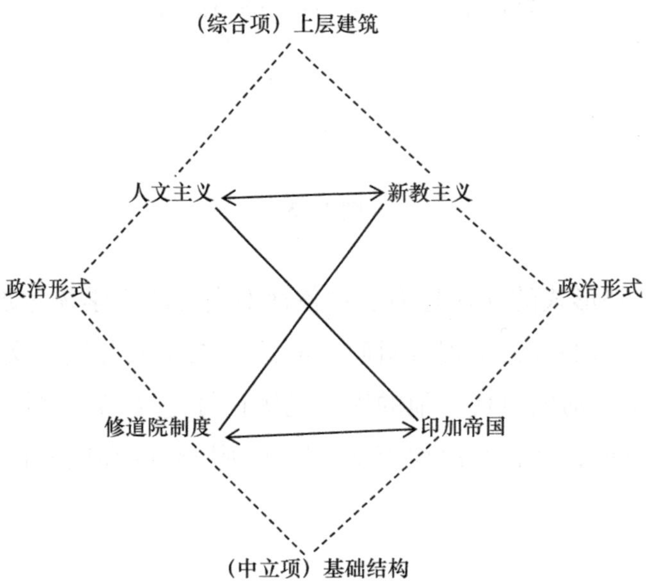

图 4－2

如果把第一卷当作主体来考察，那么《乌托邦》就更靠近讽刺文学。很多传统的文学体裁以为第一卷书提供政治注解和诱导因素的方式出现，从而有助于更清楚地说明乌托邦体裁的问题。詹姆逊把乌托邦视为一种特定时期不同文学体裁的组合，“讽刺文学”是这一组合的最佳名称。因此詹姆逊将乌托邦的产生工作与其他几个推论性的工作并列对照，构成了格雷马斯符号矩阵的四角。这四角分别是讽刺文学、君主明鉴、制定宪法和道德寓言。(见图4－3)

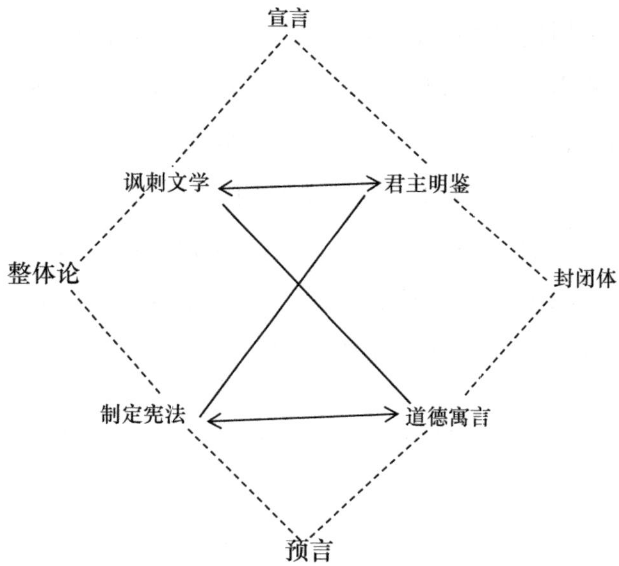

图4－3

“乌托邦形式的存在是为了对各种不完美的文学体裁加以补充，并以出人意料的方式实现或阻碍它们。”① 君主明鉴这一文学体裁最接近于莫尔生活的时代。他的现实经历正好是《乌托邦》中希斯拉德行为的反面，他曾坚决地拒绝过国王所册封的高级职位。从宪法

① ［美］弗雷德里克·詹姆逊：《未来考古学：乌托邦欲望和其他科幻小说》，吴静译，译林出版社2014年版，第55页。

制定来看，制定宪法是为了防止特定的历史事件，比如政治历史事件或灾难。《乌托邦》从表面上呈现了一个与宪法相类似的东西，比如有条文法和惯例。但实质上它作为一个思想实验，其目的不是预防历史事件，而是阻止财产私有制。在《乌托邦》中有一些中间插入的叙事（三个孤岛），这些叙事从表面上来看与道德寓言这一体裁相关。这些寓言围绕着一些假想的国家而展开。在这些国家的改革中出现了一种“表现性矛盾”，也就是说，某项具有单独特征的改革不能解决所有问题，它具有的这个或那个缺点必然与其他问题相关。要摈弃改良式的变化，以一种总体性的视野对现实进行全面修改，创造出更纯洁的形式，乌托邦正是这样一种形式。因此，道德寓言并非可以指代乌托邦的合适名称。莫尔启用这些假想国家是为了烘托乌托邦。乌托邦体现出了一种总体化的努力。在乌托邦内部，这种绝对的总体化的标志，是乌托邦空间本身在地缘政治上与经验世界或历史现实的脱离，是沟壑隔绝所形成的“孤岛”。与乌托邦相比，其他三个孤岛还保留着那种地缘政治上的依赖性。“这种地缘政治上的依赖性似乎构成了一则具有自我指涉作用的寓言，寓言的主体是有关表现的结构本身，而这一结构仍然是依赖于外界参考物和经验内容的。”① 与此相反，乌托邦并非道德寓言，它努力表现为一个封闭系统时，其实质上已经作为一个独立自主的自我指涉而存在。

通过分析，我们可以看到各种文学体裁的痕迹仍存在于《乌托邦》中，通过将乌托邦与君主明鉴、制定宪法、道德寓言之比较，詹姆逊再次强化了乌托邦作为一种讽刺文学的类别特性，它是一种充满热情的、预言式的宣告，这种宣告是对此时此地这个堕落世界中的现实状况、人类的罪恶和愚蠢的冲击。

---

① ［美］弗雷德里克·詹姆逊：《未来考古学：乌托邦欲望和其他科幻小说》，吴静译，译林出版社 2014 年版，第 58 页。

三 中立化与詹姆逊的科幻批评实践：以菲利普·迪克为个案

从“中立化”角度解读《乌托邦》并揭示了乌托邦生产的复杂过程后，詹姆逊又将乌托邦形式主义研究投向科幻领域。在众多西方科幻作家中，菲利普·迪克是詹姆逊倾注心力最多的。在《未来考古学：乌托邦欲望和其他科幻小说》中，他连续写了三篇文章以纪念菲利普·迪克。菲利普·迪克对于科幻迷来说是非常熟悉的，从1950年开始发表第一篇科幻小说，直到1982年去世，32年时间里他创作了44部长篇小说和120多部短篇小说，这不得不说是产量惊人。遗憾的是，这些作品并没有使他名利双收，他大半生都籍籍无名，生活潦倒。直到去世之后，菲利普·迪克才开始逐渐得到普罗大众的关注和学界的认可。詹姆逊是为数不多的对菲利普·迪克的科幻小说进行深入研究的学者之一。在大力推崇菲利普·迪克的同时，詹姆逊也提醒人们，迪克的伟大并不在于他创作的科幻小说具有高等文学的特点，而在于其作品对高等文学的现实维度的逃脱。对于菲利普·迪克来说，科幻文学是其表达乌托邦想象的中介，是他力图表现历史反思现实的中介。詹姆逊对菲利普·K. 迪克的研究大致采取了两种方式，一种是集中围绕一部作品展开分析，另一种是建立了一种“对观式”阅读。这两种研究方式均依靠中立化理论得以进行。

詹姆逊利用格雷马斯的符号矩阵勾画出《血钱博士》的角色体系（见图4－4）。这四个基本的项分别是有机生命、机械种类、无器官的、既非有机生命也非机械种类。实际上，除了人类外，小说的其他角色与其他三项并不能完全契合，而且只是作为作品背景而存在。“它们提供了一种陌生的、新的生存环境使得在其中发生的行为成为可能，规划了这个后原子的宇宙中的生命坐标，并确定了

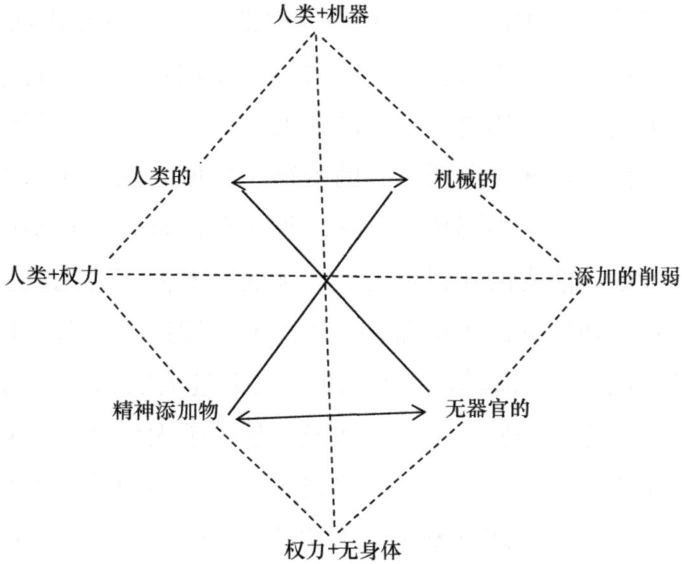

图 4 - 4

情节得以展开的界限，但它们本身却没有真正地参与其中。”① 这时，辩证综合就起到了作用。这些基本项在两两组合中产生了许多复杂的实体用以表现小说中各种异常角色。

人类的正常身体与机器结合的综合项是丹杰菲尔德。在战争爆发后，他只能被固定在地球永恒的轨道上，与人造卫星结合在一起，围绕地球飞行。从右侧看，机械辅助与残疾体的结合指向海豹儿浩皮·哈瑞顿。底端两项结合的中和项即是侏儒比尔。因为他没有身体，是一种精神性的存在，同时他又能与死人的领域相通。从左侧看，布鲁斯杰德是有机生命和精神性力量的结合。现在，这四个人物之间的关系开始清晰起来。浩皮是布鲁斯杰德的镜像。布鲁斯杰德是核灾难的间接制造者，浩皮是布鲁斯杰德生命的终结者。

---

① ［美］弗雷德里克·詹姆逊：《未来考古学：乌托邦欲望和其他科幻小说》，吴静译，译林出版社 2014 年版，第 466 页。

浩皮力图取代丹杰菲尔德成为太空节目的主持人和杀伤区信息传递者，比尔识破了浩皮的野心，并以占据浩皮身体的方式摧毁了他，成为海豹儿比尔。对于布鲁斯杰德来说，比尔是清楚地洞悉他秘密的人。詹姆逊不仅利用这个矩形图式揭示了不同角色之间的相互关系，还力图把握这些角色所具有的象征性价值。他把知识作为一个主题以便进一步区别不同角色。这四种角色都符合一种不同的、特殊的认知力量。浩皮的知识是关于未来的，他拥有对无机物的实践性的动觉知识和控制，比尔拥有关于死人的知识，是对有机物的动觉知识和控制。丹杰菲尔德的知识是关于过去的语言和理论的知识。布鲁斯杰德的领域是全面的知识，是关于无机物以及对它的动觉控制。如此，四个角色被不同的职能或说被不同的行为和能力的领域区别。詹姆逊在此基础上，又提出了一个更大的主题性对立：两条十字交叉的轴线的对立。横轴是布鲁斯杰德—浩皮轴线，这是一条曲解知识或者是操纵知识的轴线，布鲁斯杰德和浩皮都有着对于物质世界特定的目标，他们都具有疯子的性质，他们的行动具有摧毁人类共同体的危险。纵轴是比尔—丹杰菲尔德轴线，这是一条利用知识来获得共同幸福的轴线。在纵横交叉的两条轴线中，纵轴的肯定性战胜了横轴的否定性。“很明显，《血钱博士》所设想的基本事件就是用语言领域来代替事物领域，用由我们在这个消费和服务时代中非常熟悉的交流和所有类型的信息构成的新世界，来取代由经验行为与资本主义的日常工作和科学知识构成的妥协的旧世界。”① 综合来看，菲利普·迪克实质上是在揭示人类历史上所面临的那些根本性的政治——存在问题，并提出解决的方法，即将矛盾转移至一个消除机制中，布鲁斯杰德的恶通过浩皮得以消除，浩皮的恶则通过比尔这样一个有缺陷的善良者消除。比尔就上升至中介者和拯救者的地位。

---

① ［美］弗雷德里克·詹姆逊：《未来考古学：乌托邦欲望和其他科幻小说》，吴静译，译林出版社 2014 年版，第 474 页。

除了比尔外，作者对小说中普通人类角色的价值也进行了考虑。虽然《血钱博士》是一个末日题材的科幻作品，詹姆逊仍然认为小说体现出一种重建集体的希望。普通人类角色在重建集体的过程中发挥了重要作用。核灾难之后，他们成为社会净化者和重建者，怀着极大的热情努力建设了一个新的乌托邦。这个乌托邦为读者呈现了一幅远离城市的田园景象，但又不是那种完全隔绝的景象，因为这里的人们不排斥商品。“幻想着将我们自己的陈旧堕落的世界变得焕然一新，幻想着对我们周围的陈腐的货品和服务进行乌托邦式的更新，幻想着在炸弹之外进行某种真正的杰弗逊式的联邦计划，这些实际上都是对我们已经在刻画的所有复杂的斗争和交换的终极补偿。”[①] 詹姆逊认为这个小规模集体存在积极意义的原因在于，在过去的充裕社会里，人们已经被消费社会的物质风暴冲击得疲惫不堪，再新奇的商品都不能够引起人们的兴趣，人们对商品的使用价值也不再关心。但是这一切在战后西马林郡的匮乏环境里得到了改变，香烟和红酒等战前商品在这个乌托邦里变得弥足珍贵，商品恢复了它们的真正本质，人们充分感受到这些旧日商品的使用价值。从这个意义上说，詹姆逊认为这是一种乌托邦式的更新。与冯内古特等人以反面乌托邦的形式来写末世主题不同，迪克始终在为乌托邦意识辩护。

另一种阅读研究方式是“对观式的”阅读。这种阅读方式是将若干部不同时期的作品进行重新建构和组合，试图连贯成为一个特定的整体。这些情节相互重叠，彼此之间又有差异。在重新组合的过程中，不同的叙事主题之间互相作用揭示作品的深层意义。詹姆逊选取了迪克的《仿生人会梦到电子羊吗?》《尤比克》《帕莫·艾德里奇的三处圣痕》《等待去年来临》《血钱博士》《高堡奇人》《火星人的时光倒转》《阿尔法卫星上的家族》等科幻小说，对它

① ［美］弗雷德里克·詹姆逊：《未来考古学：乌托邦欲望和其他科幻小说》，吴静译，译林出版社 2014 年版，第 476 页。

们进行对观式审视，从中挑选出不同的叙事主题并进行分类。詹姆逊利用格雷马斯符号学矩阵将提取的四个主题串进行关联。这四个主题串的相互关系必须根据它们两两之间的不同对立来组织，这种关系涉及相反和矛盾之间的经典的逻辑性区别。这种做法的好处一方面在于强调了不同主题之间的密切关联，另一方面为一种新的解释行为的开启提供了可能。在主题串的两两综合中，矛盾得到某种理想的解决，作品的乌托邦冲动也得以显现。

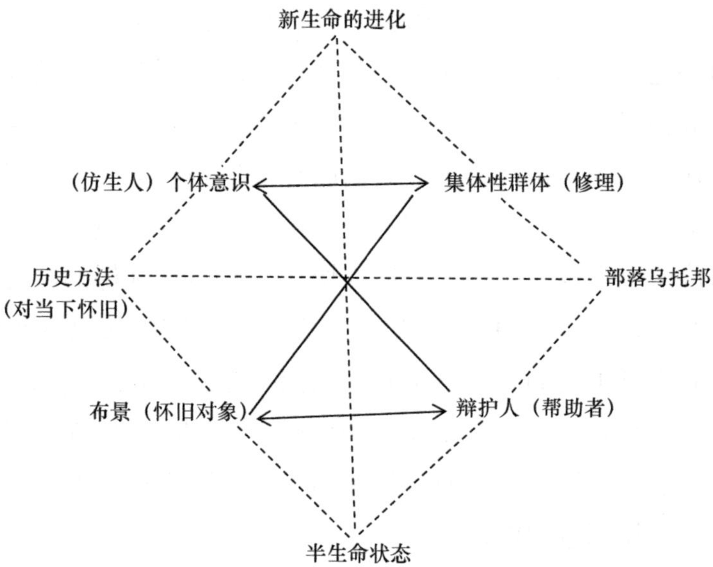

图4－5

这四个符号串分别是空洞的布景、集体性群体、个体意识、辩护人（见图4－5）。布景的作用在于“怀旧”，比如《等待去年来临》中维吉尔的儿童乐园，这是一个收藏旧物的空间，为已经消失了的人类活动进行布置，试图还原过去的一切。这是一种绝望的重复，通过重建布景，努力恢复它曾经隐藏的人类行为和事件。在詹姆逊看来，“儿童乐园”绝对不具有乌托邦的价值。因为它以与媒体融合的形式取代了新的行动的新鲜性。与此相矛盾对立的集体性群体则呈现了乌托邦的可能。这里指的是前文提到的小规模集体。迪克的科幻小说中往往会呈现一种小集体的特定景象。这些小集体往往是某种科技灾难的无意结果和意外的收获。比如《血钱博士》中由农村难民所组成的西马林郡。当人造卫星从头顶经过时，他们会集中在一起听丹杰菲尔德的广播。在核灾难之后，许多东西被毁灭，技术回退，修理工成为重要的存在。西马林郡成为没有生产的地方，因此被赋予了乌托邦的维度。修理工的修复行为在小商品的限价方面起到了作用，同时对于维持这个小规模的集体起到了作用。对于小说世界中的消费者来说，修理工一方面是它们的对立物，另一方面又保持着机器的运行。因此，修理工往往又抽去了西马林郡的乌托邦力量。与集体性群体构成反面的是仿生人群体。从“移情”这个关键词出发，仿生人往往是“移情”缺失的，它们被断言缺乏人类所有的热心和同情。“移情”问题作为区分仿生人和人类的一种尝试而出现。但在小说文本中却引出了所谓的仿生人的自我反思与身份认同。这就使得个体意识站在了人类的对立面。辩护人（帮助者和辅助者）是仿生人的矛盾对立面，在小说中以机器和死者的面目出现，“无我”是它们最根本的特征。詹姆逊在四个基本的主题串基础上进行叙事综合，以综合项和中立项实现对真实矛盾的想象性解决。在矩形的右侧，反项和非项综合形成的部落乌托邦空间可以用迪克的《阿尔法卫星上的家族》来表达。小说采取了一种乌托邦立场，这些星球上的小规模集体是由狂躁症患者、青春期痴呆症患者、精神分裂症患者、偏执狂等非正常的人类角色建立的。他们因为战争灾难而聚集到一起，形成了临时的全球范围的组织，建立起一个有缺陷的乌托邦。在矩形的左边，肯定项和非肯定项相结合为历史的领域，与部落乌托邦相对。它表示了对未来（仿生人）和过去（怀旧对象和收藏品）的结合。“实际上，这不仅仅是一个历史的区域，它还是一种历史方法的空间，是迪克的一个最不寻常的革新的空间：我在其他地方把它称之为‘对当下的怀旧感’。”[1] 也就是说，迪克呈现历史的方法就是以未来视角把现在变成遥远的过去，以当下的怀旧来强调突出“现在的缺失”。在四边形的底边，非肯定项和非辩证项综合形成了半生命状态的空旷空间。在最高的综合项中，即个体意识和集体意识之间实现了一种不可能的会合。将某种未来的仿生人技术和非常重要的手工技艺成就结合起来体现了一种新生命形式的进化，比如《等待去年来临》中有缺陷的机器。不过这一综合呈现了一种非常脆弱的解决。而在另一部作品《火星人的时光倒转》中，孤独症患者曼弗雷德以一种新的被修复过的生命形式出现。

四 结语

詹姆逊以莫尔的《乌托邦》为研究起点，建立起“辩证综合”的乌托邦样板，进而将其中立化运作用于当代科幻小说的乌托邦形式研究。通过个案解读与对观式阅读相结合的方式，詹姆逊对菲利普·迪克科幻小说中辩证的乌托邦进行阐释，揭示科幻小说在真实矛盾的想象性解决中召唤出乌托邦冲动这一运作方式。通过肯定性与否定性辩证统一的乌托邦强调，他以反—反乌托邦主义的姿态重建了乌托邦在当下的意义。乌托邦视域下的科幻批评的方法论路径体现了詹姆逊对马克思主义和结构主义等理论资源的有效吸收和整合。对乌托邦的形式研究是詹姆逊辩证的形式理论的延续。

① ［美］弗雷德里克·詹姆逊：《未来考古学：乌托邦欲望和其他科幻小说》，吴静译，译林出版社 2014 年版，第 500 页。

第五章

卡尔·弗里德曼的批判理论与科幻批评

卡尔·弗里德曼是路易斯安那州立大学的英语教授。他的研究主题广泛，最为突出的是马克思主义批判理论与科幻批评。他与达科·苏恩文、弗雷德里克·詹姆逊、汤姆·莫伊兰等人同为当代西方马克思主义科幻批评家。苏恩文以“科幻文学的诗学”开启了西方科幻批评的马克思主义转向[①]，詹姆逊以风格独异的乌托邦阐释学深化了这一转向，莫伊兰以“批判的乌托邦”和“批判的敌托邦”努力实现乌托邦的复兴与超越，他们都把乌托邦作为科幻批评的终极视域。与以上学者不同，弗里德曼试图以批判理论突破科幻研究的乌托邦视域，他仅将乌托邦作为体现科幻文学批判性的一个方面。他在读研究生时就开始系统地思考批判理论和科幻文学之关系，导师詹姆逊对其科幻批评观的形成有着一定影响。1987 年，受《科幻研究》杂志委托，他写了一篇名为《科幻文学与批判理论》[②]的文章，在此文中，他将科幻文学与批判理论真正联系起来。弗里德曼提出批判理论即辩证思维，科幻文学以历史的可变性、物质的

① 黎婵、石坚：《西方马克思主义科幻批评流派的乌托邦视野》，《四川大学学报》（哲学社会科学版）2013 年第 5 期。

② Carl Freedman, "Science Fiction and Critical Theory", *Science Fiction Studies*, Vol. 14, No. 2, 1987, pp. 180－200.

可还原性和乌托邦的可能性体现了丰富的辩证思维。在路易斯安那州立大学，“批判理论与科学专题”课程的教授使他在批判理论方面更加熟稔。2000 年，他出版了《批判理论与科幻文学》① 一书。此书是在《科幻文学与批判理论》一文基础上的延伸与深化。书中，他把科幻文学与批判理论视作有亲缘关系的两种话语模式，并结合经典科幻文本进行详细论证。弗里德曼的研究深化了科幻批评与西方马克思主义理论传统的关系，体现了宽广的研究视域。

◇◇ 第一节 两种话语：批判理论与科幻文学

一 批判理论与辩证思维

在弗里德曼的理论框架中，批判理论与科幻文学是两个并驾齐驱的概念。弗里德曼考察批判理论的时候将科幻文学纳入进来，在进行科幻批评的时候又关涉批判理论文本，两项操作同时进行，最终目的是论证批判理论和科幻文学两种话语模式的结构相似性。因此，对这两个概念的理解与阐明尤为关键。

何为批判理论？广义地说，“任何对社会机制的理论化和对社会关系模式的理论化如果在一定程度上与看待社会和社会关系的主流方式不同，就可以称为批判的”②。“批判理论是对主流的解释性理论反思和批评的理论。”③ 狭义地看，批判理论是一群德国新马克思主义者不满马克思主义理论现状的产物④，特指法兰克福学派开展社会研究的一种方法，也称社会批判理论。批判理论最开始由法兰克福学派第一代代表人物霍克海默提出，经阿多诺、马尔库塞、

---

① 该书 2000 年出版于卫斯理大学出版社。

② ［美］米歇尔·刘易斯·伯克、艾伦·布里曼、廖福挺主编：《社会科学研究方法百科全书》第 1 卷，沈崇麟、赵锋、高勇主译，重庆大学出版社 2017 年版，第 274 页。

③ 王邦佐等编：《政治学辞典》，上海辞书出版社 2009 年版，第 469 页。

④ ［美］乔治·瑞泽尔：《现代社会学理论》，北京联合出版公司 2018 年版，第 144 页。

本雅明等人得以丰富。批判理论的目的在于使马克思主义从失效的危机中挣脱出来，恢复批判性，重新“革命化”。20 世纪 70 年代以后，哈贝马斯对前辈的批判理论进行了批判，他通过语言分析和解释学，将批判理论与科学哲学紧密联系起来。

对于弗里德曼来说，批判理论是与法兰克福学派理解的有关但又更广泛的东西，他用这个词来指代康德和黑格尔时期开创的辩证传统和自反性思维。弗里德曼重新审视了康德哲学对“批判”理论提出的意义。最初，“批判”一词是从仔细观察或判断的意义上来使用的。弗里德曼认为，在康德的三大批判提出之后，“批判”的意义发生了转折性的变化。“‘物自体’的整个概念，以及将‘物自体’与理论或科学研究的现象世界（无论从康德时代以来多么不充分和受到多么广泛的挑战）相分离，是一种开拓性的尝试，旨在提供一种替代神学独断论和庸俗经验主义的方案，后者假定对已知对象的认识是无忧无虑的和充分的。”① 康德首先肯定了人类认知的主动解释功能。“我们全部认识能力有两个领地，即自然概念的领地和自由概念的领地；因为认识能力是通过这两者而先天地立法的。现在，哲学也据此而分为理论哲学和实践哲学。但哲学的领地建立于其上且哲学的立法施行于其上的这个基地却永远只是一切可能经验的对象的总和。只要这些对象不被看作别的、只被看作单纯的现象；因为否则知性对于这些对象的立法就是不可思议的。通过自然概念来立法是由知性进行的并且是理论性的。通过自由概念来立法是由理性造成的并且只是实践性的。”② 在康德看来，人类具有知性与理性两种认知能力，这两种认知能力分别占有两个领地（所谓领地即立法的属地），一个是由知性对自然概念立法的领地，另一个是由理性对自由概念立法的领地。知性和理性具有立法能力，它们在各自领地里能够先天地立法。知性通过自然概念进行理论性

---

① Carl Freedman, *Critical Theory and Science Fiction*, Wesleyan University Press, 2000, p. 2.

② ［德］康德：《判断力批判》，邓晓芒译，人民出版社 2002 年版，第 8 页。

的立法，理性通过自由概念进行实践性的立法。知性与理性立法的领地都在提供经验材料的基地上，所有的基地都在现象界，都属于可能经验对象的总和。相对于现象界，物自体是超感官自在之物的领域，无论知性还是理性，都不能在此找到立法的基地，也就不能认识物自体。因此，对于康德来说，物自体是不可知的。不过，认知却实现了对现象的真实认识。康德的批判概念和批判思想打破了成问题的认知——仅仅是建立在仔细观察基础上的一种提取过程，同时又使得其被重新定位为使任何知识的绝对预设变得可见。那么，思维对自身预设的质疑与反思就成为自康德批判思想以后批判理论的必备特征。

弗里德曼对批判理论的历史化过程进行了分析。他提到两个重要的因素：科学现代性和政治现代性。康德批判哲学建立的一个重要前提是对自然科学的承认。“历史上，许多科学实践者一直以经验主义的方式思考前进的道路，后来又以实证主义的方式思考。不过，由于科学不断地质疑给定的事物，拒绝满足于任何物质或知识现状，因而具有一种根本的批判性、非经验主义的指责。”① 在当时，科学与批判理论相互激发，理论从事基本的质询和自我质询，果断摆脱了形式意义上逻辑的保守认识论规范。法国大革命并未对康德批判哲学产生直接影响，但弗里德曼提醒我们应当关注哲学层面上批判理论与社会政治革命之间的客观联系。“如果康德对批判的发明构成了对主客辩证‘内在无生命’的解释优先权，那么黑格尔的时刻可以被定义为将批判重新塑造为自民主革命时代以来所采取的激进的历史形式。”② 黑格尔是继康德以来重塑批判理论的重要理论家。法国大革命胜利与黑格尔的理论具有相关性，这次革命使得历史成为重要的大众经验进入日常视野。自此，批判理论发生历史转向，激进的历史思想得以表达，黑格尔的历史辩证法取代了康

① Carl Freedman, *Critical Theory and Science Fiction*, Wesleyan University Press, 2000, p. 4.

② Carl Freedman, *Critical Theory and Science Fiction*, Wesleyan University Press, 2000, p. 6.

德等早期思想家所坚持的静态人性观。辩证批判的历史化也意味着今后必须将社会形态视为系统的、可变的整体。总之，批判的历史化同现代性密不可分，批判理论的历史转向因自然科学的胜利与法国大革命余波中产生的政治现代性而触发，当代批判理论则建立在对科学现代性与政治现代性批判的基础上。当代批判理论的先行者对现代性结构提出质疑并与其对话，从而提出了社会批判理论，这是对批判的批判，也是一种不可调和的自我批判。

正如弗里德曼所言，批判理论是坚定不移的反对派。“批判理论是辩证思维：即原则上以人类世界或社会领域整体为对象的思维。然而，批判理论不仅认为后者是一个历史过程，不断地在物质流动中；它还将自己的方法论概念化，使其深入参与到这种流动中，而不是作为一种被动的智力工具，通过此种工具，一个没有问题的主体从预先给定的对象中提取绝对知识。”[①] 批判理论指涉了一个比较宽广的理论领域：包括但不限于马克思主义的批判理论、心理分析学批判理论以及以德里达、福柯为代表的后结构主义批判理论等。弗里德曼认为马克思主义批判理论最鲜明地呈现了与康德、黑格尔批判理论的关联。马克思把许多重要著作的标题或副标题定为“批判”。他一方面继承了康德批判的“有限主体”，另一方面又反对康德对形而上学的重构，将哲学视域转向人的现实生活；他试图打破黑格尔“思辨哲学”的思想禁锢，批判其形而上学的统一性，同时又继承了黑格尔哲学对历史性思维的引入，注重拓展客观性维度。马克思的批判理论旨在以“革命”的形式改变世界，从这个意义上来说，“批判”最终落实到现实斗争中。“批判的武器当然不能代替武器的批判，物质力量只能用物质力量来摧毁。”[②] 在垄断资本主义时期，现代世界的统治重心从经济领域转移到文化领域。法兰克福学派对传统马克思主义关注经济领域却忽视文化领域

① Carl Freedman, *Critical Theory and Science Fiction*, Wesleyan University Press, 2000, p. 8.

② 《马克思恩格斯文集》第1卷，人民出版社2009年版，第11页。

的做法感到不满，他们根据对社会现实的思考，将研究方向转向文化层面，把自己的理论称为批判的理论。许多人回到马克思早期著作中去挖掘黑格尔的影响，努力使马克思主义的理论向主观方向重新定位，其目的就在于恢复马克思主义的批判性，使马克思主义重新“革命化”。法兰克福学派继承了马克思改变世界而不是解释世界的批判思想，不过，这里的实践行动不再与革命密切挂钩，更多指向理论内部，面对现实，调整理论方向，力图实现理论与实践的统一。

二　概念修订：作为认知效果的科幻文学

弗里德曼将科幻文学作为批判理论展开的文学场域。与批判理论一样，科幻文学亦是一个复杂的概念。弗里德曼对科幻文学的各种界定给予了辩证审视。狭义地看，科幻文学指的是 1926 年雨果·根斯巴克创立《惊异故事》时形成的低俗文学传统。在从“scientifiction”向“science fiction”的转变过程中，“科幻文学”作为一个流行概念固定下来。此概念所拥有的纸浆基因使得许多作品处境尴尬。有些作品从主体部分看似乎可以归入科幻文学，但它们的成就其实远超这个名字原初所涵盖的范围。“当前英美科幻文学所借鉴的远远不止是构成其分支之一的低俗传统；这种情况下，在比单纯的语言学所允许的范围更广的意义上使用这个术语可能既有用又合法。”[①] 因此，这一狭义界定应随着日渐丰富的科幻创作而被修正。后来的一些科幻史梳理，尤其是苏恩文的科幻史无疑为科幻小说的结构指定了一个比较宽广的范围：整个现实主义旅行文学的传统，从卢西恩到拉伯雷、西拉诺等；莫尔以后的经典乌托邦路线；从卡夫卡甚至乔伊斯到塞缪尔·贝克特和托马斯·品钦，一种现代主义和后现代主义传统的作品实际上并不是作为科幻小说来营

① Carl Freedman, *Critical Theory and Science Fiction*, Wesleyan University Press, 2000, p. 15.

销的；甚至像但丁和弥尔顿这样世界级的史诗诗人。[①] 当然，过分宽泛的结构也令人质疑。因为那些被认为是科幻小说所具有的特质，也同样适用于其他文本，造成文类概念存在有效性消解。弗里德曼认为必须有一个真正的批判分析的定义原则来限制科幻文学规范的同时又不会使科幻文学回落至纸浆传统中。

苏恩文虽然扩展了科幻文学的范围，但又以严谨的定义将科幻文学与其他类别相区分。因此，弗里德曼认为苏恩文对科幻文学的概念界定是比较恰切的选择。“科幻小说就是这样一种文学类型，它的必要的和充分的条件就是陌生化与认知的出场以及二者之间的相互作用。”[②] 认知与疏离（陌生化）的辩证法成为科幻文学区别于其他文类的本质属性。“‘疏离’强调的是创造一个虚拟的替代世界，通过拒绝将我们的世俗环境视为理所当然，含蓄或明确地对后者进行批判性质询。质询的批判性由认知运作来保证，这使得科幻文学能够理性地解释其想象世界，以及后者与我们的经验世界之间的联系与脱节。”[③]疏离将科幻文学与现实主义文学相区别，认知使科幻文学与神话、民间故事、幻想相区别。如果辩证法被拉平为纯粹的认知，其结果就是“现实主义”或世俗小说，它可以从认知上解释其想象，但不表现出疏离；如果辩证法被拉伸为纯粹的疏离，那么其结果就是奇幻，这种疏离以一种非理性的、不合逻辑的方式存在。“认知疏离作为一个定义原则，似乎不仅超越而且推翻了语言学的常用用法，在很大程度上否定了大多数低俗传统的科幻标题，同时赋予了那些远远不受低俗传统影响的创作以科幻标题。”[④] 在这一概念规则的设定下，狭隘的传统结构得以突破，各种文类在认知与疏离构筑的辩证法阵中移动，似乎都找到了恰当的

---

① Carl Freedman, *Critical Theory and Science Fiction*, Wesleyan University Press, 2000, p. 15.

② ［加］达科·苏恩文：《科幻小说变形记：科幻小说的诗学和文学类型史》，丁素萍、李靖民、李静滢译，安徽文艺出版社 2011 年版，第 8 页。

③ Carl Freedman, *Critical Theory and Science Fiction*, Wesleyan University Press, 2000, p. 17.

④ Carl Freedman, *Critical Theory and Science Fiction*, Wesleyan University Press, 2000, p. 19.

位置。

不过，弗里德曼仍然发现了苏恩文概念设置的问题，他以强调文类的辩证性质和认知效果的中心地位对苏恩文的开创性定义进行了修正。第一个问题是：认知范畴使文学批评家在远离文学和文类的基础上进行类属区分。“认知”这一限定词的存在意味着科幻文学中的幻想一定要符合科学共识，但许多科幻作品的科学设定并不符合这一要求，“文类区分的关键不在于与文本自身无关的认识论判断，科幻文学不是建立在后者的合理或不合理的想象之上，而是与文本本身对正在进行的疏离的态度有关”[①]。“认知”本身并不是定义科幻文学的要素，弗里德曼将“认知”修正为“认知效果”，从而解决了苏恩文定义中所面临的科学正确性问题。我们认为，“认知效果”应当理解为区别于科学正确性的一种“逻辑自洽”，它归根结底与“认知”本身存在密切关联。弗里德曼特意说明了认知疏离的领域：科幻文学的疏离不能局限于与类文学有关的技术疏离，应当既面向自然科学领域也面向人文科学领域。不过，这仍不能避免苏恩文面临的另一难题：概念泛化与有效性的问题。倘若按照苏恩文的定义，布莱希特的戏剧理应纳入科幻文学的范围。布莱希特是杰出的文学陌生化的理论家和实践者，戏剧是他实践陌生化理论的场所。弗里德曼给出的解决方法是重新审视文类批评。将文类静态化理解的方式是有问题的，文类本身是一种动态性的存在。传统的文类批评把文类视为一种分类机制，这是一种将作品以“属”和“种”的方式进行分类的伪生物学。人们通常认为，文学分类类似于生物学分类，实质上两者存在本质的不同。生物进化是稳定漫长的过程，某一物种可以上千年万年地保持一种确定的生物特征，对生物种属的划归也就自然没有文类多变复杂。文类携带着随时变动的因子，而且根据不同的分类标准可以划分为多种文类样

---

① Carl Freedman, *Critical Theory and Science Fiction*, Wesleyan University Press, 2000, p. 18.

式。正因此，它发展到现在甚至已经有“泛文类”的趋势。同时，断言某一文本归属某一文类从而凸显出文类的特别价值是一种无效的同义反复。秉承这种思想的批评家往往在发出这个断言之前就手握着一个先在的解释框架，这无疑是可笑的。弗里德曼意图以一种完全不同的、辩证的方式对文类进行概念化。“文类不是一种分类，而是一种要素，或者更确切地说，是一种倾向，与其他相对自主的一般要素或倾向相结合，在文学文本中或多或少是活跃的。文学文本本身被理解为一种复杂的结构整体。”[①] 借助阿尔都塞的生产方式的理论，弗里德曼把认知效果和疏离视为在整个多元决定的文本中占主导地位的文类倾向，没有文本是完美和纯粹的科幻文学，也没有文本是科幻文学倾向的完全缺席。“构建另一个世界”是所有小说之真义，在构建过程中，必然涉及表征与指涉物之间的同与异。认知效果和疏离共同构成科幻文学的文类倾向，它们存在于所有小说中，对小说虚构的可能性和再现的可能性至关重要。

对批判理论和科幻文学概念进行阐明之后，弗里德曼选取了巴赫金的文体学、卢卡奇的文类理论和布洛赫的乌托邦解释学作为理解批判理论的思想资源。弗里德曼把三者视为批判理论的重要版本，并从中提取了“对话性”“历史性”“乌托邦”三个关键词作为分析科幻文学批判动力的入口。三者最终统一于辩证思维这一批判理论。

◇◇ 第二节　对话、历史与乌托邦

一　科幻文学的批判性：异质的小说风格

一直以来，科幻文学处于文学的边缘位置，被排除于经典之外。文类不是一个中立的因素，它在经典形成的所有阶段都扮演着

① Carl Freedman, *Critical Theory and Science Fiction*, Wesleyan University Press, 2000, p. 20.

重要角色。不同历史时期，经典标准会赋予某种文类特权，从而导致经典更迭。保守主义经典观对文类的整体否定造成科幻文学始终处于边缘地位和非经典类别状态。这种经典观在20世纪70年代以来遭遇挑战，解构主义、女性主义、后殖民主义、马克思主义等派别的理论家开始关注经典形成的过程，对固有的文学经典评价标准提出质疑。不同学派、不同理论家会有各自青睐的特权类型。“批判理论本身，特别是在其最核心的马克思主义版本中，确实含蓄地赋予了某种文类以特权；这种类型就是科幻文学……现在我认为，概念上最先进的批判形式不自觉地优待了一个被广泛鄙视和排斥的类别。”[①]弗里德曼在对传统经典观进行批判的基础上，提出科幻文学实质上是一种异质、辩证、充满力量的文类，这一文类是批判理论所青睐的。

在考察批判理论之所以优待科幻文学时，弗里德曼首先关注科幻文学的文体维度：科幻文学如同批判理论一样具有批判性，是一种激进的文体，体现着异质的风格。文体（style）即风格，艾布拉姆斯曾对文体做如下界定：文体指的是散文或韵文里语言的表达方式——说话者或作者如何说话，不论他们说的是什么。修辞情景与目的，有特点的措辞或言辞的选择，句子结构类型和句法，比喻语的数量与种类等术语都能用于分析某部特定作品、某位作家或某类作品特有的风格。[②] 文体指向的是作品的语言运用，“语言”是体现风格的重要载体。弗里德曼将文类与文体联系起来考察与西方文类理论向形式方面的倾斜有关。詹姆逊指出，当代文学批评在运用文类上存在两种立场。前者与新批评有关，后者与结构主义和符号学方法相关。两者的共性在于：由于继承了结构文类的错误观点，把文学变成了一个孤立的现象，只能永恒地把文类作为一种使文学自我增值的孳生装置。在上述两种文类批评中，文类概念不仅向

---

① Carl Freedman, *Critical Theory and Science Fiction*, Wesleyan University Press, 2000, p. 30.

② ［美］M. H. 艾布拉姆斯：《文学术语词典》，北京大学出版社2009年版，第607页。

“形式”倾斜，与语言结构密切相连，文类的划分更侧重于形式特征，即“文体”上的相似性，而且使得“文体”越发成为一个“形式主义”的概念。

弗里德曼在巴赫金的对话性理论基础上谈论文体（风格）。巴赫金提出了诗歌的单一自足风格与小说对话性的多重重音风格的对立，“诗歌风格虽然表面上语言丰沛，却倾向于以抒情性、韵律性的流动来压抑他者，掩盖差异，因此接近于专心致志的独白。诗歌风格被惯例所束缚，与任何异质话语的相互作用都被搁置。与之形成根本对立的是，散文（小说）是一种欢迎并推崇异种语言的文体，强调他者并将其置于语境中，而不是压制”[①]。诗歌的语言体系是封闭的，完全由诗人的独白构成，诗人语言不能同其他语言进行对话。即使是涉及他人，也只是将其作为对象进行描述，他人语言和他人意向被抽取出来。“有一个统一的又是唯一的语言，对于实现诗歌风格中个人的直接意志（而不是个人的客观性格），对于实现诗歌风格一贯始终的独白性，是不可缺少的条件。”[②] 由于消除了社会语境的各种杂语，无论语词中包含多么丰富的意义与联想，不管诗人揭示了多少矛盾和冲突，诗歌世界总是形成统一的话语。与此相对，小说尤其是长篇小说的语言是上述诗语观所无法容纳的。“靠语言的杂语现象甚至多语现象，作者才建立起自己的风格，而与此同时又保持了自己统一的创作个性，保持了自己风格的完整统一。”[③] 小说家不清除他人语言和他人意向，他让所有的语言同自己的意图保持着一定距离。对于长篇小说来说，个人独特的多声现象和社会性杂语现象构成一个严谨的艺术体系。长篇小说的语言具有内在的社会对话性，要求揭示出语词的具体社会语境。

---

① Carl Freedman, *Critical Theory and Science Fiction*, Wesleyan University Press, 2000, p. 39.

② ［苏］巴赫金：《巴赫金全集》第 3 卷，白春仁、晓河译，河北教育出版社 1998 年版，第 66—67 页。

③ ［苏］巴赫金：《巴赫金全集》第 3 卷，白春仁、晓河译，河北教育出版社 1998 年版，第 79 页。

从现在来看，巴赫金将诗歌与独白主义、小说与对话主义进行直接对应的方式是存在问题的。不过，弗里德曼提醒我们应考虑这一观点存在的理论背景与时代合理性。当时，诗歌在文学中处于至高无上的地位，是“文本的贵族”。形式主义文体学对诗歌风格规定性的强调使得诗歌语言成为一种独立的封闭系统。诗歌成为经典甄选的优先文类，小说的价值被严重低估。巴赫金推翻了传统诗歌（韵文）与散文的等级划分，瓦解了形式主义的文体观以及与之相关的经典观。他曾经在《长篇小说的话语》一文中提出自己的目的：克服文学语言研究中抽象的“形式主义”同抽象的“思想派”的脱节。[①] 巴赫金既反对形式主义的封闭性，又反对庸俗马克思主义僵化的研究方法，他站在马克思主义的立场上对形式主义予以批判，并把马克思主义和形式主义的方法相结合用于对小说这位“邋遢的新贵”的研究，从而建立了独特的批判理论。“生活在自身之外，生活在对事物的真实指向中。假如我们彻底地从这一指向里抽象出来，那末我们手中就只剩下词的赤裸裸的尸体了；凭这具尸体，我们丝毫也不能了解词的社会地位和它的一生命运。在语言的自身中研究语言，忽视它身外的指向，是没有任何意义的，正如研究心理感受却离开这感受所指的现实，离开决定了这一感受的现实。”[②] 日常语言是一种自在的杂语，小说语言是自为的杂语。通过艺术结构的浸润和重构，日常生活中的任何意识和语言都可以进入小说的审美世界，转化成艺术语言。弗里德曼以小说之往昔言说今日科幻之处境，“当前审美意识形态霸权赋予科幻文学的地位，在许多方面与巴赫金的反叛观点形成时小说的地位大体相当；因此，巴赫金可被看作一个前卫的科幻文学评论家”[③]。

---

① ［苏］巴赫金：《巴赫金全集》第 3 卷，白春仁、晓河译，河北教育出版社 1998 年版，第 73 页。

② ［苏］巴赫金：《巴赫金全集》第 3 卷，白春仁、晓河译，河北教育出版社 1998 年版，第 73 页。

③ Carl Freedman, *Critical Theory and Science Fiction*, Wesleyan University Press, 2000, p. 40.

从整个文学领域来看，科幻文学可谓是“邋遢的新贵”。受巴赫金启发，弗里德曼认为科幻文学以对话性的“异语”造就了激进异质的风格。他通过对菲利普·迪克科幻作品的分析，揭示异质风格使科幻文学蕴含了最具探索性的批判理论。迪克小说语言并不符合普遍公认的文学性标准，没有句法的优雅和典故的共鸣，但其风格具有批判的优越性。“迪克使用的语言是一种彻底的对话式，它最大限度地利用了巴赫金所说的异语（杂语）；也就是说，相对于任何独白式话语概念强调的单一性和封闭性，语言的多价性、意义不可化约的多重可及性才是首要的。”[①] 避开那些适合于诗歌的优美高雅特性，不以形式主义的方式强化语言的深度、密度和难度，使用异语，使文本与语境、语句生产与社会经济现实之间实现互动，显示了迪克与巴赫金一样将风格视为一个社会范畴，对形式主义风格构成挑战。形式主义文体学将文学绝对地自主化，排除了语境和指称性。那么，被当作文学指标的文体特性意味着概念上的保守与能指的倒退。相反，以迪克为代表的对话式小说风格是批判和辩证的，这一风格不仅体现了科幻文学认知疏离的必要特征，还以科幻文学的口吻，用自由间接话语的文体手段，提出了一种关于晚期资本主义国家阴谋和官僚主义的批判性政治理论。

二　科幻文学辩证的历史性

“科幻文学和批判理论之间的亲缘关系是对卢卡奇所维护的历史小说和马克思主义之间的特权关系的重写。”[②]正如历史小说是秉承马克思主义理论的卢卡奇所推崇的文类一样，科幻文学是坚持批判理论的弗里德曼所推崇的文类。弗里德曼通过科幻文学与历史小说关联的揭示来呈现科幻文学与批判理论的亲缘关系。

科幻文学与历史小说的间接关联在于结构上的相似性。现实主

---

① Carl Freedman, *Critical Theory and Science Fiction*, Wesleyan University Press, 2000, p. 38.

② Carl Freedman, *Critical Theory and Science Fiction*, Wesleyan University Press, 2000, p. 43.

义是历史小说中最为重要的范畴，而正如苏恩文所揭示的，科幻文学通常位于现实主义的对立面。这样看来，科幻文学与历史小说距离遥远。不过，弗里德曼通过卢卡奇的现实主义理论揭示了两者的相似性。对于卢卡奇来说，现实主义是一个“倾向”的范畴。没有任何文本可以被简单地认定为完全由现实主义构成。科幻文学亦是一个“倾向”的范畴。无论科幻文学抑或现实主义，都可被视为文本这一复杂结构中占主导地位的一般倾向。当然，仅仅指出结构相似性并不能揭示两者的密切关联。它们的直接关联主要体现在：一是两者都具有辩证的历史性，历史性是马克思主义理论的重要概念，是批判理论的核心之一。“科幻小说与历史小说都表现出一种激进的批判冲动，因为两者都是根本的辩证和历史化的文学倾向，两者都是资本主义革命动力的决定性产物，而资本主义革命动力产生了（现代意义上的）历史本身。两者都是通过后黑格尔的历史同一性和历史差异的辩证法来运作的。”① 二是在历史演变过程中，这两种倾向日渐结合，最终汇合于后现代历史小说中。在这一类型中，“以科幻文学为主的作品可能揭示了定义历史现实主义的现在和过去的辩证法；相反地，历史小说可以参与到一种恰当的科幻文学的现在和未来的辩证法中”②。

弗里德曼对科幻文学历史性的发掘深受卢卡奇对历史小说历史性讨论的启发。卢卡奇特别青睐司各特的作品，他揭示了司各特历史小说辩证的历史性：司各特是历史上第一个把伟大历史变革放入人民的日常生活进行考察的作家。小说被驱使去处理历史同一性和差异性的辩证法自司各特始。“历史被广泛地从客观和主观两方面理解，它既是一个社会范畴，也是一个个人范畴；历史的变化（即通过连续性实现的变化）可以作为一种具体实存出现在小说文本

---

① Carl Freedman, *Critical Theory and Science Fiction*, Wesleyan University Press, 2000, p. 54.

② Carl Freedman, *Critical Theory and Science Fiction*, Wesleyan University Press, 2000, p. 56.

中，同时被批判性地看待和感性地感受。”[①] 通过作品《威弗利》的分析，卢卡奇揭示了司各特历史小说辩证的历史性：司各特是历史上第一个把伟大历史变革放入人民的日常生活进行考察的作家。“司各特小说中的‘英雄’总是一个或多或少平庸、普通的英国绅士。他通常具有某种程度的实用智慧，尽管从未出类拔萃，但也具有某种道德上的刚毅和正派，甚至可以达到自我牺牲的能力，但这种刚毅和正派永远不会发展成一种广泛的人类激情，永远不会成为对伟大事业的狂热献身。”[②] 司各特把人民群众视为历史变革的主体，塑造了中间路线的平庸英雄，让我们看到时代的巨大危机对大众日常生活的影响，呈现了历史发展的具体的真实。为了最大限度地描绘历史范围内的大众生活的具体可能性，著名历史人物作为次要角色而存在。另外，司各特强调心理真实，认为历史准确性和忠于历史的细节真实没那么重要。对于司各特来说，细节只是实现这里所描述的历史真实性的一种手段，用来具体地阐明具体情况的历史必然性。“历史的忠诚”指他笔下人物历史心理的真实性，是人物内心动机和行为的真实存在。他力图通过人物的心理和命运来描绘历史的斗争和对立。

弗里德曼发现，科幻文学和历史小说不仅都关涉历史同一性和历史差异辩证法，并且产生于几乎相同的历史矩阵。司各特和玛丽·雪莱分别开创的这两种形式都出现在“历史”第一次被理解的时期，即19世纪初拿破仑时代的末期。科幻文学的历史性通过与“经典旅行叙事”的对比得出。从玛丽·雪莱、爱伦坡到凡尔纳，旅行叙事和科幻文学之间的斗争始终困扰着19世纪的大部分科幻作品。在这些作品中，弗里德曼发现了非历史形式与历史性的形式之间的斗争，以及从古老的旅行叙事（非历史）向科幻叙事的转

---

① Carl Freedman, *Critical Theory and Science Fiction*, Wesleyan University Press, 2000, p. 48.

② Georg Lukacs, *The Historical Novel*, translated by Hannah and Stanley Mitchell, London: London Merlin Press, 1983, p. 33.

变。直到威尔斯出现，地理叙事被彻底抛弃，科幻文学中的时间维度得以清晰呈现，科幻文学传统才真正建立起来。整个科幻文学史实质上是科幻文类历史意识的萌发史。经典旅行叙事往往通过空间探险的方式向读者展示一种“永恒”的自然奇观，“相比之下，科幻文学通过投射（即使是含蓄的，就像在《弗兰肯斯坦》中那样）一个与经验的当下显著不同又保持具体连续性的未来，呈现整个黑格尔和后黑格尔的历史性问题”[①]。相比凡尔纳，弗里德曼给予威尔斯更高的评价，他认为威尔斯的科幻文学不逊色于任何历史小说，具有更为成熟的批判性的历史理解。《世界大战》中，威尔斯通过将英国置于几乎不可想象的殖民受害者的位置来疏离英国殖民主义，从而表达其反帝国主义的立场。《莫洛博士岛》中，虽然威尔斯将小说定位于辽阔太平洋中某个不起眼的小岛，但与老式的地理叙事截然不同，文本显示的不是永恒的自然奇迹，而是对维多利亚时代人类等级制度的质疑，对人类中心主义的解构与批判。

科幻文学的历史性与历史小说的历史性也存在差别。在读者的现实经验与文本自身的运作形成对比时，两者往往给出不同选择。历史小说中，文本的选择发生在一个可知的过去，即一个已经知晓结果的历史，大的历史背景和结果不能改变。因此，疏离在历史小说中的作用比较有限。在科幻文学中，不需要预先设定一个一成不变的历史事实，认知疏离是关键，作者读者的经验现实与一个潜在的未来形成鲜明的对比又有所关联：从文学效果来看，这个未来是由历史决定的，也就是说，从现在出发生成的可能未来，这个“未来”充当着文本世界里的“现在”。弗里德曼提醒我们，不能把科幻文学中的“未来”仅仅当成一个特定的时间概念或一种未来学上的事实预测，“未来”亦是一个与世俗现状相对立的激进场域。

历史小说虽然早早确立了自己的文学传统，却变得越来越有问

---

① Georg Lukacs, *The Historical Novel*, translated by Hannah and Stanley Mitchell, London: London Merlin Press, 1983, p. 50.

题。当科幻文学传统逐渐建立起来时，历史现实主义正在衰落。当历史小说越来越有问题时，科幻文学日益体现出批判性的历史意识，主要原因在于历史小说背负着沉重的意识形态包袱，“正因为科幻文学本身需要更少地介入欧洲资产阶级早期历史和史前的雷区，因此它更有能力保持清晰的批判观，以辩证的、历史化的术语看待人类社会的整体发展”[①]。弗里德曼既认同卢卡奇对当代西方历史小说的批判，又指出历史小说形式的新变化——后现代历史小说的产生。“这种类型的新变化，我们可以暂时称之为后现代历史小说，尽管这个词产生的问题可能比它解决的问题更多。它在某种程度上是卢卡奇所指出的问题的辩证升华：也就是说，它把了解过去、思考和感受历史的困难作为小说本身的主题。”[②] 在后现代历史小说中，辩证的历史性重现了。弗里德曼将这些后现代历史小说称为科幻历史小说。科幻文学最擅长另类现实的描写，突出历史现实的偶变性。与科幻文学一样，后现代历史小说并不回避历史，也不以经验主义的方式看待历史，或仅仅将历史视为形成小说的素材或原材料，而是把历史认识本身看作一个认知问题，把史学作为理论结构来处理。史学成为一种批判性和解释性话语。后现代小说不仅恢复了卢卡奇对主观真实与个人心理真实的强调，而且把历史认知作为重心，将习以为常的历史知识进行疏离，呈现人们的认识论困境，揭示“有问题的历史”背后的意识形态和政治原因。多克特罗、唐·德里罗等人的后现代历史小说正是在创造另类历史的过程中揭示了意识形态与认识论问题，建立起自己与历史真相的密切关联，它们要比以罗伯特·格雷夫斯为代表的自然主义历史小说具有根本的进步性。

---

① Georg Lukacs, *The Historical Novel*, translated by Hannah and Stanley Mitchell, London Merlin Press, 1983, p. 58.

② Georg Lukacs, *The Historical Novel*, translated by Hannah and Stanley Mitchell, London Merlin Press, 1983, p. 59.

三　科幻文学的乌托邦维度

与苏恩文、莫伊兰等人把乌托邦作为研究科幻文学的终极视域不同，弗里德曼注重从批判理论的角度谈论科幻文学，把“乌托邦”作为其科幻研究的一个重要但不是唯一的关键词。他认为科幻文学作为一种美学形式以乌托邦批判的方式工作。“这里有三个不同又相关的意义：按时间顺序，一个文类意义，一个政治—经济意义，一个哲学和解释学意义。”[①] 弗里德曼区分了三种意义的乌托邦，并在布洛赫乌托邦阐释学基础上分析科幻文学与乌托邦之关系，考察科幻文学的乌托邦维度。

弗里德曼尤为关注哲学阐释学意义上的乌托邦。在他看来，布洛赫的乌托邦阐释学作为批判理论的重要版本，具有辩证性。“乌托邦式的渴望在人类心理学中是不可减少的——因为希望原则不可避免地驱使着我们，如果比弗洛伊德的快乐原则更微妙、更不明显的话——乌托邦，在某种意义上总是在别处，总是逃离我们的实际视野，在另一个同样重要的意义上，铭刻在我们生命的最深处。”[②] 第一，乌托邦属于未来维度，我们无法以现实经验进行精确定位和确切描绘。同时，乌托邦又是人类不可缺少的心理存在。乌托邦所指向的未来不是资产阶级进步观预示的未来，也不是时间线上的必然存在。它是人心底最深切的渴望，具有内在的集体性特征。弗里德曼借鉴拉康与弗洛伊德的心理学理论试图恢复马克思主义理论中“乌托邦”概念的有效性。布洛赫、拉康与弗洛伊德都提出了“缺乏”（Lack），对于后两者来说，“缺乏”预示了悲观黯淡的前景，它只能通过精神分析得到某种程度的缓解，永远无法从根本上治愈。布洛赫建立了一条从“缺乏”到“充实”（plenitude）再到

① Georg Lukacs, *The Historical Novel*, translated by Hannah and Stanley Mitchell, London Merlin Press, 1983, p. 62.

② Carl Freedman, *Critical Theory and Science Fiction*, Wesleyan University Press, 2000, p. 87.

“乌托邦渴望”（utopian longing）积极实现的乐观路径。第二，乌托邦体现了肯定性与否定性的辩证统一。一方面，乌托邦对未来的积极肯定实际上意味着对现实的无情否定和去神秘化；另一方面，乌托邦辩证法的特定否定维度——去神秘化意义上的批判维度——永远不可能保持完全相同：在每一个具体实例中，它都指向相应的积极性和充分性，即真正的乌托邦实现。[①] 在布洛赫“辩证的乌托邦”的启发下，弗里德曼认识到批判理论是一个从直面现实到去神秘化再到在思想、语言、行动上进行乌托邦构建的过程。那么，马克思主义理论精心揭开神秘面纱的机制最终是为了清理空间，构建积极的可替代方案。“乌托邦式的解释学也能够从贫困中解读出富足，在凶残的雅利安兄弟会可怕的伪瓦格纳式的庆祝活动中解读出真正集体性的预兆。”[②] 布洛赫的乌托邦体系从批判和预言的双重角度进行运作。“乌托邦”是动态的，它始终伴随着人类向前的欲望和行动，不断生产出反抗和构想未来的图式。

布洛赫重释了乌托邦，将乌托邦视为一种思考和认知方式，建立了乌托邦阐释学。对于布洛赫来说，所有真正的艺术都在乌托邦的解释中找到自己的意义。布洛赫将“侦探小说”和“艺术家小说”进行对比，从而得出后者呈现了更为辩证的乌托邦维度。两者同为流行的形式，具有可比性。侦探小说的乌托邦是不充分的，因为文本有一个确定的结果，构成文本主要内容的罪行是指向过去的，小说情节的任务是找到罪犯的犯罪计划，以便使社会恢复到没有问题的前侦探社会。与此相对，艺术家小说对创造新事物感兴趣，它没有一个确定的结果，而是指向艺术家可能的未来，这个未来是“尚未”的。因此，更大的乌托邦能量正在发挥作用。弗里德曼受此启发，他对科幻文学与童话进行对比，提出科幻文学作为一种美学形式，甚至比艺术家小说更能成为乌托邦阐释学的特权对

---

① Carl Freedman, *Critical Theory and Science Fiction*, Wesleyan University Press, 2000, p. 67.

② Carl Freedman, *Critical Theory and Science Fiction*, Wesleyan University Press, 2000, p. 67.

象。童话虽有乌托邦价值，但往往与经验世界相隔绝，将乌托邦重铸为非理性的形式。我们在童话中只能在找到乌托邦的碎片。“这一类型特有的疏离的新颖性恰好与布洛赫的‘新’相对应，正如我们所看到的，它从来不是一个插入到基本没有变化的世俗环境中的单一新元素，而是一种彻底的新事物，如此激进的新鲜感，以至于重新构建了周围的整个世界，在某种意义上说是创造了一个新的世界。”①科幻文学中，乌托邦因科幻文学的陌生化认知和批判性质而得以强化，乌托邦以更完整的自我出现，具有批判性和变革性。科幻文学呈现了从现实向乌托邦的转化，它从现实世界（认知理性）出发，发现“匮乏”，以“疏离”的形式表达“渴望”，最后走向新世界（乌托邦的建构）。科幻文学的文类特征定位在布洛赫的“尚未存在”层面，呈现了乌托邦未来的维度。

在乌托邦阐释学的基础上，弗里德曼对科幻文学与前两种意义的乌托邦之关系进行了分析。文类意义上的乌托邦因其强疏离弱认知的特点而归属前科幻时代，尽管它确实具有批判力量，但与科幻文学相比有很大缺陷。布洛赫反对将乌托邦本身视作文学类型，他否认文学乌托邦的批判意义，因为莫尔式的作品往往提供一种直观展示的乌托邦蓝图。乌托邦在理论上是完善的，是超越了当下经验现实的“尚未存在”，是我们永远无法到达的“家园”。没有纯粹的乌托邦，我们只能间接地、部分地触摸它。那种企图绘制乌托邦全貌的想法非常可笑。弗里德曼援引路易斯·马林的“意识形态的意识形态批判”理论，提出文学乌托邦具有一定批判性。“文学乌托邦缺乏我在科幻小说中所宣称的与批判理论的根本亲缘关系，但仍然享有与批判理论的某种特权（尽管是从属的）关系。我们可以通过对科幻小说的定义来阐明这一点：文学乌托邦——前科幻小说时代的文学乌托邦，在很大程度上是由相对较强的疏离和相对较弱

---

① Carl Freedman, *Critical Theory and Science Fiction*, Wesleyan University Press, 2000, p. 69.

的认知之间的脱节分裂所定义的。"[①] 弗里德曼以莫尔的《乌托邦》为例对文学乌托邦所具有的批判性进行分析。他认为批判性与莫尔所设定的英格兰有关，小说中的英格兰与一个从经验上几乎不存在的国家形成了对比，从而疏离了这个国家。正是这种前所未有的激进方式使乌托邦得以发挥作用，成为对意识形态的批判。不过，这种前科幻文本疏离的产生不是基于布洛赫所强调的集体性，而基于原子化的个性意识。随着资产阶级意识形态日益强大，对意识形态的意识形态批判变得更加困难，文学乌托邦的批判效力日渐减弱。"文学乌托邦的特征限制了它将乌托邦的解释学建构为集体的完善未来。这些特征将文学乌托邦与科幻文学区分开来。另一种社会的详细图式仿佛直接从作者大脑中的个体意志产生，这一图式一方面体现了一种独白的作者风格，倾向于排除任何适当的小说冲突和不同声音的异质性，另一方面呈现出静态的空间形式和叙事结构，不适合历史的时代性和人物的典型性。"[②]相较之下，科幻文学排除了这种全面的乌托邦，包含了更高层次的辩证复杂性。弗里德曼把威尔斯视作科幻文学和文学乌托邦结合的关键人物，威尔斯小说《时间机器》以时间和历史叙事的产生、巴赫金意义上的对话风格以及反面乌托邦场景的呈现达到了更高水平的批判。科幻文学与文学乌托邦的结合，使文学乌托邦的复兴成为可能，产生了具有批判精神的乌托邦，为科幻文学注入新的乌托邦潜力。

在弗里德曼看来，科幻文学与经济政治学意义上的乌托邦之关系可以用一种类比的方式来理解，"我们很容易看到，科幻文学和科学社会主义在语言上的相似之处，看起来可能只是一种偶然，一种近乎双关语的相似，实际上表达了一种深刻的理论亲和力。科幻文学，甚至更确切地说，科幻乌托邦，与传统乌托邦文学之比，就

① Carl Freedman, *Critical Theory and Science Fiction*, Wesleyan University Press, 2000, p. 73.

② Carl Freedman, *Critical Theory and Science Fiction*, Wesleyan University Press, 2000, p. 80.

像科学社会主义之于各种乌托邦一样”①。弗里德曼将科幻文学与传统乌托邦文学并提，就像马克思将科学社会主义与乌托邦社会主义并提、布洛赫将辩证的乌托邦与传统的文学乌托邦并提一样。马克思批判并扬弃乌托邦社会主义，在此基础上提出“科学社会主义”。布洛赫批判传统的文学乌托邦，建构乌托邦阐释学。乌托邦社会主义和传统文学乌托邦都绘制出无人涉足的乌托邦的抽象地图。这种乌托邦虽然或多或少表现出集体关切，但却是依赖个人主义而形成。因此，两者都是前批判的。上文业已提及，传统乌托邦文学相比科幻文学亦是前批判的。弗里德曼对马克思的理论进行重思，力图恢复马克思主义中的“乌托邦”。“如果科幻文学确实享有批判和乌托邦的特权，如果马克思仍然是批判理论家和乌托邦梦想家中的佼佼者，那么，就像米哈伊尔·巴赫金一样，像格奥尔格·卢卡奇一样，像布洛赫一样，马克思必然会被视为（即使是含蓄的，甚至是无意识的）科幻文学的主要理论家之一。”② 在他看来，马克思并非简单地否定乌托邦主义者的社会愿景，而是将他们作品中对经验现实的尖锐反对扬弃为一种更具体、更具批判性、能对从现实向更好的东西过渡起实际指导作用的理论——科学社会主义。总之，科幻文学和科学社会主义比经典的乌托邦文学和马克思之前的乌托邦社会主义更大程度上参与到布洛赫的乌托邦阐释学中。

小结

弗里德曼从微观的细节和宏观的叙事结构两层面出发，通过科幻文学与风格、科幻文学与历史小说、科幻文学与乌托邦三个方面的比较分析来探索批判理论和科幻文学的亲缘关系。值得关注的是，虽然弗里德曼一再重申自己研究的目的在于提醒人们应该重视科幻文学与批判理论的亲缘关系，强调科幻作为一种边缘文类的

---

① Carl Freedman, *Critical Theory and Science Fiction*, Wesleyan University Press, 2000, p. 85.

② Carl Freedman, *Critical Theory and Science Fiction*, Wesleyan University Press, 2000, p. 86.

“激进性”，他并不想将科幻文学拉入经典之列，但是，通过把批判理论与科幻文学并置，弗里德曼实质上赋予了科幻文学文化批判的职责，一定程度上塑造了科幻文学的精英品格。对科幻文学“边缘”位置的重视与对科幻文学潜移默化的经典化操作之矛盾，似乎是西方马克思主义科幻批评群体面临的共同难题。

第 六 章

巴科利妮与皮特·菲丁的相关研究

◇◇ 第一节　巴科利妮：敌托邦与女性主义科幻写作

拉法埃拉·巴科利妮是《乌托邦研究》的副主编，意大利博洛尼亚大学副教授，主要教授英美文学和性别研究。她著有《传统、身份、欲望：晚期诗歌中的修正主义策略》，她以英语和意大利语撰写了关于女性写作、敌托邦、科幻小说、创伤和记忆、诗歌和现代主义的文章。她与人合编了几卷书，包括《前往乌托邦旅行》(与V. 福尔图纳蒂和N. 密涅瓦合作)、《女性主义批评与文学理论》(与M. G. 法比、V. 福尔图纳蒂和R. 蒙蒂切利合作)、《黑暗地平线：科幻小说和敌托邦想象》（与汤姆·莫伊兰和劳特利奇合作，2003 年）和《乌托邦方法视野：社会梦想的使用价值》（与汤姆·莫伊兰和彼得·朗合作，2007 年）。目前，她正在研究小说和电影中的历史和记忆，并致力于将善良、团结和女权主义教育作为乌托邦式的政治行为。

一　敌托邦：切入乌托邦的另一种形式

本书第三章对莫伊兰的分析中，我们提到她对巴科利妮敌托邦理论的借鉴。两人曾经合编了关于敌托邦与科幻文学的论著。相比莫伊兰将批判的乌托邦和批判的敌托邦作为恢复乌托邦活力的方式，巴科利妮专门聚焦于敌托邦，并将敌托邦作为切入乌托邦的独特方式。巴科利妮的这一选择与她自身所处的时代文化、生活背景以及乌托邦的现实处境有着密切的关联。

巴科利妮出生于20世纪60年代，因此她对20世纪70年代意大利的“铅灰色岁月”印象深刻。“我记得米兰和布雷西亚广场上的炸弹；我记得在恐怖袭击中丧生的数百人；我记得火车上和博洛尼亚火车站的炸弹。”[①]这些经历给她留下了深刻的印象，让她感受到了生活在敌托邦中的滋味。相比托马斯·莫尔的《乌托邦》、弗朗西斯·培根的《新亚特兰蒂斯》以及威廉·莫里斯的《来自乌有乡的消息》等乌托邦作品，她对玛丽·雪莱的《弗兰肯斯坦》、乔纳森·斯威夫特的《格列佛游记》、阿尔道斯·赫胥黎的《美丽新世界》和叶夫根尼·扎米亚京的《我们》等作品更感兴趣，这些作品中敌托邦的一面深深地唤起了她童年深处的记忆。在美国的博士学习阶段，她主要从事对希尔达·杜利特尔晚期诗歌的研究，杜利特尔对文类和文学传统的重新审视为巴科利妮后来反思敌托邦文类的传统与惯例提供了思路。这些政治和地理文化环境的影响一定程度上影响了她后来的学术选择。

巴科利妮经常强调她是从敌托邦的角度关注乌托邦的，应当说，乌托邦为她的敌托邦研究提供了动力和支撑。在她刚刚开始接触敌托邦时，她参加了1990年由莱曼·塔·萨金特在托斯卡纳镇举行的“乌托邦的定义：方法论和学科的比较”的国际会议。这次会议使她对乌托邦有了更为深入的了解。在这次会议上她结识了萨金特。自此以后，他们在不同的项目上一起工作。巴科利妮对萨金特的《重新审视乌托邦主义的三副面孔》（1994年）尤为推崇，将其推荐给想研究乌托邦文学的学生。自20世纪90年代开始，巴科利妮担任了莱曼创办的《乌托邦研究》的助理编辑，这本杂志已成

① Raffaella Baccolini, “Dystopia Matters: On the Use of Dystopia and Utopia”, *Spaces of Utopia*, No. 3, 2006, p. 3.

为乌托邦学者群体的主要参考点。包括萨金特在内的其他同事都是因为对乌托邦感兴趣或坚定的乌托邦信仰而加入乌托邦研究的社区。处在这一共同体中，巴科利妮深感不安。萨金特关于巴科利妮不需要想象和梦想的戏言一度使她陷入迷惘，同时也启发她深思乌托邦的重要性。尽管巴科利妮与萨金特在如何看待乌托邦关系上产生分歧，但仍不妨碍她对萨金特乌托邦立场重要性的承认——乌托邦可能是危险的，但是，如果我们要生存下去，乌托邦是绝对必要的。我们必须选择这样一种信念：世界可以得到根本改善；我们必须有社会性的梦想；我们必须允许我们的社会梦想影响我们的生活。①

巴科利妮始终对乌托邦抱有信心，乌托邦的现实处境又使她必须思考拯救乌托邦的策略。自 20 世纪 80 年代的保守主义和 90 年代的自由主义胜利以来，乌托邦陷入被攻击和利用的狼狈处境中。“历史的终结”口号背后是乌托邦的终结。在一个消费主义已经成为当代幸福方式的社会里，乌托邦已是一种过时的价值观。对个人幸福的追求等同于物质上的成功，乌托邦的愿望满足与物质主义的满足混为一谈，乌托邦被商品化，其价值被贬义。作者试图寻找维系乌托邦希望和重启乌托邦冲动的途径。在一些敌托邦科幻小说中，她发现了一种新的对立和抵抗的写作形式，这些作品从内容和形式特征上体现出超越性和激进性。在她看来，想象力和梦想仍然存在，这些形式在这个反乌托邦的时代中保持了乌托邦的视野。敌托邦在维系和重启乌托邦希望方面具有重要作用。无论乌托邦是否通过敌托邦得以恢复，重要的是，她想让人们明白，“我们需要乌托邦，就像我们需要文学一样，因为我们仍然需要想象更好或更坏的世界，并通过这些来批判性地思考我们自己的世界，并采取行动

① Tom Moylan and Raffaella Baccolini, eds., *Utopia Method Value: The Use Value of Social Dreaming*, Oxford: Peter Lang, 2007, p. 306.

来改变它”[①]。她以科幻文学为场域，探寻这一场域中能够指引我们走向行动和变革的新形式——批判的敌托邦。

二　性别、科幻文学与批判的敌托邦

乌托邦的被拒绝或被驯服显示，我们比以往任何时候都更需要乌托邦。敌托邦文学对我们来说变得更加重要，它为我们批判性地解释和改变现在提供了所需要的工具和必要的激励。自 20 世纪八九十年代以来，科幻作家主要通过敌托邦来恢复乌托邦。巴科利妮认为，这更多是由女性作家来完成的。她们以性别与文类的交集实现了对传统敌托邦的超越。

巴科利妮从文类角度切入，对科幻小说和敌托邦类型进行反思，考察敌托邦的组成要素及转化形式，并关注女性作家对敌托邦性别维度的开拓如何在一定程度上为乌托邦希望的表达带来了新的可能。文类有其既定的规则和惯例，是衡量作家和作品是否优秀的重要标准。同时，文类绝不仅仅是美学的标志，它浸透了意识形态。文类不是一个中立的因素，它在经典形成的所有阶段都扮演着重要角色。不同历史时期，经典标准会赋予某种文类特权，从而导致经典更迭。比如说，在俄国形式主义眼中，诗歌的地位是至高无上的，而小说当时是被鄙夷的文学类别，巴赫金的文类理论实现了对小说地位的拔升。文类和定义皆是文化构建的产物，隐含在类型概念及其边界中的是正常与异常之间的二元对立。科幻面临着与当时小说相似的困境，保守主义经典观对这一异常文类的整体否定造成科幻文学始终处于边缘地位和非经典类别状态。也正是由于这种被规定的边缘位置使得科幻文学成为 20 世纪 70 年代以来的一些理论家和作家推翻固有文学经典评价标准的特权文类。秉持女性主义的学者和作家就是其中重要的一支，在他们看来，科幻小说是一种

① Raffaella Baccolini，“Dystopia Matters：On the Use of Dystopia and Utopia”，*Spaces of Utopia*，No. 3，2006，p. 4.

潜在的颠覆性类型，它占据了主流文学之外的空间，是一种被压抑和被降级的文学产品。在其发展过程中，它已成为一种对抗霸权话语的叙事形式。科幻文学以认知疏离的方式创设可替代性的世界，让读者看到自己的世界与可替代世界的差异，从而批判性地思考自己的世界，并可能采取行动改变这个世界。作为一种文类，作为一种认识世界的认知装置，无论是面对现实还是未来，科幻文学都具有很强的探索性和反思性。因此，科幻文学挑战了所谓的类型文学对它的界定。

在巴科利妮看来，以巴特勒、皮尔西、勒古恩和金·斯坦利·罗宾逊为代表的女性作家一方面将科幻文学标举为异质性对抗性的文类，另一方面也在重新思考科幻乌托邦内含的问题。在她们看来，男性作家所设想的乌托邦根植于西方的父权传统和男性话语，这些乌托邦相对于现实来说，没有体现出根本的不同。因此，她们要用明确的性别观念来抵制和修正男性的文学遗产，其主要工作集中在对科幻小说和敌托邦传统惯例的修订上，她们研究性别和科幻小说的交集，以及性别如何以独特的形式构建，帮助创造新的科幻文本。作为深受女性主义理论影响的批评家，巴科利妮看到了性别在敌托邦叙事建构中的重要作用。这些女性作家创作的敌托邦科幻小说使她认识到一种对霸权意识形态的颠覆和对立策略。敌托邦策略使得科幻小说的对立和批判潜力得到了恢复和翻新。这种主要由女性作家创作的具有批判性的作品，已成为表达斗争和反抗的首选形式。

在萨金特的定义中，敌托邦是一种文本形式。到 20 世纪中叶，敌托邦成为乌托邦文学的主导形式。巴科利妮与莫伊兰、莱维塔斯等人对 20 世纪 80 年代末出现的批判的敌托邦进行了整体性的研究。“传统上，敌托邦是一种阴冷、压抑的体例，在故事中没有希望的空间，只有在故事之外：只有将敌托邦视为一种警告，作为读者的我们才有希望逃离这样一个黑暗的未来。”[①] 通过性别对科幻文学的介入，她们打破了传统敌托邦的惯例，开创了一种开放的敌托邦——批判的敌托邦，使得乌托邦在敌托邦中得以维持。自 20 世纪 80 年代以来，批判的敌托邦开始蓬勃发展起来。她们在主题上关注身体、生殖、性、语言与身份的关系，以此来挑战性别身份的陈规。性别和文类的交集开创了新的、颠覆性的、对立的文学形式。女性主义作家的写作向我们展示了敌托邦的重要性，作为我们这个时代首选的抵抗形式之一，它将乌托邦保持在地平线上，并在文本中以一系列不同的策略出现。批判的敌托邦描述了一个主要是敌托邦的未来社会，但也描绘了更广泛的敌托邦世界中剩余的和不完美的乌托邦飞地。通过改变经典敌托邦的传统和悲剧结局，批判的敌托邦在形式层面上保持了乌托邦的冲动。在这样做的过程中，这些文本在绝对悲观的时代更新了想象与乌托邦、乌托邦与意识之间的关系。它们维护了激进的行动，创造了一个可以表达和接受反对意见的空间，并使我们能够继续在黑暗中重拾希望。批判的敌托邦更多体现在形式上，与莫伊兰一样，巴科利妮将批判的敌托邦视为一种形式策略，主要体现为“类型模糊”、具有模棱两可特性的开放结局、语言控制、不稳定的希望和不适感。

类型模糊是导致科幻小说成为抵抗和对立文本的重要策略。通过借鉴其他类型的特定惯例，批判的敌托邦经常模糊敌托邦形式的既定界限。不纯文类的概念，具有可渗透的边界，允许受到其他类型的污染，代表了对霸权意识形态的抵制，更新了科幻小说的抵抗性。女性创作的敌托邦小说抵制类型的纯粹性，支持一种混合文本，通过政治上和形式上的对立来更新敌托邦科幻小说。这类作品有皮尔西的《他，她和它》、巴特勒的《血族》和《播种者的寓言》、阿特伍德的《使女的故事》等。巴科利妮尤为推崇阿特伍德

① Raffaella Baccolini, “The Persistence of Hope in Dystopian Science Fiction”, PMLA, 2004, Vol. 119, No. 3, p. 520.

的《使女的故事》。在这一作品上，莫伊兰和巴科利妮产生了分歧。巴科利妮认为《使女的故事》是“批判的敌托邦”的鲜明代表，因为作者有意识地干预类型写作，采用了日记和书信体浪漫的传统来叙述她的主人公的生活。而与此同时，莫伊兰则认为阿特伍德的敌托邦改革的实验是失败的。因为她以类型杂糅的反叙事开始，最终却走向了反乌托邦的结局。在他看来，巴科利妮把“传统的敌托邦”推至历史极限。关于这一论争，在第三章中论者已经进行了详细阐述，这里不再赘述。总之，不纯类属的概念具有可渗透的边界，允许其他类属的污染，代表了对霸权意识形态的抵抗，更新了敌托邦的抵抗本质，也使其具有多重对立性。

模棱两可的开放式结局是批判的敌托邦最显著的特征。通过挑战敌托邦必须以悲剧结束的传统期望，这些文本打开了抵抗的空间，并在故事中保持乌托邦的冲动。“事实上，通过在小说结尾拒绝对个人的传统征服，批判性的敌托邦为那些阶级、性别、种族、性取向和其他地位没有被霸权统治强化的‘古怪’集体主体打开了一个争论和反对的空间。”① 批判的敌托邦的开放式结局并没有提供一些补偿和安慰的结论，而是让角色们去处理他们的选择。正是通过责任的承担，通过对过去记忆的恢复，我们才使过去与现在建立了鲜活的关系，从而可能为乌托邦式的变革奠定基础。

揭示敌托邦社会的语言控制并以个体对语言的重新使用恢复历史和个体记忆。在整个敌托邦小说的历史中，文本冲突围绕着语言控制展开。在敌托邦社会中，敌托邦政权使用语言作为操控真相的手段。敌托邦世界里的公民往往被禁止使用语言，不允许书写和阅读。语言操控的结果是历史和记忆的抹去，并且创造出官方的伪真实历史版本。日记体和书信体等形式的使用使得语言重新回归到个体之中，历史和个人记忆的恢复成为敌托邦中主人公抵抗的工具。

---

① Raffaella Baccolini, “The Persistence of Hope in Dystopian Science Fiction”, PMLA, Vol. 119, No. 3, 2004, p. 520.

在巴科利妮看来，不稳定的希望和不适是敌托邦的必要组成部分。正如乌托邦堕落为物质欲望，敌托邦也面临着被拉拢和商业化，敌托邦和后世界末日电视连续剧激增，成为受人们欢迎的形式。在被征用吸收的过程中，敌托邦中一些越轨和激进的东西被驯化甚至删除。敌托邦的被吸收破坏了人们对不稳定性希望的认识。敌托邦变成了一个读者可以随意参观并享受乐趣的地方。正如巴科利妮所强调的，乌托邦希望的存在并不需要一个令人欣慰的幸福结局，在这个世界上无家可归的感觉，是乌托邦的必要条件。不稳定的希望和一定程度的不适才是批判的敌托邦的关键要素。

对现实的批判以及改造现实的渴望，是敌托邦科幻文学的组成部分。敌托邦作家利用具有挑战性的主题、复杂的愿景、令人不安的结局激励和动员读者，培养读者的批判性思维和变革的希望。尽管抵制了安慰读者的惯例传统，敌托邦科幻文学并没有将乌托邦希望排除在外。它们动员读者批判性地介入对理想未来的想象和建设，使他们可能利用自己的天赋做一些事情，开始构建这个未来。巴科利妮认为，在黑暗时期，敌托邦文学对我们来说变得更加重要，它提供了我们批判性地解释和改变我们现在所需要的工具和必要的激励。当代敌托邦作品无论在主题上还是形式上，都是对立和坚韧抵抗的写作典范，它在敌托邦的页面中维持着乌托邦希望的视野，促使我们批判性地解读和改变我们的当下。

三　从文学批评到实践行动

巴科利妮对批判的敌托邦的关注并没有停留于文本之中，而是力图实现由文本到实践，由理论到行动的转向。《在黑暗中恢复希望：性别在敌托邦叙事中的作用》中，巴科利妮强调了敌托邦文本在现实世界中的积极作用。阿特伍德在小说中创造的标志性符号机翼服装被用来支持世界各地的政治斗争。这一标志性符号的目的是身份识别。身份识别对于支持抵抗压迫势力的政治运动具有重要意义。

巴科利妮对反纪念行为所形成的临时乌托邦空间进行了深入分析。她揭示了官方主导的各种纪念活动的实质是为了巩固政治权力。这种纪念活动往往导致的是对真实历史的遮蔽，将被净化的历史版本传输给大众，使大众患上普遍的历史健忘症。将过去的不公正延续至未来，并排除了变化的可能性。与纪念活动相反，反纪念活动作为反对和争论的场所，挑战了一种特定的观点：如何解释和纪念一个有问题的过去，并可以开辟暂时的乌托邦空间。“它们反对与纪念事件相关的具体敌托邦经验；它们还反对由单一叙事所创造的敌托邦现实，反对不同社会用单一叙事来记住那些引发谴责而非赞同的暴力事件：它们建立了反叙事，同时批评和提供主叙事的替代版本。”[①] 针对那些官方的纪念活动，人民自动发起了反纪念活动。巴科利妮以匈牙利被德国占领期间所有受害者的有争议的纪念碑、乌斯蒂卡大屠杀、针对博洛尼亚火车站恐怖袭击的纪念活动等代表官方立场的各种具有净化目的的纪念行为为例，阐述这些行为所引发的反纪念行动在当下具有的现实意义以及乌托邦价值。

以匈牙利纪念碑（2014 年 7 月 20 日）为例，纪念碑建立的过程中不断受到民众的批判和阻挠，因为纪念碑和它试图纪念的东西实际上是企图改写历史，扭曲匈牙利人在犹太人大屠杀中的角色，意图为匈牙利的罪恶开脱。这种净化和改写历史的企图以国家和平的名义进行。与此相对的反纪念活动由照片、纪念品、鞋子、文字、蜡烛、岩石和鲜花等具有个人性质的普通物品组成，这些过去的物质遗迹既普通又具有活力，与肃穆雄伟的纪念碑形成了鲜明的对比。“它们具有乌托邦的临时性质：它每天都在变化和发展。它在跟我们说话。它有力地提醒我们，我们能够而且必须反对官方历

① Raffaella Baccolini, “Contested Memories and Acts of Counter-Commemoration as Temporary Utopian Spaces”, in Miriam Bait, Claudia Gualtieri, eds., *Conversations on Utopia: Cultural and Communication Practices*, Berlin: Peter Lang, 2020, p. 2.

史及其纪念活动。”[①] 这个临时性的乌托邦空间的功能在于一方面对篡改历史的行为进行批判，另一方面试图为大众提供一种民间的、更真实公正的历史。反纪念活动提醒人们，不应当因为现在的意识形态原因而遗忘或扭曲过去。

无论是匈牙利纪念碑的建立、乌斯蒂卡飞机失事（1980 年 6 月 27 日）事件中所发生的各种阻拦调查的行为还是博洛尼亚火车站恐怖袭击的各种纪念活动，都力图将维护官方利益的单一、固定的记忆传递给大众，使其成为关于历史的唯一话语。对于巴科利妮来说，以另类的形式争夺语言控制权，恢复个人和集体的记忆不仅是科幻文学之“批判的敌托邦”的应有之义，同时也是当下现实中反纪念行为的意义之所在。反纪念行为从根本上批判了主流叙事隐藏和扭曲历史的谎言，同时提醒我们那些唯一的、僵化的历史记忆必须在个体语言的呈现中被更新，少数人的历史可能是所有人的历史。反纪念活动有多种形式，临时纪念碑，涂鸦，照片，音乐，写作，以及其他艺术模式，那些在反纪念活动中展示的过去的物质遗迹，是记忆的唤醒者。它们唤醒民众，使民众成为这些多元化记忆的传承者。在对个体记忆认同的过程中，感同身受的民众们重新变得人性化，并自觉建构起具有对抗性和批判性的乌托邦空间。物质遗迹就成为面向未来表达希望的乌托邦空间的外部投射。

◇◇ 第二节　皮特·菲丁与乌托邦研究

皮特·菲丁是多伦多大学法语系教授，乌托邦研究协会（北美）的前任主席。他主要从事科幻文学、乌托邦与电影研究，在相关主题上发表了大量文章。

---

① Raffaella Baccolini, “Contested Memories and Acts of Counter-Commemoration as Temporary UtopianSpaces”, in Miriam Bait, Claudia Gualtieri, eds., *Conversations on Utopia: Cultural and Communication Practices*, Berlin: Peter Lang, 2020, p. 3.

菲丁从读者阅读的角度来分析乌托邦小说的独特性。乌托邦往往被人们视为乏味说教的，但从传统乌托邦小说到当下的乌托邦小说，乌托邦这一文类一直在被写作着和阅读着。从读者角度来看，如此缺乏阅读乐趣的文类为何还会引发读者的持续关注呢？这与乌托邦体裁的不断演变有关。一方面，由于理想社会的呈现这一“无关”的元素极大干扰了小说的趣味性，乌托邦作家开始改变说教的言说方式，正如贝拉米在《回顾》中所呈现的，从哲学对话到浪漫乌托邦、从长篇大论的怂恿读者接受乌托邦信仰到以情感介入虚构的方式实现对社会现实的反思，说服技巧的不断改变对乌托邦小说的可读性产生必不可少的助力作用。另一方面，科幻文学和乌托邦小说的合流使得“惊奇感”成为乌托邦小说的类型特征。“惊奇感”是读者从乌托邦小说中获得的一种真实体验，它是愉悦、震撼和不安等多种情绪的综合。惊奇感的持续获得维持并提高了读者的阅读兴趣。乌托邦小说所营构的拟换性世界引发的“惊奇感”逼迫读者不得不对现实世界的生活本质和社会经济体系进行反思。

乐趣的阅读不能与阅读的乐趣相等同。为语言、情节或人物而产生的快乐是所有小说能够带给读者的自然反应，而不是乌托邦小说所特有的愉悦。菲丁认为，除了上述层面的快乐，乌托邦小说应带给读者不同于其他文类的独特乐趣。乌托邦快乐的第一种方式在于发现新世界本身，在于我们对新奇和异类的迷恋。乌托邦小说提供了另类世界。“‘另类社会’的新大陆不仅提供了乌托邦的认知维度，而且提供了愉悦的维度。”[①] 这种形式的享受有着丰富的文学历史，无论是在当代幻想中，还是在早期流行的旅行叙事和想象的航行中。对另类世界的想象在乌托邦小说、奇幻小说、旅行文学中都出现了。与奇幻小说让人们面对反认知的各种情况和规则并对人们的感知模式提出质疑相比，乌托邦作为科幻小说的社会政治子类

① Peter Fitting, “Utopian Effect/Utopian Pleasure”, *Utopian Studies*, No. 4, 1991, p. 92.

型，其特殊性在于小说对另类现实的描绘中所处的情境。如果说旅行文学带给读者更多的是一种异国情调的陌生感，那么乌托邦文学试图以想象和描述一个更好的社会为认知目标，并把这一认知目标传达给读者。对于乌托邦小说来说，另类社会的新事物的价值不在于它的差异性或多样性，而在于它所提供的“洞察力”。因此，乌托邦文学需要的是有思想的读者。愉悦与认知不可分离。一些科幻乌托邦作品具有更深和更持久的快乐来源，它们以更复杂和更广泛的认知为前提，主要讨论知识在政治、心理和人类学等方面的使用和影响，以及这些知识导致的新现实。除此之外，还有一种快乐，被菲丁称为共享经验中力比多解放的瞬间表达，表面上是一种身体上的愉悦，实质上是一种对新的生命形式或生存方式的体验感。比如，在莎莉·吉尔哈特的乌托邦小说《流浪之地》中，驾风而行引发的愉悦实质上是一种山地妇女与自然和地球身体新关系的体验。菲丁将这种愉悦称为更加理性的乌托邦式的快乐，“这种快乐是我们通过看到自由和平等的理想和承诺如何实现而获得的；我看到一位作者如何着手构建一个想象社会的结构和细节，这个社会将使人类自由的王国成为可能”①。菲丁强调快乐和认知之间的辩证关系。乌托邦式的快乐不能简化为认知的，但“认知”本身是乌托邦的一个重要组成部分。快乐并非将痛苦的表现排除在外。与早期作品强调新社会中完美的生活形成对照，那些批判的乌托邦往往表达痛苦的同时又为个人的幸福和快乐留下空间。因此，乌托邦文本的实用主义和描述功能既是保证我们的幸福和快乐成为可能的基本要求，又是快乐需要超越的东西。对虚构世界的愉快发现和体验可能会超越认知，但它们并不抵触或否定认知。它们让我们瞥见了另一种可能性，而这种可能性只有认知才能帮助我们理解。菲丁实质上是通过一种乌托邦特有的愉悦来强调乌托邦的效应：促使读者理解并采

① Peter Fitting, “Utopian Effect/Utopian Pleasure”, *Utopian Studies*, No. 4, 1991, p. 95.

取行动改变他们的社会。在反对对乌托邦的有效性或有用性进行贬低和批判的同时，同时应当警惕当代文化中那种不能超越当下的直接性的快乐——享乐主义观念支配下的快乐。

通过对乌托邦和敌托邦发展史的梳理，菲丁强调科幻小说对乌托邦写作的核心作用，并分析了科幻文学与乌托邦之关系。第一，科幻文学与乌托邦之所以能够产生关联始于科幻能够反映或表达我们对未来的希望与恐惧这一基本特征，科幻文学将这些希望与恐惧与科学技术联系起来。18 世纪晚期，对未来和社会变革可能性的意识在欧洲的出现为乌托邦写作带来新的维度。在 19 世纪之前的大多数乌托邦是空间向度的，即将其他世界设定在某个想象中的岛屿或未开放的某地。从 19 世纪开始，以空间为主的叙事策略开始向超时空转向，超时空开启了一系列新的可能性。“对于乌托邦小说来说，替代社会现在可以设定在未来，而不是简单地描述为已经存在于其他地方；推而广之，一个替代性社会是可以设计和规划的，而不仅仅是空想。现在是可以改变的。”① 科幻文学给乌托邦文学带来了一个很重要的写作维度：对科学技术影响社会变革的重要作用的认识。第二，敌托邦不同于反乌托邦，相比反乌托邦，科幻小说中更多的是敌托邦。在 20 世纪之前，积极的乌托邦是乌托邦文学的主流表现形式。20 世纪上半叶开始，敌托邦和反乌托邦开始代替乌托邦占据主导地位，这种情况至少持续到 20 世纪 60 年代末。一些研究者往往将这一时期的科幻小说描述为悲观主义的，并把反乌托邦和敌托邦混为一谈。“社会批判和对乌托邦主义的批判不是一回事，敌托邦的社会批判和对想象一个更美好世界的想法进行批判之间有明显的区别……敌托邦中表达的是对当代社会的批评

① Peter Fitting, "Utopia, dystopia and science fiction", in Gregory Claeys, ed., *The Cambridge Companion to Utopian Literature*, Cambridge: Cambridge University Press, 2010, p. 138.

暗示或断言变革的必要性；反乌托邦则是对现状的明确或含蓄的辩护。”[1] 作为一种以启蒙运动和科学技术解决社会问题的前景为基础的文学类型，尽管二战的爆发（包括对日本使用原子弹）使科幻小说界陷入困境，但也突出了科幻小说通过扭曲变形的视角呈现人类现实世界的特殊能力。因此，科幻小说中更多的是敌托邦而非反乌托邦。科幻小说描绘其他世界的能力和间接地展示人类现实世界的能力使我们有可能想象更美好的世界。批判的乌托邦和批判的敌托邦的兴起证明了这一点。前者更倾向于对乌托邦理想本身的批判性审视，作家们秉持着否定之否定的态度，在承认传统乌托邦局限性的同时，保留了人类解放的基本乌托邦梦想。无论是乌托邦还是敌托邦，它们的理想目的是促使读者采取行动。“在敌托邦小说中，从它们警告读者并推动读者根据这种知识采取行动的能力来描述；在乌托邦小说中，它们能有效地唤起一个我想要生活的世界。”[2]菲丁从唤起未来的可能性和有效性出发对乌托邦和敌托邦展开描述，并且注意挖掘两者与社会现实的联系。

尽管菲丁承认科幻文学对乌托邦写作的重要作用，但他仍然认为乌托邦和科幻小说之间没有必然联系，对于苏恩文坚定地将乌托邦描述为科幻文学的一个子类的观点，他表示这只会使得我们对两个类型之间关系的理解变得复杂。事实上，并不是所有的乌托邦小说都是科幻文学。在 20 世纪 70 年代乌托邦写作的复兴中，有一些乌托邦落在了科幻小说的范围之外。20 世纪 70 年代以后，虽然乌托邦撰写和乌托邦研究还在继续，但显而易见的，乌托邦在式微。与乌托邦式微形成对比的是，科幻文学的蓬勃发展。科幻文学辐射至广告、音乐、电影、动画、游戏等领域，不夸张地说，它在各种

① Peter Fitting, “Utopia, dystopia and science fiction”, in Gregory Claeys, ed., *The Cambridge Companion to Utopian Literature*, Cambridge: Cambridge University Press, 2010, p. 141.

② Peter Fitting, “The Turn from Utopia in Recent Feminist Fiction”, *Contemporary Literary Criticism*, Vol. 168, 2003, p. 142.

文化形式中无处不在。菲丁认为，应当消除两种类型以某种方式合并的观念。这两种类型的确有过交集，然而，与乌托邦强调对现实的另一种可替代性的选择相比，科幻小说是一种中立的形式，能够表达反对或捍卫现状的立场；随着它的广泛成功，当代科幻小说对未来的想象很少暗示或断言对当下的批判。

主要参考文献

一　中文参考文献

方凡：《美国后现代科幻小说》，浙江大学出版社 2012 年版。

黎婵、石坚：《西方马克思主义科幻批评流派的乌托邦视野》，《四川大学学报》（哲学社会科学版）2013 年第 5 期。

刘宁：《俄国文学批评史》，上海译文出版社 1999 年版。

《马克思恩格斯全集》第 2 卷，人民出版社 1956 年版。

《马克思恩格斯全集》第 4 卷，人民出版社 1958 年版。

《马克思恩格斯文集》第 1 卷，人民出版社 2009 年版。

《马克思恩格斯文集》第 3 卷，人民出版社 2009 年版。

谭言红：《北美敌托邦文学的环境想象与叙事研究》，中国社会科学出版社 2020 年版。

王邦佐等编：《政治学辞典》，上海辞书出版社 2009 年版。

王峰、陈丹：《科幻乌托邦批评的兴起：以詹姆逊为中心》，《福建论坛》（人文社会科学版）2021 年第 10 期。

王逢振主编：《外国科幻论文精选》，重庆出版社 2008 年版。

王泉根：《现代中国科幻文学主潮》，重庆出版社 2011 年版。

王瑞瑞：《“批判的乌托邦”何以可能——评汤姆·莫伊兰的〈要求不可能的：科幻文学与乌托邦想象〉》，《中国文学研究》2017 年第 4 期。

吴岩：《科幻文学论纲》，重庆出版社 2011 年版。

吴岩主编：《20 世纪中国科幻文学史》，北京大学出版社 2022 年版。

吴岩主编：《科幻文学理论和学科体系建设》，重庆出版社 2008 年版。

萧星寒：《星空的旋律——世界科幻简史》，北京理工大学出版社 2020 年版。

星河：《西方科幻小说发展的四个时期》，《经济与信息》1998 年第 2 期。

衣俊卿：《人之存在与哲学本体论范式——兼论马克思哲学的本体论意蕴》，《江海学刊》2002 年第 4 期。

赵勇：《法兰克福学派内外：知识分子与大众文化》，北京大学出版社 2016 年版。

［英］爱德华·詹姆斯、法拉·门德尔松：《剑桥科幻文学史》，百花文艺出版社 2018 年版。

［美］爱德华·贝拉米：《回顾》，林天斗、张自谋译，商务印书馆 1997 年版。

［法］A. J. 格雷马斯：《结构语义学》，蒋梓骅译，百花文艺出版社 2002 年版。

［美］奥克塔维娅·E. 巴特勒：《播种者寓言》，耿辉译，天地出版社 2020 年版。

［苏］阿拉勃－奥格雷：《未来学和乌托邦》，《苏联社会科学》1979 年第 1 期。

［苏］奥若戈夫：《资产阶级未来学的发展趋势》，《现代外国哲学社会科学文摘》1986 年 9 月 28 日。

［意］安贝托·艾柯等：《诠释与过度诠释》，王宇根译，生活·读书·新知三联书店 2005 年版。

［意］罗西·布拉伊多蒂：《后人类》，宋根成译，河南大学出版社 2016 年版。

［法］安德烈·纪德：《访苏归来》，李玉民译，东方出版社 2015 年版。

［美］B. F. 斯金纳：《瓦尔登湖第二》，王之光、樊凡译，商务印书馆 2016 年版。

［苏］巴赫金：《巴赫金全集》第 3 卷，白春仁、晓河译，河北教育出版社 1998 年版。

［德］恩斯特·布洛赫：《向乌托邦告别吗?》，梦海译，《现代哲学》2008 年第 1 期。

［德］布洛赫：《希望的原理》第 1 卷，梦海译，上海译文出版社 2012 年版。

［日］长山靖生：《日本科幻小说史话：从幕府末期到战后》，王宝田译，南京大学出版社 2012 年版。

［加］达科·苏恩文：《科幻小说变形记：科幻小说的诗学和文学类型史》，丁素萍、李靖民、李静滢译，安徽文艺出版社 2011 年版。

［加］达科·苏恩文：《科幻小说面面观》，郝琳、李庆涛、程佳译，安徽文艺出版社 2011 年版。

［英］E. M. 福斯特：《大机器停止》，康苏埃拉译，东西文库 2013 年版。

［美］弗朗西斯·福山：《历史的终结及最后之人》，黄胜强等译，中国社会科学出版社 2003 年版。

［美］约翰·费斯克：《理解大众文化》，王晓珏、宋伟杰译，中央编译出版社 2001 年版。

［美］弗雷德里克·詹姆逊：《政治无意识》，王逢振、陈永国译，中国社会科学出版社 1999 年版。

［美］弗雷德里克·詹姆逊：《文化转向》，胡亚敏等译，中国社会科学出版社 2000 年版。

［美］费雷德里克·詹姆逊：《语言的牢笼　马克思主义与形式

（上）》，钱佼汝、李自修译，百花洲文艺出版社 2010 年版。

［美］费雷德里克·詹姆逊：《语言的牢笼　马克思主义与形式（下）》，钱佼汝、李自修译，百花洲文艺出版社 2010 年版。

［美］弗雷德里克·詹姆逊：《可见的签名》，王逢振、余莉、陈静译，南京大学出版社 2012 年版。

［美］弗雷德里克·詹姆逊：《辩证法的效价》，余莉译，中国社会科学出版社 2014 年版。

［美］弗雷德里克·詹姆逊：《未来考古学：乌托邦欲望和其他科幻小说》，吴静译，译林出版社 2014 年版。

［美］弗雷德里克·詹姆逊：《批评理论和叙事阐释》，陈永国等译，中国人民大学出版社 2018 年版。

［美］菲利普·K. 迪克：《阿尔法卫星上的家族》，吕惠译，江苏教育出版社 2004 年版。

［美］菲利普·K. 迪克：《等待去年来临》，李天奇译，四川科学技术出版社 2019 年版。

［美］菲利普·K. 迪克：《血钱博士》，于娟娟译，四川科学技术出版社 2015 年版。

［英］弗·培根：《新大西岛》，何新译，商务印书馆 2012 年版。

［英］乔治·奥威尔：《1984》，傅惟慈、董乐山译，万卷出版公司 2010 年版。

［美］乔治·瑞泽尔：《现代社会学理论》，北京联合出版公司 2018 年版。

［美］赫伯特·马尔库塞：《审美之维》，李小兵译，广西师范大学出版社 2001 年版。

［法］亨利·柏格森：《物质与记忆》，姚晶晶译，安徽人民出版社 2013 年版。

［英］赫·乔·威尔斯：《时间机器》，陈才译，重庆出版社 2008 年版。

［德］康德：《判断力批判》，邓晓芒译，人民出版社 2002 年版。
［意］康帕内拉：《太阳城》，商务印书馆 2011 年版。
［美］利奥·洛文塔尔：《文学、通俗文化和社会》，甘锋译，中国人民大学出版社 2012 年版。
［匈］卢卡奇：《小说理论：试从历史哲学论伟大史诗的诸形式》，燕宏远、李怀涛译，商务印书馆 2012 年版。
［美］拉切尔·海伍德·费雷拉：《拉美科幻文学史》，穆从军译，百花文艺出版社 2016 年版。
［美］拉塞尔·雅各比：《不完美的图像》，姚建彬等译，新星出版社 2007 年版。
［英］鲁思·列维塔斯：《乌托邦之概念》，李广益、范轶伦译，中国政法大学出版社 2018 年版。
［法］路易·阿尔都塞：《保卫马克思》，顾良译，商务印书馆 2016 年版。
［加］玛格丽特·阿特伍德：《使女的故事》，陈小慰译，上海译文出版社 2020 年版。
［美］M. H. 艾布拉姆斯：《文学术语词典》，北京大学出版社 2009 年版。
［美］马尔库塞：《爱欲与文明》，赵林编译，农村读物出版社 1987 年版。
［美］米歇尔·刘易斯·伯克、艾伦·布里曼、廖福挺主编：《社会科学研究方法百科全书》第 1 卷，沈崇麟、赵锋、高勇主译，重庆大学出版社 2017 年版。
［德］恩格斯：《英国工人阶级状况》，人民出版社 1956 年版。
［法］拉伯雷：《巨人传》，鲍文蔚译，人民文学出版社 1983 年版。
［美］罗伯特·斯科尔斯：《科幻文学的批评与建构》，王逢振等译，安徽文艺出版社 2011 年版。
［英］斯威夫特：《格列佛游记》，孙予译，上海译文出版社 2006

年版。

［波兰］斯坦尼斯拉夫·莱姆：《索拉里斯星》，陈春文译，商务印书馆 2005 年版。

［英］托马斯·莫尔：《乌托邦》，戴镏龄译，商务印书馆 1996 年版。

［苏］维·什克洛夫斯基：《散文理论》，刘宗次译，百花洲文艺出版社 2010 年版。

［英］威廉·莫里斯：《乌有乡消息》，黄嘉德、包玉珂译，商务印书馆 1981 年版。

［俄］伊·安·叶弗列莫夫：《仙女座星云》，复生译，辽宁科学技术出版社 1985 年版。

二　英文参考文献

Aldous Huxley, *Island*, Harper Perennial Modern Classics, 2009.

Carl Freedman, "Science Fiction and Critical Theory", *Science Fiction Studies*, Vol. 14, No. 2, 1987.

Carl Freedman, *Critical Theory and Science Fiction*, Wesleyan University Press, 2000.

Carol McGuirk, "On Darko Suvin's Good-Natured Critique", *Science Fiction Studies*, Vol. 22, No. 1, 1995.

Dr Mark Bould and China Mieville, eds., *Red Planets: Marxism and Science Fiction*, Wesleyan University Press, 2009.

Eric Cazdyn, "Anti-anti: Utopia, Globalization, Jameson", *Modern language Quarterly*, Vol. 68, No. 2, 2007.

Elana Gomel, *Postmodern Science Fiction and Temporal Imagination*, Continuum Publishing Corporation, 2012.

Fredric Jameson, "The Politics of Utopia", *New Left Review*, No. 25, 2004.

Georg Lukacs, *The Historical Novel*, translated by Hannah and Stanley Mitchell, London: London Merlin Press, 1983.

Hazard Adams & Leroy Searle, eds., *Critical Theory Since Plato*, Peking: Peking University Press, 2006.

Herbert Marcuse, *An Essay on Liberation*, Boston: Beacon Press, 1969.

Joanna Russ, *The Female Man*, Beacon Press, 2000.

John Duda, "Archaeologies of the Future: The Desire Called Utopia and Other Science Fictions", *Modern Language Notes*, Vol. 120, No. 5, 2005.

John Huntington, "Utopian and Anti-Utopian Logic: H. G. Wells and His Successors", *Science Fiction Studies*, Vol. 9, No. 2, 1982.

Kyle Wiggins, "Futures of Negation: Jameson's Archaeologies of the Future and Utopian Science Fiction", *Postmodern Culture*, Vol. 17, No. 3, 2007.

Louis Marin, *Utopics: Spatial Play*, Great Britain: The MacMillan Press Ltd., 1984.

Lyman Tower Sargent, "The Three Faces of Utopianism Revisited", *Utopian Studies*, Vol. 5, No. 1, 1994.

Marge Peircy, *He, She and It*, Fawcett, 1993.

Marge Piercy, *Woman on the Edge of Time*, Fawcett, 1985.

Nelson DeMille, *The Gold Coast*, Replica Books, 1990.

Patrick Parrinder, ed., *Learning from Other Worlds: Estrangement, Cognition and the Politics of Science Fiction and Utopia*, Liverpool University Press, 2000.

Peter Fitting, "Utopian Effect/Utopian Pleasure", *Utopian Studies*, No. 4, 1991.

Peter Fitting, "Utopia, Dystopia and Science Fiction", in Gregory

Claeys, ed. , *The Cambridge Companion to Utopian Literature*, Cambridge: Cambridge University Press, 2010.

Peter Fitting, "The Turn from Utopia in Recent Feminist Fiction", *Contemporary Literary Criticism*, Vol. 168, 2003.

Raffaella Baccolini, "Contested Memories and Acts of Counter-Commemoration as Temporary Utopian Spaces", in Miriam Bait, Claudia Gualtieri, eds. , *Conversations on Utopia: Cultural and Communication Practices*, Berlin: Peter Lang, 2020.

Raffaella Baccolini, "Dystopia Matters: On the Use of Dystopia and Utopia", *Spaces of Utopia*, Vol. 26, No. 2, 2006.

Raffaella Baccolini, "The Persistence of Hope in Dystopian Science Fiction", *PMLA*, Vol. 119, No. 3, 2004.

Stanislaw Lem and Franz Rottensteiner, "Cosmology and Science Fiction", *Science Fiction Studies*, No. 2, 1977.

Tom Moylan, *Demand the Impossible: Science Fiction and the Utopian Imagination*, New York: Peter Lang, 2014.

Tom Moylan, *Scraps of the Untainted Shy: Science Fiction, Uopia, Dystopia*, Boulder: Westview Press, 2000.

Tom Moylan and Raffaella Baccolini, eds. , *Dark Horizons: Science Fiction and the Dystopian Imagination*, New York: Routledge, 2003.

Tom Moylan and Raffaella Baccolini, eds. , *Utopia Method Value: The Use Value of Social Dreaming*, Oxford: Peter Lang, 2007.

Ursula K. Le Guin, *The Telling*, Harcourt, 2000.

Ursula Le Guin, *The Dispossessed*, Orion Publishing Co. , 1999.

Veronica Hollinger, "Contemporary Trends in Science Fiction Criticism, 1980 – 1999", *Science Fiction Studies*, Vol. 26, No. 2, 1999.

V. M. Budakov, "Dystopia: An Earlier Eighteenth-Century Use", *Notes and Queries*, Vol. 57, No. 255, 2010.